KB267424

이런들 어떠하리 저런들 어떠하리

비우면 가벼워지는 인생

이런들 어떠하리
저런들 어떠하리

박상엽 지음

세창미디어

책/머/리/에

　이 책은 2000년부터 2005년까지 5년여에 걸쳐 쓴 글들의 모음이다. 32편의 글 중 한 편을 뺀 나머지는 모두 그때 그때 신문·잡지·회보 등에 게재된 바 있다. 문제의 한 편도 신문게재를 전제로 씌어진 글인데, 어찌어찌하다 보니 끝내 실리지 못했다.

　원래 글솜씨가 없다 보니, 매번 마감기일에 쫓기면서 머리를 쥐어짜기 일쑤였다. 그러니 감히 문학적인 가치를 거론할 수는 없다 하겠다.

　하지만 한 시대를 살아가는 이로서, 시대적인 상황과 이런저런 사건들에 대한 나름대로의 소회와 비판의 궤적을 정리해 보는 것도 의미가 없지 않다 할 것이다. 시종 이를 위안삼을 뿐이다.

　평소 선비로서 걸어가야 할 길을 몸소 보여주시면서, 이번에도 무례한 청을 사양치 않고 기꺼이 서평을 써 주신 宋夏燮 교수님께 감사의 말씀을 드린다.

　또한 출판을 허락해 주신 세창미디어의 李邦源 사장님을 비롯한 직원 여러분의 노고에 대해서도 감사의 마음을 전하는 바이다.

　이 책을 아내 梁賢錫에게 바친다.

2005년 11월

박 상열

3. 대통령과 경호원 • 149

4. 광복 60년, 패전 60년 • 191

개심사 가는 길

강 의 론

　　최근에 읽은 책들 중에 나름대로 인상 깊었던 것이 정옥자 교수의 「우리가 정말 알아야 할 우리 선비」란 제목의 책이다.

　　조선시대의 선비들은 오로지 벼슬과 부귀영화만을 위해 학문에 매달리지는 않았다. 또한 아무리 큰 감투라도 자신의 뜻과 지조에 맞지 않으면 이를 한사코 사양하였다. 세상이 자기의 덕망과 인품을 알아주어 불러내면 출사하여 뜻을 펼쳤다. 세상이 자신을 알아주지 않으면 초야에 묻혀 수양을 하고, 그러다가 학식과 지혜가 흘러넘치면 이를 전수하여 자연스레 제자들을 배출하였다. 청출어람으로 이어진 사제간의 돈독한 관계는 이른바 학풍을 일궈내고 또 학파를 형성하기도 하였다.

　　나는 본업은 아니지만 바쁜 업무 중에도 짬을 내어 대학에서 강의를 한 경험을 갖고 있다. 9년 하고도 한 학기 동안을 젊은 학생들을 상대로 알량하기만 한 나의 지식을 판 셈이다. 시간강사 자격으로 강의를 해 오다가 1990년대 후반에 이르러서는 겸임교수로 발령받아 두 시간 짜리와 세 시간 짜리 두 강좌를 배정받게 되었다. 그 무렵, 각 대학에서는 앞다투어 외부인사들에 대해 겸임교수 발령을 남발했기 때문에 이내 희소가치조차도 없게 되어 버렸다. 2002년으로 해가 바뀐 신학기 초에 이르러 어느 날 갑자기 나 스스로 겸임교수직을 팽개쳐 버리긴 하였으나, 당시 내 강의의 주교재로 채택했던, 내가 직접 써서 출판한 책은 아직껏 내 곁에 남아 있다.

왜 겸임교수직을 그만 두었냐구?

윗사람이 바뀌더니 교무행정의 쇄신이라는 미명 하에 이런 서류 작성해 내라 저런 절차를 거쳐라 등등 강의와는 직접적으로 관계도 없는 잡다한 것들로 나를 번거롭게 만들었고, 급기야 성질 급한 나는 캠퍼스를 뛰쳐나오는 것으로써 답했다.

하지만 이는 내가 남들에게 겉으로 내세우는 이유일 뿐이고, 말 못할 실제 이유는 따로 있다. 해가 가면 갈수록 수강학생들의 지적 수준이 떨어지고 그러다 보니 제발 질문들을 하라고 달래도 보고 얼러도 보았으나, 도대체 이렇다 할 반응들을 보이지 않으니 강의하는 사람 입장에서는 당연히 맥이 빠지게 마련.

교수로 하여금 학생들의 질문에 쩔쩔매게 하고, 또 언제 느닷없이 어떤 질문이 터져나올지 몰라 교수가 강의시간 내내 전전긍긍해할 정도로 학생들이 교수를 몰아세워 강의실에 팽팽한 긴장감이 조성되어야 비로소 교수가 공부다운 공부를 하게 마련이다.

학생들이 공부를 하지 않으니 교수도 덩달아 공부를 하지 않는다. 아니, 교수가 공부할 필요성조차 느끼지 않는 분위기가 형성된다. 교수는 연구도 대충대충, 논문도 적당히 베끼고 또 짜깁기로 일관한다. 강의도 얼렁뚱땅에 툭하면 휴강이라.

어느 이른 봄날 오후, 강단 위에 선 나는 섬광과도 같이 매너리즘에 빠져 있는 나, 학생들을 상대로 낯두껍게도 알량한 지식을 팔아먹고 있는 나를 발견하곤 경악했다. 나는 곧바로 대학 측에 사직서를 제출했다.

그 이후에도 이런 채널 저런 채널로 강의나 특강부탁을 받은 바 없지 않지만, 나는 예외 없이 전부 사양해 오고 있다.

자칭 「참여정부」라 일컬어지는 노무현정부가 출범한 지 반 년이 지나가고 있다. 밀월기간이라는 단어가 무색할 정도로, 정권초기부터 대통령은 주변의 시선은 아랑곳하지 않은 채 언론과의 싸움에 열을 올리고 있다. 구체적으로는 신문과의 싸움, 좀더 정확히 표현하면 메이저 신문인 조·중·동과의 싸움이다.

노 대통령은 언론과의 싸움에서 자신의 입장을 정당화하고, 또 더 나아가 관료들을 우군으로 끌어들이기 위한 방편으로 공무원 특강을 활용하고 있는 것 같다. 최근에 이르러서는 공무원들을 상대로 한 특강의 횟수가 너무 잦다 보니, 대통령이 특강에 너무 집착하는 것 아닌가 하는 우려를 불러일으키고 있다.

소수정권으로 관료사회의 지지기반이 약한 새 정부가 공무원을 개혁주체 세력으로 만들지 않고서는 어떤 개혁도 성공할 수 없다는 것이 청와대 참모들의 설명이긴 하다. 하지만 고위직 공무원들을 굳이 한 자리에 붙잡아 놓고 대통령이 직접 나서서 설교식 강론을 해야만 그들이 개혁주체 세력으로 만들어지는 것인지 의문이 아닐 수 없다. 대통령의 특강자리에 불려나올 정도의 대한민국 공무원들이라면, 누가 말하지 않더라도 나름대로의 국가관과 공무원상이 확고하게 정립되어 있다고 백번 믿어도 좋겠다.

　　노 대통령이 취임 후 공무원들을 상대로 한 특강을 무려 열두 번이나 했다는데, 아무리 말하는 것 자체를 좋아한다고 해도 너무 지나친 것 아닌가 하는 생각이 든다. 특강은 어디까지나 특강일 뿐이다. 특강은 일 년에 한두 번이면 족하다. 내가 지금껏 살아오면서 들어본 특강치고 내용이 알차다거나 깊은 감명을 불러일으킨 특강을 기억할 수 없다. 대개가 신변잡기이거나 자기자랑으로 흘러갔고, 오히려 강의 후 기념사진 찍기나 식사 등에 더 큰 의미를 두는 경우가 다반사였다.

　　언론에 대해 한껏 비판을 해댄 노 대통령 면전에서 눈치 없이(?) 정부와 언론과의 건전한 관계설정과 관련한 대안을 제시하는 발언을 했다가, 대통령으로부터 공개면박을 당한 모 차관의 당시 심정이 어땠을까를 생각하면 마음이 편치 않다. 대통령의 특강이 동북아 중심국가 건설이나 국민소득 2만 달러 달성이라는 이 정권이 강조하고 있는 과업수행을 위한 우리 공무원들의 기여에 걸림돌이 되거나 시간 뺏기가 되어서는 결코 아니 될 것이다.

　　굳이 노 대통령이 강의를 하고 싶어한다면 중앙공무원 교육원이나 국방대학교에 가서 정규 연수중인 공무원들을 상대로 커리큘럼에 따른 강의를 정식으로 하거나, 아니면 미국의 대통령들처럼 퇴임 후 엄청난 액수의 강연료라도 챙겨가면서 강의를 즐겨야 할 것이다.

　　훌륭한 대통령이 되기 위해서는 현재로서는 자신이 부족한 분야의 기라성 같은 전문가들로부터, 오히려 열심히 강의를 들어야 할 것이다. 자고로 일국의 왕들까지도, 부족하다 싶으면 신하들로부터 기꺼이 가르침을 받았다.

개심사(開心寺) 가는 길

개심사 가는 길은 늘 푸근하다.

화창한 봄날에는 주변의 풍광이 더욱 눈부시고 아름답다. 절 입구까지 차를 타고 들어가는 동안 도로 양편으로 쭈욱 펼쳐지는 서산 목장의 푸른 목초지와 도로가 끼고 도는 적당한 크기의 저수지는 이국적이어서 운치가 있다.

열려진 창으로 쏟아져 들어오는 산들바람이 설령 그대 옆좌석 여인의 머릿결을 마구 흩어놓더라도, 분위기에 한껏 몰입한 여인은 머리 매무새를 쉽게는 바로잡으려 하지 않는다.

탄성을 내지르는 여인의 손가락 끝을 따라가다 보면, 당신은 푸른 구릉 멀지 않은 곳에서 방목된 소떼들의 모습을 금세 발견할 수 있을 것이다.

개심사 범종각 턱밑까지 차를 몰고 내처 올라갈 수는 있다. 하지만 이런 행동은 바보들이나 하는 짓이다. 다른 한편으로는 사찰 측에 대한 무례이기도 할 것이다.

아름드리 소나무숲을 지나 걸어 올라가야 제격이다. 솔바람 소리가 귀를 간지럽히고 땀이 보송보송 맺힌 이마가 한줄기 바람에 시원함을 느낄 무렵, 상왕산 개심사는 편안한 모습으로 시야에 들어온다.

주변의 산세와 잘 어울리고 또 새 건물도 없다. 옥의 티로 최근에 새로 세운 절 입구 일주문이 눈에 거슬리지 않는 것은 아니지만, 대웅전을 비롯한 주건물들과는 뚝 떨어져 있으니 대다수의 사람들이 그냥 넘어간다. 범종각의 삐뚤빼뚤 네 개 나무기둥과 연못 위에 걸쳐 놓인 외나무다리를 얘기하는 사람들은 많다. 해탈문을 통과하여 안으로 들어가 무량수각 툇마루에 걸터앉아 정면의 심검당과 우측 대웅전, 그리고 좌측의 안양루를 올려다보라. 곰곰 생각에 잠겨 있는 상태라면, 얼마든지 눌러앉아 있어도 좋다. 나가라고 내쫓는 사람도 없다.

사찰 뜨락과 연못 주위에 지천으로 피어나 장관을 이루는 왕벚꽃을 만끽하기엔 5월 초순이 제격이다. 이때쯤이면 꽃잎의 반은 나무에 매달려 있고 나머지 반은 나무아래 땅 위에 마치 눈이 내린 양 소복이 쌓여 있기 때문이다.

스님들은 뜰을 쓸지 않고, 참배객들은 스님들의 게으름(?) 덕에 어른 아이 할 것 없이 땅에 떨어진 핑크빛 꽃잎들을 두손 가득 모아 하늘을 향해 뿌려댄다.

아이들은 천진난만한 얼굴표정을 통해 어른들에게 행복을 가르치고, 어른들은 잠시나마 세파에서 벗어나 동심으로 돌아간다.

불심이 깊은 할머님이나 아주머니들은 백담사에서도 족히 너댓 시간은 더 걸어 올라가야 겨우 다다를 수 있는 설악산 봉정암에 가서 밤샘기도도 하시고 삼천배도 한다. 하지만 내가 보기엔 현재의 봉정암은 절 규모도 너무 커져 버렸고, 몰려드는 신도들도 너무 많다. 그래서 쉽게 정이 가지 않는다.

올 봄 나는 아내와 함께 개심사에 세 번 다녀왔다.

4월 하순에 한번, 5월 초순에 한번, 그리고 석가탄신일에 또 한번.

5월 초순 개심사를 찾았을 때 나는 아내와 단둘이서 연못가 왕벚꽃잎, 아니 왕벚꽃 눈으로 뒤덮인 길을 느릿느릿 걸었다. 그리곤 왕벚꽃나무 그늘 아래서 나는 아내의 머리 위로, 아내는 내 머리 위로 꽃잎들을 듬뿍듬뿍 뿌려줘 가며 까르르 까르르 웃었다. 둘은 영락없는 개구쟁이들이 되어 있었다. 적요와 침잠을 깬 방정맞음을 뒤늦게 자책하며 조심스레 주변을 둘러보았지만, 다행히 노스님의 헛기침 소리는 들려오지 않았다.

나의 부박함에 대한 참회까지 곁들여 그 날 나는 꽃놀이 후 대웅전 석가모니 부처님께 삼배를 세 번씩이나 반복하였다. 용서해 주시나 걱정스러워 중간에 슬쩍 곁눈질로 부처님의 안색을 살피니, 부처님 싱긋 웃으시며 왈 "네가 이제 도라는 걸 조금은 아는 것도 같구나. 네 마음 속 부처를 있는 그대로 드러내기만 하면 네가 바로 부처니라."

개심사에서는 스님들이 일반 방문객들에게 그 모습을 거의 노출시키지 않는다. 묵묵히 참선수행에만 정진할 뿐 그 흔해빠진 불사에도 별 관심이 없는 듯하다. 사찰 내에서조차 스님들의 모습이 잘 눈에 띄지 않으니 더욱 보기가 좋고, 또 마음이 끌린다.

　외롭고 쓸쓸한 이는 개심사에 한번 가보라. 심신이 지치고 절망감에 휩싸인 사람, 한 번만 개심사에 가보시라. 사기충천하여 세상이 만만하게 보이는 자, 자네도 한번쯤 개심사에 가보시게. 김수환 추기경께서 2000년 심산(心山)상을 받으신 뒤 유교 지도자인 김창숙 선생의 묘소 앞에서 성균관 유생들과 함께 유교식 큰절을 올려 장안의 화제가 된 적이 있다. 또 법정스님께서 같은 해 천주교 신자인 조각가 최종태 교수에게 성모상을 닮은 관음보살상 제작을 의뢰하여 길상사 구내에 모신 일이 있다.

　이는 일탈이나 파격이 아니다. 그것이야말로 초월이요, 융합이다.

　이제는 그 아름답던 왕벚꽃잎도 다 떨어져 버렸지만, 개심사 가는 길은 여전히 푸르고 또 눈부시다.

　개심사에 가 놀다 보면 내 스스로의 마음이 보인다. 그래서 나는 이따금씩 내 마음을 꺼내 보기 위해 기꺼이 개심사에 간다. 일주문 앞 간이주점의 육자배기 잘할 것 같은 늙은 주모에게 들러, 녹두전을 안주로 막걸리 몇 사발 들이키는 재미 또한 쏠쏠하다.

겨울의 끝자락

봄은 때 되면 다 알아서 온다. 왜 더디 오느냐고 닦달하거나 군 소리한다고 해서 걸음을 재촉하지도 않는다.

꽃소식을 머리에 얹고 노랑나비 앞장세우고 나폴나폴 춤추면서 온다. 봄은 우선 훈훈한 바람으로 얼음을 녹이고, 또 대지에 온기를 불어넣는다. 그러면 아지랑이는 누가 시키지 않아도 저절로 피어오르게 마련이다.

봄이 북녘을 향한 여정을 계속하다가도 인심 좋은 동네 주막에서 주모의 눈웃음에 홀려 주흥이 무르익기라도 하면 사나흘씩 눌러 앉기는 예사렷다. 그러다 보면 여남은날 늦을 수도 있는 게지.

봄은 오직 인간들을 위해서만 오는 것도 아니다. 성화를 하지 않더라도, 봄은 제 스스로 알아서 때 되면 온다. 사람들은 오늘 해야 할 일도 하지 않으면서 내일 일들을 입에 담는다. 자기 스스로의 일도 제대로 감당하지 못하면서, 남의 일에 감 놔라 대추 놔라 열심히 참견이다.

매사에 부지런한 사람에게는 언제 봄이 왔는지도 모르는 새 화려한 봄의 향연이 일시에 '짱'하니 펼쳐진다. 그러니 봄이 왜 이리 늦느냐고 타박을 할 것이 아니라, 당장 팔 걷어붙이고 열심히 땀흘

리고 볼 일이다. 얼어붙은 땅 속 하찮은 벌레나 풀뿌리조차도 햇빛
찬란한 봄날의 축제 준비를 위해 때를 놓치는 법이 없다.

　을유년의 봄이 늦다고 아우성들이다. 2월 달력을 넘기고 3월을
펼치기만 하면 봄은 기계적으로 당연히 따라나오는 것으로 착각하
는 현대인들에게 생겨난 조급증의 결과물이다. 매화축제니 동백축제
니 사람들을 모아야겠는데, 정작 꽃들의 개화는 굼뜨다. 고심 끝에
꽃피는 시기를 앞당긴답시고 나무들 밑에 숯이 담긴 화로나 난로를
설치한다. 그리고는 행여 꽃봉오리가 터질세라 곁을 지키면서 뜬눈
으로 밤샘을 한다.
　이 같은 인간들의 작태는 한낱 무지에서 비롯된 오만방자의 극
치요, 자연에 대한 모독일 뿐이다.

　겨울의 끝자락인 2005년 2월 26일, 친구와 함께 무거운 배낭을
둘러메고 지리산 겨울산행을 위해 전라선 야간열차를 탔다. 27일엔
아홉 시간 동안의 산행 끝에 노고단 대피소에 오후 4시경 도착했다.
　산 능선 사이사이로 내려다 보이는 굽이굽이 섬진강 물줄기와,
그 끝에 맞닿은 남해바다는 한 폭의 그림 그 자체였다.
　28일 산행은 오전 7시 15분부터 영하 10.7도의 추위 속에 눈길
을 걷는 것으로 시작되었다. 종석대를 지나 성삼재·작은 고리봉·
묘봉치·만복대를 거쳐 정령치까지 거침없이 나아갔다. 만복대에서
산신령님은 눈가루를 뿌리는 것으로 우리들의 방문을 환영했다. 정
령치 휴게소에서 점심식사를 했는데, 휴게소 건물은 자물쇠가 채워

졌고 횡단도로는 얼어붙은 채 폐쇄되어 개미새끼 한 마리 얼씬하지 않았다. 뜨거운 국물로 언 몸을 녹이고 다시 산행을 계속하였다. 큰 고리봉·세걸산·세동치·부운치·팔랑치를 거쳐 겨울 해가 이울 무렵, 철쭉 군락지로 유명한 바래봉 정상에 설 수 있었다. 덕두산을 거쳐 지친 몸을 이끌고 구 인월에 도착하여 산행을 마친 것이 오후 6시 30분. 등산로 바닥에는 쌓여 얼어붙은 눈에 나무가지마다 겨우 내 애호박처럼 주렁주렁 매달려 있다가 햇볕에 녹아 길 위로 쏟아져 내린 얼음덩어리들이 진로를 방해했다.

끝내 일음꽃의 무게를 감당하지 못하고 아예 통째로 부러지거나 찢겨져 등산로를 가로막고 선 나무들 사이로 빠져나가다 보면, 영락없이 배낭이 걸렸다. 등산로 양쪽에서 뻗쳐 들어온 관목가지들이 얼굴을 할퀴고 안경 속 눈까지 찔렀다. 하지만 멀리 건너편 눈앞에 파노라마처럼 펼쳐지는, 노고단에서 반야봉을 거쳐 천왕봉까지 이어지는 장쾌한 주능선의 풍광은 이 같은 수고를 상쇄하고도 남았다. 남들은 다들 제 일들에 얽매여 눈코뜰새 없는 2월의 마지막 날, 그것도 월요일에 나는 겨울 지리산의 넉넉한 품안에 느긋하니 안겨 있었다. 일 안하고 하루 종일 멋지게 놀았다고 생각하니 웃음이 절로 나왔다.

우리들은 11시간 산행동안 반대방향에서 나타난 젊은이 딱 한 사람을 세걸산과 바래봉 중간쯤에서 보았을 뿐이다. 그러니 지리산 산신령님은 그 날만은 친구와 나, 단 둘의 독차지였다.

3월로 접어들어서 세종문화회관에서 관람한 뮤지컬 「노트르담

드 빠리」 공연은 신선한 충격이었다. 출연배역들의 가창력과 연기력이 다들 만만치 않았지만, 그 중에서도 음유시인 그랭그와르 역을 맡은 리샤르 샤레스트의 그것이 쏙 맘에 들었다. 그로부터 며칠 후, 이번에는 평소 존경해 온 교수님께서 인편에 신춘휘호를 단아하니 표구까지 해서 보내주셨다. 이백의 시 중 한 구절인데, 이 역시 나의 마음에 쏘옥 들었다.

난유향풍원(蘭幽香風遠)이요, 송한불개용(松寒不改容)이라. 서투나마 나름대로 풀어 보자면, 난초는 어둠 속에서도 그 향기가 바람에 실려 멀리까지 가고, 소나무는 날이 추워져도 그 얼굴을 고치지 않느니라. 나는 집사람과 딸을 서재 한편에 나란히 세워 놓고 선생의 휘호를 벽에 걸었다. 그리고는 '문향(聞香)'하였다.

을유년, 겨울의 끝자락에 지리산 산신령님의 가호로 나에겐 이런 좋은 일들이 있었다.

김인식 감독론

　2001년, 미국의 프로야구는 애리조나 다이아몬드백스와 뉴욕 양키스간의 월드시리즈에서 7차전까지 가는 대접전 끝에 '사막의 방울뱀' 다이아몬드백스가 우승의 감격을 누림으로써 대미를 장식하였다.

　다이아몬드백스 선수들은 피말리는 접전 끝에 우승이 확정되는 순간 더그아웃에서 그라운드로 몰려나와 서로 부둥켜안으며 기쁨을 나눴고, 7차전 승리의 주역인 최고의 '원투 펀치' 커트 실링과 랜디 존슨도 뜨겁게 포옹한 뒤 서로에게 축하의 인사를 건넸다.

　이에 반하여 월드시리즈 우승 직전에 9회말 역전패의 수모를 당하며 좌절한 양키스의 조 토레 감독과 선수들은 망연자실한 모습이었다.

　1998년부터 2000년까지 월드시리즈 3연패의 신화를 일궈냈던 토레 감독은 우승의 환희에 흠뻑 젖어 있는 상대팀 선수들을 넋놓고 지켜보았다. 그러면서도 그는 경기 직후 가진 인터뷰에서 "우리는 원없이 싸웠고, 다이아몬드백스의 우승을 축하한다"며 경기결과에 깨끗이 승복함과 아울러 승자에의 경의까지 표하는 멋진 모습을 보여주었다.

2001년 한국 프로야구 코리안시리즈 6차전. 두산 베어스 투수 진필중이 삼성 라이온즈 마지막 타자 마해영을 삼진아웃으로 잡아 우승이 확정되자, 두산 선수들은 일제히 환호성을 터뜨리며 마운드로 달려 나갔다. 자리에 앉아 있다 벌떡 일어나 코치를 얼싸안고 기쁨을 나누던 김인식 감독도 이내 선수들에게 붙잡혀(?) 헹가래의 감격을 누렸다.

신문들은 이 순간의 명암 엇갈린 두 사령탑의 모습을 묘사하면서 '덕장(德將) 웃고 용장(勇將) 눈물'이라는 제목을 달았다. 6차전이 끝난 뒤에도 일체의 인터뷰를 단호히 거부하고 서둘러 구단버스에 오른 용장의 편협함은, 덕장으로서의 김인식 감독의 위상을 더욱 부각시키는 촉매제 역할을 하기에 충분했다.

삼성 감독이 6차전 종료 후 곧바로 구장을 떠나자, 야구 관계자들까지도 "한국시리즈를 아홉 차례나 이겼을 때 당시 패장들이 어떻게 했는가를 생각한다면 김 감독이 좀 심한 것 아니냐"는 반응을 보였다는 후문이다.

두산 베어스의 사령탑 김인식 감독은 한국 야구계의 소문난 덕장이다. 한국시리즈는 물론이고 그에 앞서 펼쳐졌던 플레이오프와 준플레이오프에서도 나는 한결같이 두산 베어스를 열렬히 응원하였는데, 그 이유는 단 하나, 베어스의 감독이 여러 모로 멋지다는 것이고 또 그래서 팀이 맘에 쏙 든다는 것이다.

김 감독은 선수가 일시적으로 부진해도 어지간하면 믿고 맡기는 스타일이다. 사회 구석구석 '빨리 빨리'가 판치고 있는 현재의 한

국사회에서 조급증의 공통분모에서 벗어나 있다는 것 하나만으로도 김 감독의 선수관리나 경기운영방식은 칭찬받기에 모자람이 없을 것이다.

김 감독의 이와 같은 믿음의 야구가 눈에 띄게 빛을 발한 것은 이번 한국시리즈에 앞서 벌어졌던 플레이오프일 것이다.

유격수 홍원기의 뼈아픈 실책으로 역전패당한 10월 12일의 1차전 후, 김 감독은 "그래도 맡겨야지 어떡해"라고 담담하게 말하면서 선수에 대한 감독의 신뢰를 거두지 않았다.

감독의 믿음에 각오를 새롭게 다진 홍원기는 2차전에서 4차전까지 내리 3경기 연속홈런을 날려 감독의 신뢰에 화답했다.

김 감독의 믿음과 인내는 투수 박명환의 기용에서 가장 돋보였다 하겠다. 1차전 패전투수인 그를 2·3차전에 연거푸 내보낸 것이다. 3차전에서 갑자기 7회에 이르러 난조에 빠지는 바람에 동점위기를 맞는 지경에 이르렀지만, 김 감독은 박명환으로 하여금 그대로 이닝을 책임지게 했다. 그의 자신감 회복이 중요하다고 판단한 끝에 내린 감독의 당연한 결론이었다.

1995년 두산 베어스의 전신인 OB 베어스의 감독으로 부임한 이래 7년째 한솥밥을 먹고 있는 김인식 감독은 1995년에 이어 2001년에 또 다시 한국시리즈 우승의 금자탑을 우뚝 세웠다. 그는 냉엄한 승부사의 카리스마보다는 맏형의 따뜻한 포용력으로 '믿는 야구'라는 프로야구 감독의 새로운 전형을 창조하였고, 현실적으로 이는 그대로 먹혀들었다.

　1998년 4위에서 출발하여 매 해 한 계단씩 성적을 향상시킨 끝에, 작년 준우승에 이어 올해 마침내 우승이라는 영광을 일궈낸 객관적인 결과가 이를 증명하고 있다 하겠다.

　김 감독은 또 엄격한 규율 대신 선수들의 기를 북돋우는 편안한 야구를 지향하고 있다는 점에서도, 훌륭한 지도자로서의 자질을 증명해 보이고 있다.

　한편으로는 끼가 넘치는 신세대 선수들을 일정한 틀에 넣어 맞추기보다는 개개인의 소질과 능력을 스스로 알아서 최대한 발휘할 수 있게 배려하였다.

　다른 한편으로는 조계현·김호 등 옛 제자들이 다른 팀들로부터 버림받아 갈 곳을 잃고 방황하게 되자, 이들을 자신의 팀으로 불러모아 선수생활을 연장시켜 주는 여유와 아량을 베풀어 주기까지 하였다. 김 감독으로부터 은혜를 입은 선수들이 몸을 사리지 않는 희생정신으로 김인식 사단의 첨병이 되었음은, 어찌 보면 당연한 결과라 하겠다.

　현역감독 가운데 가장 오래 한 팀을 맡고 있기도 한 김 감독은, 선수들 걸음걸이만 봐도 몸 상태가 어떤지 알 정도로 선수들을 훤히 꿰뚫고 있다고 한다. 이런 수준의 감독 밑에 있는 선수들로서는 두 말할 것도 없이 김 감독의 눈빛만 봐도 감독이 뭘 원하고 있는지 척척 짚어내게 마련이다. 우직한 곰처럼 참을 줄 알고, 끝까지 승부를 포기하지 않는 뚝심의 야구팀 두산 베어스는 덕장 김인식 감독이 떡하니 뒤에서 버티고 있기 때문에 그 명성과 영광을 계속 유지해 가고 있는 것이라 해도 과언이 아니라 하겠다.

'역발산 기개세'의 용장 항우를 물리치고 덕장 유방이 최후의 승리를 쟁취함과 동시에 천하를 통일, 한고조로서 새로운 왕조를 개창하였음을 우리들은 잘 알고 있다. 2001년 한국프로야구는 덕장(德將)이 곧 명장(名將)임을 또 한번 만인 앞에 증명해 보였다. 국내의 경제는 풀 수 없을 정도로 꼬이면서 점점 더 어려워져 가고 있는 것이 어쩔 수 없는 우리의 현실이다. 정치는 또 리더십의 상실과 비전 제시의 불능상태에 빠진 채 이전투구식의 권력투쟁으로 아까운 날들을 소모하고 있다.

나의 존경하는 김인식 감독! 차기니 차차기니, 허황된 꿈을 품으면서 선량한 국민들을 기망하고 있는 저 올망졸망한 무리들에게 시원스레 덕장의 길을 제시해 주십시오. 그리고 그들을 따끔하게 한 번 혼내 주세요. 혹시 그러고도 김 감독의 직성이 풀리지 않거나, 또는 저들이 김 감독의 가르침을 업수이 여기거나 하거든 나와 마주앉아 소주라도 한잔 나누십시다. 술값은 2차고 3차고 간에 내가 다 낼 테니, 김 감독은 하일성 해설위원이나 대동하고 나오십시오.

아들에게 주는 글

지금 창밖엔 까만 어둠이 짙게 내리고 밤하늘엔 별들이 총총하다. 어느 사이 뜨겁던 여름도 물러가 버리고, 귀뚜라미 소리가 스산한 밤바람에 끊어질 듯 이어질 듯 사람들의 귀를 간지럽히는구나.

깊어 가는 가을날의 이 늦은 밤, 나의 사랑하는 아들은 책과 씨름하다 지쳐 벌써 잠들었는지, 아니면 아직껏 졸린 눈을 비벼가며 책상 앞에서 겨우겨우 버텨내고 있는지 궁금하단다. 나 또한 예외 없이 한때나마 청소년기를 거쳤고 또 입시지옥에서 허덕이던 시절이 있었던 것도 사실이지만, 공부에 짓눌린 상태에서 힘겨워하는 너의 모습을 대할 때마다 어쩔 도리 없이 안쓰러운 마음이 앞서는구나.

시의 고금을 막론하고, 선비나 군자로서의 자질을 갖추기 위해서는 문(文)이나 무(武)의 어느 한쪽으로 치우쳐서는 아니 되고, 명실공히 문무를 고루 겸비하여야 했다. 양의 동서를 불문하고, 건전한 시민으로서의 구색을 맞추기 위해서는 지(智)뿐만 아니라 덕(德)과 체(體)까지도 골고루 어우러져 조화를 이루어야 한다.

얘기가 나온 김에 우리들의 현실을 함께 짚어 보자꾸나. 이 땅에선 뿌리깊은 유교 문화의 입김을 적어도 오백년 이상이나 떨쳐버리지 못했잖니. 시종 문(文)만을 숭상했지 무(武)는 천한 것으로 업신여겨 왔지. 현재는 또 어떠하냐? 교육의 이념이나 지표로서 「홍익인간」을 내세우면서도, 실제로는 모든 과목에 걸쳐 좋은 성적을 기록하여 이른바 일류대 일류학과에 진학하는 학생이 다름 아닌 모범생임을 대다수의 사람들이 당연시하고 있지를 않니.

학벌과 학연이 판치는 현재의 이 사회는 어디에서 어떤 모습으로 우리들에게 그 꼬리를 보일는지, 현재로서는 나로서도 종잡을 수가 없구나. 어느 대학을 졸업했는지에 관하여 공무원들의 인사기록 카드상에도 기재란이 아예 없고, 고위 공직자 누가 어느 학교를 졸업했는지 알려고 관심 갖는 사람도 없으며, 오로지 그가 어떠한 능력과 전문지식을 갖추었는지 여부만 기준으로 삼는 현재의 이탈리아 풍토가 이 땅에서도 하루빨리 정착되기를 기대해 보자.

나의 사랑하는 아들아! 나는 너에게 공부 일등하기를 바라지는 않는다. 초등학교 시절부터 대학 졸업할 때까지 전교 수석을 놓치지 않고, 또 사회에 진출하여 탁월한 능력을 맘껏 발휘하는 자들 중에서도 오로지 자기만을 알고 또 시종 자신만을 중요시하는 이기주의 자들이 부지기수이며, 또 잘나고 똑똑하고 거기에 더하여 눈치보기와 줄타기에도 명수인 기회주의자들이 부정한 방법으로 권세와 부와 명예를 거머쥐고는, 끝내 국민을 배신하는 경우를 우리는 종종 보아왔고 또 지금도 어렵잖게 볼 수 있잖니.

나는 너에게 바라노니, 부디 민주시민으로서 부끄럼 없는 인간이 될 수 있도록 부단히 노력하거라. 작은 것을 소중하게 생각할 줄 알고 자신만의 내면세계를 가꿔갈 줄 아는 남자, 겸양과 정직과 성실을 생활의 신조로 삼고 살아가면서도 항상 여유와 위트를 잃지 않는 남자, 이웃을 위한 봉사자로서의 손길을 놓지 않으면서도 나름대로 꿈과 야망을 가슴 속에 깊이 간직하며 살아가는 남자가 될 수 있다면, 나는 너에게 더 바랄 것이 없겠다.

나의 너에 대한 희망과 기대가 얼마만큼 실현될 수 있는지는, 네가 청소년기와 청년기를 어떻게 보내느냐에 상당 부분이 달려 있다는 사실을 명심하거라. 네가 초등학교에 입학하기도 전인 꼬마시절에, 나는 남이 장군이 백두산에 올라 읊었다는 한시를 직접 쓰고 또 표구까지 하여 집안에 걸어두고 너로 하여금 따라 암송하게 한 적이 있었지. 내 앞에 마주앉아 조그마한 입으로 재잘거리던 너의 모습을 보면서 나는 희망도 함께 보았었지.

너는 초등학교 시절, 가족과 떨어져 두 번씩이나 칭기즈칸의 후예들이 살아 숨쉬고 있는 몽골에 간 적이 있었지. 무엇을 보고 왔느냐는 나의 질문에, 너는 밤하늘 초원 위에 금방이라도 쏟아져 내릴 것만 같은 주먹만한 별들을 들려주었어. 배낭을 등에 메고 고향으로 돌아온 너의 손에 들려 있던 양탄자와 목각인형 등 기념품들엔 하나도 빠짐없이 칭기즈칸의 얼굴이 박혀 있었지. 나는 선물보따리를 풀어놓는 네가 눈치채지 못하도록 배시시 웃음을 웃었단다. '녀석, 보기보단 속이 깊은데….' 최근에 내가 중국의 자금성과 만리장성을 보고 온 너에게 소감을 물었을 땐 넌 별 대꾸를 하지 않았었지. 네가 사춘기라 입이 부쩍 무거워져서 그러려니 하면서도, 나는 더 이상

캐묻질 않았다. 하지만 네가 굳이 말로써 표현하지 않더라도 나는
너의 마음을 훤히 들여다보고 있단다.

　말을 몰아 적진으로 휘달리는 고구려의 늠름한 무사들을 진두
지휘하여 파죽지세로 만주벌판을 위시한 대륙을 제압해 나감으로써
고구려의 위세를 한껏 떨칠 당시의 광개토대왕은 삼십대의 패기만
만한 청년군주였단다.
　나의 사랑하는 아들아!
　바라건대 눈은 더욱 높게, 입은 더욱 무겁게, 가슴은 더욱 뜨겁
게, 행동은 더욱 크게 하는 다부지고 당찬 대한의 남아가 되거라.
　벌써 새벽이 지척이구나.
　찬이슬 내리는 이 밤, 감기 걸리지 않도록 이불 꼭 덮고 잘 자거라.

인간과 역사
― 나폴리·카프리 섬 여행기 ―

Ⅰ.

1998년 12월 31일, 나폴리 북쪽 외곽지역에 위치한 「카사트라 노보텔(CASATRA NOVOTEL)」호텔을 아침 일찍 출발한 버스는 방향을 남쪽으로 틀어 남국의 정취가 한껏 기대되는 나폴리를 향해 앞으로 나아갔다.

관광버스의 운전석에는 의젓하니 넥타이까지 맨 정장차림의 '마욜르'라는 이름의 앳된 청년이 새로이 자리를 잡았는데, 당돌하게도 '바르바'라고 불리는 금발의 여자친구까지 대동한 것이었다. 이탈리아에서는 한 해의 마지막 날과 새해의 첫날엔 연인끼리 함께 시간을 보내는 것이 예로부터의 관습이란다. 어제까지 우리 일행을 위해 관광버스를 운전한 고참 운전기사는 한 해의 마지막 날을 사랑하는 가족들과 함께 오붓하니 보내기 위해 며칠간의 임무를 무사히 마치고 콧노래를 부르면서 집으로 돌아갔고, 그 대신 애숭이 운전기사가 애인까지 동반한 채 대타로 등장한 것이었다.

버스가 시종 태양을 바라보며 30분가량 달렸을까, 나폴리 시내의 북쪽이 하나하나 시야에 들어오기 시작했다. 나폴리에 대한 기대가 컸던 게 사실인데, 정작 눈앞에 펼쳐지는 도시의 모습은 기대에 미치지 못했다. 을씨년스런 겨울임을 충분히 감안한다 하더라도, 나폴리의 첫인상은 시시하고 또 밋밋했다. 칙칙하고 어둡다는 느낌까지 들었다. 하기사 나와 아내, 그리고 나의 아들딸이 보아야 할 것은 따로 있었다. 의당 도시를 보는 관점을 달리하여야 했다. 우리들이 눈여겨보아야 할 것은 도시의 건물이나 거리가 아니라, 도시 속에서 분주히 살아가고 있는 인간들의 각양각색의 표정들과 그네들의 적나라한 생활모습, 바로 그것이었다. 관점을 달리하여 접근하니 단박에 흥미를 느낄 수 있었다. 그리고 또 새로운 호기심을 가질 수 있었다.

맑은 하늘, 빛나는 햇살. 언덕을 따라 꼬불꼬불 이어진 좁은 도로를 타고 내려가다가, 언덕의 중턱쯤에서 버스를 세우고 느긋하니 내려다본 나폴리 시내와 그 앞 나폴리 만은 우리들의 눈을 마냥 즐겁게 하였다. 파란 바다와 그 위에 떠 있는 크고 작은 배들, 찰랑거리는 파도 위에서 산산이 부서져 흩어지는 햇빛의 눈부심이 적절한 조화를 이룬 채 무디기만 한 이방인들의 가슴을 쿵쿵 소리가 나도록 마구 두드렸다. 가이드의 설명에 따르면, 석양녘이 되면 파랗던 바다가 온통 황금빛으로 물들고, 급기야는 도시 전체가 황금빛으로 변하여 일대 장관을 연출한단다. 바쁜 일행들로서는 해질녘까지 무턱대고 죽치고 앉아 기다릴 수도 없고, 따라서 그 장면을 씨익 한번 머릿속으로 상상해 보는 것으로써 만족할 수밖엔 달리 도리가 없다. 우리들은 저 멀리 베수비오 화산을 배경으로 사진들을 찍고는 다시 버스에 올라 꼬불꼬불 도로를 따라 바닷가로 내려갔다. 언덕 위에는 도로를 따라 아파트라 칭하기엔 적고 연립주택이라 부르기엔 큰 규모의 집단주택들이 빼곡하니 들어차 있다. 그 대부분이 지은 지 오래 된 듯 몹시 낡았다. 창과 건물건물 사이의 협소한 공간마다에는 어김없이 빨래가 널려져 바람에 펄럭이고 있다. 지저분하다는 느낌이 들면서도, 오히려 그렇기 때문에 더 정이 가는 것은 왜일까. 당장에라도 매를 피해 잽싸게 집 밖으로 뛰쳐나오는 개구쟁이 소년과, 매를 치켜든 채 고래고래 소리를 지르며 어린 아들의 뒤를 쫓는 나폴리아줌마의 모습이 눈앞에 확 하니 펼쳐질 것만 같다. 모르긴 몰라도 이런 분위기 속의 도시인들이라면 삶에의 의욕이 철철 넘쳐흐를 것이다.

예전에는 한산한 어촌이었다는 산타루치아의 해안선 부근 도로에서 버스는 멈추었고, 일행은 차례대로 버스에서 내렸다. 도로 건너에는 나폴리 만과 산타루치아 항을 마주보며 7-8층 규모의 현대식 호텔들이 즐비하게 들어서 있다. 호텔들의 2층은 레스토랑으로, 바다의 운치 있는 풍광을 감상하면서 식사를 즐길 수 있도록 설계되어 있다. 기왕이면 나폴리 만을 온통 황금빛으로 적신다는 석양아래 다정한 사람끼리 오손도손 둘러앉아 여유롭게 식사할 수 있다면 더더욱 좋을 것이다. 하지만 우리에게는 이를 위한 넉넉한 시간적 여유도 없거니와 주머니사정도 충분치 못하다. 그러면서도 나는 끝내 여운이 남아 애들에게 다음에 이곳에 올 기회가 있으면, 일정을 넉넉히 잡아 꼭 시간을 내어 해질녘의 레스토랑에서 분위기 있는 식사를 즐겨보자고 너스레를 떨어 본다. 영악한 녀석들의 눈동자는 아빠의 이런 제안이 실현가능성이 없음을 넉넉히 간파하고 있다. 나는 애들을 향해 별 의미도 없는 미소를 지어 보이며 슬쩍 꼬리를 내린다. 그리곤 이내 딴전을 피운다.

산타루치아 항구 앞 바다에는 자그마한 섬이 떠 있고, 그 위에는 12세기에 지어졌다는 성이 있다. 과거 스페인의 침공이 있은 후 요새화되었다는데, 1990년에는 이곳 성에서 서방 7개국 정상회담이 개최되었단다. 우리들은 해안선과 섬을 연결하는 길을 따라서 천천히 걸었다. 바다 건너 나폴리 시내와 그 너머 베수비오 화산을 배경으로 사진도 찍었다. 밤에는 조명 속에 빛나는 달걀 성이 마치 바다 위에 떠 있는 것처럼 환상적인 분위기를 자아낸다는데, 우리들은 밤은 고사하고 해질녘까지 기다릴 만한 시간적 여유조차도 없다. 빡빡한 여행일정 때문이다.

바다를 가로질러 해안선과 달걀 성을 연결하는 길다란 제방은 산타루치아 항을 위한 방파제 역할까지도 하고 있다. 달걀 성에서 해안선 쪽으로 걸어나오면서 우측으로 산타루치아 항이 고즈넉하니 자리잡고 있다. 항구 이곳저곳에 정박해 있는 깜찍한 모양의 보트와 요트들, 그리고 단층이나 이층 규모에 불과한 허름한 건물 내에 위치한 까페와 레스토랑들만이 항구를 지키고 있다. 오전시간이어서 그런지, 까페나 레스토랑에 손님들의 모습은 보이지 않는다. 노인 두어 명이 하릴없이 바닷가를 어슬렁거리고 있을 뿐이다. 과거 고기잡이배들로 성시를 이루었던 한창시절에 대한 추억과 미련을 완전히 떨쳐버리지 못한 노인들인 것 같다.

나폴리 민요 「산타루치아」는 현재 세계인들의 애창곡이 되어 있지만, 정작 노래 발상지의 모습은 마냥 쓸쓸하고 또 삭막하다. 그러나 나는 결코 실망하지 않는다. 수박 겉핧기식으로 휙 한번 스쳐 지나가는 나그네의 눈으로는 아름다운 항구의 진면목을 찾아낼 수 없겠기 때문이다. 「산타루치아」를 지은 아름다운 사람의, 아름다운 마음을 떠올려 본다. 항구 위 밤하늘에서 투명하게 빛나는 별과 부드러운 미풍, 그리고 파도를 가르며 바다 위를 힘차게 내달리는 고기잡이배들을 머릿속에 그려본다. 항구도 이를 사랑하는 사람의 관심과 애정의 농도가 짙어질수록 아름다워지는 법이다.

II.

　　나폴리 시내를 벗어난 버스는 다시 방향을 남쪽으로 잡아, 도시 전체가 고대유적지인 폼페이로 향하였다. 남들은 다 노는 연말연시에 부지런한 한국인 관광객들 때문에 징발(?)된 애숭이 운전기사는 지리에 서툴러 고속도로 진입로도 제대로 찾지 못했다. 가이드가 일일이 우로 좌로 도로의 방향을 가리켜가며 관광버스의 진로를 유도해야 할 지경에까지 이르렀다. 가이드는 버스가 달리는 동안 우리 일행들에게 이것저것을 설명하랴, 운전기사의 진행방향을 체크하랴 정신이 없다. 그러면서도, 아차 방심하여 버스가 고속도로에 잘못 진입하기라도 하면 우리들을 폼페이가 아닌 정반대 쪽의 로마에 내려놓을 것이라고 농담을 하는 여유를 부린다.
　　운전기사는 도중에 차가 멈추고 기회가 있을 때마다 금발의 애인을 껴안고 볼을 비비고 또 쓰다듬느라고 난리다. 뒷자리에서 이를 지켜보는 관광객들은 안중에도 없다. 전혀 의식하지 않는 당돌함을 스스럼없이 보인다. 오히려 우리 일행이 민망해지고, 또 거북해진다. 이게 다 문화의 차이에서 비롯된 것이라고 짚어 넘기기에는 무언가 찜찜한 것이 남는다. 일행의 얼굴표정들이 굳어 있음을 눈치챈 가이드는, 남부인들의 기질에 대해 장황한 설명에 들어갔다. 지금은 조금 나아졌지만, 5년 전만 하더라도 가장 기본적인 약속인 교통법규조차도 지켜지지 않았단다. 따라서 시민들이 파란불은 안전하게 건너라는 의미로, 빨간불은 조심해서 건너라는 정도의 의미로 받아들이기를 예사로 하였고, 운전자들은 배짱 좋게도 중앙선상에 비상깜박이등을 켠 채 차량을 정차시키거나 주차시키기 일쑤였다는 것이다. 하지만 이와 같은 다혈질적인 기질도, 알고 보면 나폴리를 중심으로 하는 이탈리아 남부지방의 역사와 깊은 관련성을 가지고 있다고 하겠다.

나폴리는 고대 그리스 시대부터 19세기 후반의 이탈리아 통일 때까지 2,000년이라는 세월동안 계속해서 유럽제국의 지배를 받아왔던 것이다. 이와 같은 어렵고 각박한 상황 하에서 이탈리아 남부인들의 살아남기 위한 처세술이 저절로 생겨나게 되었을 것이다. 때로는 지배권력에 복종하기도 하고, 또 때로는 권력과 주변사람들을 적절하고도 교묘하게 이용하는 지혜를 발휘하기도 하였을 것이다. 남부 이탈리아인들의 특유의 낙천적 기질은 뜨거운 태양과 지진 발생의 빈발, 운명론에 따른 생명중시 사상에서 싹튼 것이 아닐까. 당장 내일의 운명이 어떻게 될지 모르니 오늘은 우선 먹고 마시면서 맘껏 즐기고 보자는 심리가 자연스럽게 일상생활의 패턴을 만들어냈고, 그 과정에서 주민들의 낙천적 기질은 저절로 형성되었을 것이다.

　서기 79년, 해발 2,200미터의 베수비오 화산이 폭발하였다. 1차 폭발시에는 바람이 북쪽에서 남쪽으로 불었다. 그에 따라 섭씨 200도의 열풍과 엄청난 양의 화산재가 화산의 남쪽에 위치한 폼페이를 덮쳤다. 2차 폭발 시에는 바람이 동쪽에서 서쪽으로 불었단다. 이번에는 티레니아 해에 면한 휴양도시 에르콜라노에 비슷한 재앙이 몰아닥쳤다. 주민의 90퍼센트 정도가 피할 겨를도 없이 희생되었고, 도시는 쌓인 화산재에 매몰되었다. 에르콜라노는 계속 지하에 묻혀 있다가 16세기 초에 이르러서야 비로소 우물을 파던 주민에 의해 우연히 발견되었으며, 폼페이 역시 17세기에 이르러 밭을 갈던 농부에 의해 발견되었다. 1940년대에서 1960년대에 걸쳐 마우리에 의해 본격적이고도 체계적인 발굴작업이 이루어지게 되었다. 현재는 세계 각국으로부터 몰려온 관광객들이 일년 내내 폼페이 유적지에 장사진을 이루고 있다. 폭발로 인해 베수비오 화산은 높이가 2,200미터에서 1,300미터로 낮아졌다. 폼페이 유적지 입구에서 왜소한 체격의 50대 현지인 가이드가 함박웃음과 함께 우리 일행을 맞이하였다. 그동안 한국인 관광객들 안내를 꽤나 많이 하였는지, 인사말을 비롯해 한국어를 입에 올리는 솜씨가 제법이다. 시골 아저씨 같은 그에 대해 단박에 친근감이 느껴진다.

　도시 전체가 온전히 보전되어 있다. 마치 어제까지도 사람들이 살고 있었던 것처럼 보존상태가 완벽하다. 또 생동감이 느껴진다. 한 도시를 통째로 지하에 매몰시켰던 베수비오 화산이 북쪽으로 빤히 올려다 보인다. 화산은 언제 폭발하였는지 알아볼 수 없을 정도로 마냥 평온하기만 하다. 그 베수비오 화산을 등 뒤로 하고 또 사진을 찍는다. 공회당과 극장, 신전과 상점, 주택과 공중목욕탕과 도로, 수도시설이 도저히 2,000년 전의 도시라고는 볼 수 없을 정도로 잘 정돈되어 있고 건축기술 또한 뛰어나다. 관광객들의 입이 저절로 벌어지고 또 감탄사가 연이어 쏟아진다.

　주택들은 대개 2층 구조로 이루어져 있다. 주택의 입구로 들어서면 중정이 위치하고 있는데, 빗물을 받아 모았다가 수시로 사용할 수 있게끔 낙수대가 설치되어 있다. 1층엔 하인·노예들이 살았고, 2층에 주인집 가족들이 살았다고 한다. 사랑방이 따로 마련되어 있어서, 손님이 오면 여자노예를 끼워 사랑방에서 함께 재웠다고도 한다. 매몰될 당시 「베티」라는 이름을 가진 사람이 살았던 집을 둘러보았다. 대문 오른쪽 벽에 우스꽝스럽고도 노골적인 모습의 그림이 그려져 있다. 한 남성이 실제보다 훨씬 과장된 크기의 음경을 드러내놓고는 저울로 직접 그 무게를 달고 있는 모습이다. 그 그림 앞에 빼곡하니 줄을 선 사람들은 동양인, 서양인, 아저씨, 아줌마를 가릴 것 없이 다들 입을 헤 벌리고 섰거나, 또는 키득키득 터져 나오는 웃음들을 참지 못하고 있다. 캠코더나 카메라로 희한한 모습의 그림을 촬영하는 열성파들도 있다. 아줌마들이 더 좋아한다.

　춘화나 포르노 영화 속의 한 장면 같지만, 당시에는 마귀를 쫓기 위한 부적으로 사용되었던 그림이란다. 그 집의 사랑채 방 안벽에도 야한 장면의 성행위 그림이 가득하다는 가이드의 설명에, 이를 훔쳐보려고 대열을 이탈하여 접근을 시도하였는데, 엄청나게 많은 사람들이 좁은 공간에 빽빽하니 몰려선 채 순서를 기다리고 있었다. 나는 질려 버려 아예 그림감상을 포기하고는 슬그머니 되돌아와서 우리 일행의 대열에 합류하였다. 딸과 아들은 저만치 맨 앞에 서서 가이드의 설명에 열심히 귀들을 기울이고 있는데, 당연히 부근에 있어야 할 아내의 모습이 아무리 둘러봐도 보이질 않는다. 이 친구가 도대체 어딜 갔나? 그로부터 얼마 후, 아내는 얼굴 가득 홍조를 띤 채 나의 곁으로 돌아왔다. 사람들 틈을 요리조리 헤집고 들어가 기어코 사랑방에 들어갔고, 거기서 볼 만한 것은 다 봤단다. 일행들 중 대열을 이탈한 사람들이 우리 부부뿐이었다는 사실을 알아챈 사람은, 건물 앞에 마주보는 자세로 서서 연신 설명을 계속한 가이드뿐이었다.

도로는 양옆 인도가 다소 높고 우마차가 통행하던 중앙부가 낮게 축조되어 있어, 흐르는 하수에 발이 빠지지 않도록 정교하게 설계되어 있었다. 차도 중간 중간에 높은 돌들이 눈에 들어왔다. 우천시에 보행인들이 물에 빠지지 않고 도로를 건널 수 있게 하기 위한 시설이란다. 도로 중앙부에도 널찍널찍한 돌들이 깔려 있는데, 수레바퀴가 지나간 자리는 깊게 패인 채 세월의 흔적을 길게 남기고 있다. 길가에는 수도가 설치되어 있는데, 수도관은 납으로 만들어져 있다. 길을 가던 사람들이 수도관이 삐져나온 음수대의 돌을 손으로 짚은 채 수도꼭지에 입을 대고 물을 마셨을 것이다. 하많은 세월동안 하많은 사람들이 손을 짚었던 돌 부위는 닳고닳아 움푹 패어 있다. 실제로 패인 부분에 손을 짚고 몸을 비틀어 수도꼭지에 입을 맞춰 보니, 아주 편한 자세가 된다.

　　번화가에는 도로 가를 따라 주점이 위치하고 있다. 조금 더 옮겨가니 유곽이 모습을 드러낸다. 「루파노레의 유곽」이다. 인류역사상 가장 오래된 직업 중의 하나가 창녀라고 주장하는 사람들이 적지 않지만, 2,000년 전에도 이와 같은 유곽이 있었다는 사실이 신기롭기만 하다. 이 유곽을 암늑대 집이라고도 불렀다고 한다. 창녀들이 사람들을 유혹할 때 "우우-" 하고 늑대소리를 낸 데서 연유된 이름이란다. 1층에 방 다섯 개, 2층에 방 다섯 개다. 2층엔 방마다 발코니까지 설치되어 있다. 짧은밤 손님은 1층으로, 긴밤 손님은 2층으로 안내되었단다. 몸소 1층 방안으로 들어가 보았다. 묘한 기분이 든다. 굳이 방안에까지 들어간 나의 짓궂음을 보고 일행 중 한 분이 킥킥 웃음을 웃는다.

　　거리의 구석구석을 누비고 다닌 일행은 대체육관으로 발길을 옮겼다. 경기장 안에는 수영장 시설까지 완벽하게 구비되어 있다. 현재의 정규수영장 규격보다 약간 큰 규모의 수영장인데, 2,000년 전의 시설이라는 사실이 실감나지 않는다. 부근엔 야외극장도 있다. 「안티삐아뜨로」. 약 2만 명을 수용할 수 있는 원형극장이다. 서기 70-80년대에 검투사끼리의 결투 또는 검투사와 맹수와의 싸움이 벌어졌던 시설이다. 검투사끼리의 시합 도중 양편으로 나눠 응원하던 관중들 사이에 집단 패싸움이 벌어져 80여 명의 사상자가 발생하기에 이르자, 골머리를 앓던 당국은 원형극장에서의 결투를 아예 폐지해 버렸단다. 그 후 구경거리를 잃어버린 주민들이 네로 황제의 황후인 싸비나에게 청원을 하게 되었고, 마침내 그 청원이 받아들여져 다시 검투사들의 결투가 야외극장에서 행해지게 되었단다.

배수비오 화산 폭발 당시 고통스런 상태에서 죽어간 사람들이 용암이나 화산재를 뒤집어쓴 채, 제각각 공포상태의 포즈 그대로 굳어져 버린 형상들이 전시되고 있는 공간도 눈에 띈다. 당시의 경악과 혼란, 그리고 비극적 상황이 어렴풋하게나마 느껴진다.

Ⅲ.

폼페이 유적지 이곳저곳을 부지런히 돌아다니며 다리품들을 파는 사이, 어느 새 시장기가 몰려왔다. 정오 조금 지나서 부근에 위치한 이탈리아식 식당으로 향하였다. 자리를 잡아 의자에 앉고 나니 누적되었던 피로가 일거에 밀려왔다. 나는 가족들과 함께 창가 쪽 테이블을 차지하고 앉아, 주문한 음식이 나오기를 기다리면서 그동안의 일정을 메모형식으로 정리하였다. 식당 안의 분위기와 창 밖 풍경이 꽤나 운치가 있다. 메뉴는 해물스파게티와 오징어 새우튀김. 야채도 곁들여 나왔다. 일행 중 누군가가 음식이 나올 때를 기다리지 못하고 빨리 달라고 재촉을 했다. 배가 고프긴 꽤나 고팠던 모양이다.

일행이 어제저녁 카사트라에 도착해서는, 피자전문점에서 저녁 7시경부터 밤 9시 10분까지 피자와 포도주를 즐기면서 여유롭게 식사하여 현지가이드를 놀래켰었다. 한국인 관광객들이 보통 식사하는데 30분이 채 걸리지 않고, 가이드도 우리 일행이 길어야 한 시간을 넘기지 못할 것이라고 예상했는데, 이탈리아사람들에게도 뒤지지 않을 정도로 굳세게 버텼다면서 대견해 했었다. 하지만 시장기는 느긋함과 기다림의 미덕을 하루도 지나지 아니하여 아예 깡그리 거둬가 버리고 말았다.

화기애애한 분위기 속에서 식사를 마치고 식당을 나온 일행이 대기하고 있던 버스에 올라 소렌토로 출발하려는데, 일행 중 나이 지긋하신 한 분이 꼭 살 게 있다면서 잠시 기다려 줄 것을 요청하였다. 그 분은 며칠 전 일행들이 돌려가며 자기소개들을 할 때, 예비역 장성이라고 자신의 신분을 밝혔었다. 노신사분은 가이드와 함께 물건을 사러 버스 밖으로 나가고, 나머지 일행들은 버스에 남아 조용히 기다렸다. 노신사는 어제 로마에서도 일행들의 양해를 구하고는 콜로세움 근처에서 버스를 내려 무엇인가를 사러 갔었다. 그분이 포장지로 포장된 무엇인가를 손에 들고 버스로 되돌아왔을 때 누군가가 물건을 공개하라고 요구했었는데, 노신사는 멈칫멈칫한 끝에 결국 포장지를 뜯었다. 포장지 속에는 영화 「벤허」에서 보아 눈에 익은 전차와 말의 황금색 모형이 들어 있었다. 일행은 한꺼번에 웃음을 터뜨렸었다. 버스 안의 한 여자 분이, 장군님이 성모상을 사러 갔다고 귀띔하였다. 한참의 기다림 끝에 노신사 분이 여인상을 손에 쥐고 득의양양한 표정으로 버스에 올랐다. 검정색 용암으로 만든 여인상을 35,000리라 부르는 것을 깎아 20,000리라에 샀다면서, 한국에 가지고 가면 몇십만원의 가치가 있다는 말씀까지 덧붙였다.

소렌토까지 가는 버스 안에서 가이드는 나폴리인들의 기질에 대해 설명했다. 가이드가 언급한 기질 중에는 그들이 남들을 잘 속인다는 내용도 포함되어 있었다. 어느 가이드가 비디오카메라를 10

만 리라에 얼씨구나, 웬떡이냐 하고 구입하여 급히 자리를 뜬 후 호텔에 도착하여 시험작동하기 위해 확인해 보니, 어처구니없게도 나무를 정교하게 조각하여 만든 가짜였다나. 하도 가짜가 판을 치니, 시 당국이 휴게소 등에 가짜 물건이 많으니 조심하라는 내용의 공고문까지 부착하는 실정이란다. 언젠가는 나폴리 앞 섬에 미해군 함정까지 훔쳐 숨겨놓은 도둑도 있었다는 대목에선 모두들 혀를 내두를 수밖에 없었다.

우측으로 바다를 끼고 벼랑길을 달리던 버스는 서서히 소렌토로 접근해 갔다. 바다에 접한 절벽을 따라 아슬아슬하게 이어진 구불구불한 도로와 그 틈에 붙박혀 있는 주택과 호텔들. 태양과 바다는 한데 엉켜 조화를 이루고 있고, 여기에 감귤과 이름을 알 수 없는 주홍색 꽃들이 한껏 운치를 더하고 있다. 소렌토 시내와 연이은 절벽, 그 아래 바다의 풍경이 한눈에 내려다보이는 도로 가에 버스를 세우곤, 일행들은 우루루 버스 밖으로 쏟아져 나왔다.

오후 2시 30분. 소렌토 시내가 해가 떠 있는 남쪽방향에 위치하고 있기 때문인지, 시내상공이 뿌여니 영 선명하지가 않다. 그 바람에 소렌토의 절경이 확연히 드러나지 않았고, 눈을 아무리 크게 떠봐도 더 이상 시야가 맑아지지는 않았다. 아쉬움이 남는다. 시내와 절벽, 그리고 바다를 배경으로 사진을 찍어도 잘 나오지 않을 것 같다. 옆에 서서 소렌토를 내려다보던 딸이 별거 아니라는 투로 얘기한다. 내 느낌도 너와 똑같단다. 나는 실망의 빛을 나타내고 있는 딸에게, 자연의 경치보다는 그곳에서 살아가고 있는 사람들의 표정과 아기자기한 생활모습을 보고 거기서 무엇인가를 느껴야 한다고 점잖게 충고한다.

　일행이 버스 밖으로 나와 서서 저 아래 소렌토를 내려다보면서 감상하는 동안, 버스 안에 남은 애숭이들은 또 그 새를 참지 못하고 뜨거운 열정을 토해내느라 한바탕 난리다. 가이드는 내일 카프리 섬에 갔다 오다가 소렌토를 다시 들를 예정이므로 오늘은 이쯤에서 되돌아가자고 일행을 꼬드긴다. 버스는 좁은 도로를 따라 한참을 내려가다가, 겨우 방향을 되돌릴 공간을 찾아 되돌아서서는 왔던 길을 거꾸로 달렸다. 한껏 들떠 있는 운전기사의 운전이 영 불안하다. 운전석에 앉아는 있으나 마음은 뽕밭에 가 있음이 역력하다. 나는 여덟아홉 시간 후의 두 남녀의 짓거리를 상상해 보았다. 축 늘어진 몸으로 내일 운전이나 제대로 할 수 있을지 적이 걱정되었다.

　달리는 버스의 앞쪽 좌석에서 잠시 웅성웅성하더니, 여인상을 샀던 노신사 분이 자리에서 일어나 여인상을 들어 보이면서 운을 떼었다. 칼로 긁어 확인해 보니 가짜란다. 용암 아닌 다른 흔한 돌에 검은색 안료를 교묘하게 덧씌워 용암으로 위장한 것이었다. 함께 따라가 물건 사는 것을 거들었던 가이드는 나폴리에서 파는 물건의 80퍼센트는 가짜라고 보면 크게 틀리지 않는다고 설명한다. 나로서는 문제의 여인상이 가짜라는 사실을, 과연 가이드가 처음부터 알고 있었을까 모르고 있었을까가 궁금하였다. 끝내 떨칠 수 없는 아쉬움과 회한이 남는지, 노신사는 여인상을 손에 꼭 쥔 채 계속 만지작거렸다. 낙심한 표정이 마치 어린아이 같았다. 의기소침해 있던 장군은 그로부터 얼마 후, 고개를 떨구고는 이내 꾸벅꾸벅 졸기 시작하였다.

IV.

소렌토에서의 일정이 변경되고, 그에 따라 그곳에서 소요될 시간이 절약되는 바람에 일행은 예상 밖의 여유시간을 가질 수 있었다. 우리들에게 속시원히 털어놓지는 않았지만, 가이드가 소렌토 시내에 진입하지 아니한 데는 그 나름대로의 이유가 있는 것 같았다. 현지인 가이드를 앞장세우지 않고는 관광을 할 수 없도록 하는 규정이 있는 것 같았고, 따라서 이와 같은 규정을 무시하고 한국인가이드가 직접 관광객들을 인솔하고 관광을 하다 단속이라도 당하게 될 경우에 생길 낭패를 걱정한 나머지, 가이드는 적당히 둘러대고는 발길을 돌린 것으로 보였다. 하기사 폼페이에서도 현지인 가이드는 붙일 필요가 전혀 없었다. 시종 우리 일행을 따라만 다녔을 뿐, 유적지 안내와 설명은 한국인 가이드가 전적으로 맡아 처리하였던 것이다. 결국 우리 일행은 이탈리아 좌파정권의 자국민 고용증대정책에서 비롯된 장치로 인해 직접적인 타격을 받는 신세가 된 것이다.

고속도로를 통해 카사트라로 귀환한 일행은 부근 산악지역에 위치한 고성을 방문하기로 하였다. 고성이 있는 산 정상까지 버스가 올라갈 수 있었다. 하지만 우리 일행은 물론, 버스운전기사도 가이드도 모두 초행길이었다. 좁은 골목길을 이리 갔다 저리 갔다 한참 동안을 헤맸다. 주변의 상점과 레스토랑 앞에 버스를 세우고는 산 정상으로 올라가는 길이 어딘지를 묻기를 수차례 거듭한 끝에 겨우 방향을 잡을 수 있었다. 산 저 밑으로 도시가 한눈에 내려다 보였다. 제법 높이 올라왔다는 느낌 이외엔 별다른 느낌도 없었다. 군데군데

무너져 내린 성의 잔해는 앙상함을 그대로 드러내면서 세월의 무상함을 말해주고 있었다.

　우리가 예상했던 것과는 달리 산꼭대기에도 마을이 있었다. 교회당이 있고, 관광객들을 상대로 기념품을 팔고 음식을 파는 상점들이 좁은 골목을 따라 길게 이어져 있는 것이었다. 아기자기하고, 또 제법 운치도 있었다. 우리일행 말고도 관광객들이 꽤 눈에 띄었다. 달리는 버스 안에서 오랫동안 앉아 있었던 일행은 너나 할 것 없이 한껏 부풀어 오른 오줌보를 비우기 위해 화장실부터 찾았다. 이곳저곳을 기웃거린 끝에, 일행들은 술을 마실 목적이 아니라 단지 용변을 보기 위해 부근의 '바'로 우루루 몰려 들어갔다. 주점의 주인에게 미안함을 느꼈는지, 일행들이 곧바로 되돌아 나오지를 못하고 커피와 음료수를 시켜먹고 있는 사이, 나는 혼자 그곳을 빠져나와 나무들이 우거진 숲 사이로 난 길을 따라 조용히 걸었다. 그리곤 무너져 내린 성벽 아래로 다가가 성을 올려다보았다. 성을 빼앗고, 또 빼앗기고를 반복하는 과정에서 피를 흘리며 스러져간 이름 없는 숱한 전사들의 최후를 상상해 보았다.

　인간의 인간에 대한 지배의 궤적이 곧 역사다. 인간이 도도한 역사를 만들어가면서도, 또 다른 한편으로는 어쩔 수 없이 역사에 의해 운명 지워지는 나약한 존재임을 벗어날 수 없다. 눈을 들어 허물어진 성 위의 하늘을 올려다보니, 하얀 달이 덩그러니 걸려 있다. 저 달은 이 고성의 역사와 그간 이곳에서 스러져간 뭇 생명들의 뼈아픈 사연들을 구구절절 죄다 알고 있을 것이다. 나는 불현듯 백마강이 휘둘러 흘러가는 낙화암 위에 뜬 이지러진 조각달을 떠올려 보았다. 장군 계백의 최후와 백제의 멸망이 우울한 환영이 되어, 잠시나마 나를 어지럼증에 빠뜨렸다. 울적한 마음을 추스르고 나서 주차장에 주차된 버스에 오르니, 그때까지 꼭 붙어 있던 운전기사의 여자친구는 마지못해 남자와 떨어져선 자리를 옮겨 앉는다. 내가 잘못한 것이 하나도 없는데, 어쩐지 그들을 방해한 것 같아 괜스레 미안한 마음이 드는 것이었다. 일행들은 그로부터도 한참 후에야 일제히 몰려와 버스에 올랐고, 버스는 곧바로 출발하였다. 어둠이 내린 산길을 돌고 돌아 산아래 도시의 야경을 내려다보며 산을 내려왔다. 하늘의 달은 어느 새 휘황찬란한 빛을 내뿜어 어둠이 내린 대지를 환하게 비추고 있었다.

카사트라 시내로 되돌아온 일행은 저녁식사를 하기 위해 중국식당을 찾았다. 저녁 6시, 너무 이른(?) 시간이라 이탈리아인 식당주인이 아직 출근을 하지 않았다는 것이었다. 식당종업원들이 모두 외국인인지, 이탈리아 말을 할 줄 모른다. 가이드가 주인에게 전화하여 빨리 식당으로 나올 것을 요구하였다. 얼마 지나지 아니하여 식당주인이 둥그런 눈모양을 한 채 헐레벌떡 뛰어왔다. 곧이어 주문음식이 만들어지고, 연이어 요리가 나왔다. 중국음식은 어디를 가나 그 양이 푸짐하다는 것이 특징일 것이다. 일행은 삼삼오오 테이블에 둘러앉아 왁자지껄 떠들어대면서 식사를 즐겼다. 그 사이 술도 몇 순배 돌아간 터라 분위기가 한껏 고조되었다. 제법 흥이 오른 일행들이 자리에서 일어날 줄 모르고 떠들고 마시기를 계속해대는 동안, 구석자리를 차지하고 앉아 입에 맞지도 않는 식사를 서둘러 끝낸 운전기사와 그 애인이 시종 눈만 껌뻑거리면서 지루함을 이기지 못하고 있었다. 우리 일행을 빨리 호텔에 태워다 놓고는 자기들만의 오붓한 시간을 가져야겠는데, 속 모르는 관광객들이 일어날 생각을 하지 않으니 제들 딴에는 오죽 속이 타고 또 답답했으랴. 시간이 갈수록 그들의 얼굴표정은 점점 더 일그러져 나중에는 둘의 얼굴이 마치 소태라도 씹은 표정들을 짓고 있었다.

20시 30분경에 「카사트라 노보텔」에 도착하여 간단히 샤워들을 끝냈다. 나의 가족들이 투숙한 객실은 114호실과 115호실. 미국식 호텔개념에 익숙해져 있는 우리의 기준으로 보면 1층이겠지만 이곳에서는 1층이 아니라 2층이다. 일행들은 21시에 호텔로비 옆에 위치한 '바'에 모였다. 우리끼리 송년파티를 하기로 미리 약속이 되어 있었던 것이다. 테이블을 연결하여 일행들이 쭈욱, 두 줄로 남북회담하듯 마주보는 형태로 자리를 잡는 동안 맥주와 포도주, 과일과 그 밖의 안주가 차례차례 준비되었다. 그로부터 얼마 후, 종업원들과 주인 모두 가족들과 함께 망년의 시간을 보내겠다며 그대로 퇴근해 버렸다. 그 이후에는 손님인 우리들이 주인행세까지 해가며 마음껏 먹고 마시고 또 떠들었다. 우리나라에서라면 많은 손님들을 남겨놓은 채 유흥업소 주인과 종업원들이 몽땅 퇴근해 버린다는 것이 도저히 있을 수 없는 일이겠으나, 이 나라에서는 다소간의 매출의 증가나 영업이익보다는 가족간의 애정과 어울림이 훨씬 더 큰 가치를 부여받고 있는 것으로 보였다.

자정이 가까워 오자, 시내 이곳저곳에서 폭죽 터지는 소리가 들려오기 시작했다. 특히 자정부터 10여분간은 시내 전체가 온통 폭죽의 화려한 불꽃과 폭음으로 뒤덮였다. 일행은 아예 호텔 밖으로 나가 폭죽이 터지는 멋진 장면들을 구경하였다. 한국과의 시차가 여덟 시간이니, 한국시각으로는 벌써 1999년 1월 1일 오전 8시가 넘어가고 있었다. 나는 잠시 동쪽하늘을 응시하면서, 멀리 떠나온 고향과 또 그곳에 남기고 온 다정한 사람들을 생각해 보았다. 이탈리아인을 비롯한 유럽사람들은 우리들과는 달리, 크리스마스는 가족들끼리 집에 모여 오붓하면서도 조용하게 보낸다. 그 대신 한해의 마지막날 밤은 일제히 거리로 쏟아져 나와 폭죽을 터뜨리고 술을 마시고, 또 열광적으로 춤을 춰가면서 새해의 도래를 지켜본다. 그러면서 이를 축복하고, 또 한 해의 소망을 기원한다.

호텔로비는 어느 새 쌍쌍이 짝을 이룬 말쑥한 차림의 남녀들로 붐비고 있었다. 여남은 명의 젊은 여자들이 왁자지껄 떠들면서 한꺼번에 엘리베이터 속으로 밀려들어가는 장면이 눈에 들어왔다. 자기들끼리 호텔객실을 잡아 밤새 놀려고 하는 여자들인지, 아니면 객실로 뿔뿔이 흩어져서 집단으로 윤락행위를 하려는 콜걸들인지 나로서는 분간을 할 수가 없었다. 좇아 올라가 보면 금세 확인이 되겠지만, 만약 그랬다간 옆자리의 아내가 가만있지는 않을 것이다. 궁금증을 억누르며 옆 사람 모르게 배시시 실없는 미소를 흘릴 수밖에 없었다. 짓궂은 나의 머릿속에서 어느 새 그녀들은 한 명도 빠지지 않고 아름다운(?) 콜걸들이 되어 있었다. 일행은 새벽 1시가 넘어서야 겨우 술자리를 파하고 각자 객실을 찾아 불쾌한 얼굴들을 한 채 흩어졌다.

V.

1999년 1월 1일, 새벽 5시에 기상하여 뜨거운 물로 샤워하고 면도까지 끝내고는, 아들을 데리고 옆 객실로 가 아내와 딸과 합류하였다. 짐 정리를 하고 함께 식당에 내려가 간단히 아침식사를 하였다. 서두른 덕에 7시 30분 호텔을 출발할 수 있었다.

오늘은 카프리 섬 관광 일정이 잡혀 있다. 나폴리 항으로 달리던 버스는 나폴리 시내의 뉴오보 성에 잠깐 들른다. 성 주변 잔디밭과 광장에는 밤새 터진 폭죽의 흔적과, 먹고 마신 음식과 술의 잔해들이 지저분하게 널브러져 있다. 폭죽으로 인해 옮겨 붙은 불로 작은 화재가 발생한 현장도, 검은 그을음과 뒤엉켜 그 모습을 드러내고 있다. 성의 정면에는 이탈리아 통일의 영웅 가리발디의 동상이 위풍당당한 기마자세로 이방인들을 내려다보고 있다. 마찌니·카브르와 더불어 이탈리아 통일에 기여한 대표적 인물이지만, 통일완수 후 권력에의 욕심 없음을 몸소 행동으로 보여 주었기 때문에 국민들로부터 더욱 큰 존경을 받고 있는 것이 아닐까 생각된다. 「붉은 셔츠 천인대」를 지휘하는 마상의 가리발디 모습이 늠름한 자태로 나의 머릿속을 빠른 속도로 스쳐간다.

뉴오보 성은 앙쥬 가(家)의 성이라고도 불리는데, 13세기 앙쥬 가의 성을 15세기에 이르러 아라곤 가(家)에서 재건한 것이란다. 네 개의 원통형 탑을 가진 성벽으로 둘러싸여 있다. 성벽을 빙 둘러 설치되어 있는 깊은 해자가 외부인의 접근을 어렵게 한다. 무니치피오 광장에 면하여 적갈색의 왕궁과 이탈리아 3대 오페라극장의 하나인 산카를로 극장이 고즈넉하게 자리잡고 있다. 움베르토 1세 갤러리와 나폴리 시청사도 부근에 있다.

일행은 8시 50분에 출항하는 카프리행 여객선의 출발시각에 맞춰 나폴리 항으로 이동하였다. 애들의 부지런함 덕분에 나의 가족은 여객선의 맨 앞 좌측자리를 차지할 수 있었다. 배가 출발하여 본격적인 항해를 시작하자, 너댓 명의 일본처녀들이 배의 이물로 몰려와 계속 흔들리는 배의 중앙통로에서 몸의 중심을 잡아가며 까르르 까르르 수다들을 떨었다. 얼마 동안을 그러더니, 뒤늦게 나타난 남자애들의 꽁무니를 따라 배의 고물 쪽으로 모습을 감췄다. 배는 빠른 속도로 파란 바다를 헤쳐가면서 40여분간 항해하였는데, 파도가 꽤나 높이 일어 뱃머리의 선창에 연이어 부딪친 바닷물이 하얗게 부서져 내렸다. 급기야는 배의 롤링과 피칭이 상당히 심해졌고, 아내와 딸이 멀미를 느끼는지 일그러진 얼굴 표정들을 지었다. 나와 아들녀석은 이에 아랑곳하지 않고 스릴을 느껴가면서 배의 요동을 한껏 즐겼다. 그러고 있는 사이, 카프리 섬이 서서히 시야에 들어오더니 이내 코 앞까지 가까이 다가왔다. 선착장에 접안을 끝낸 여객선은 관광객들을 토해 냈다. 선착장을 벗어나자마자 섬의 정상까지 관광객들을 실어 나르는 궤도열차가 기다리고 있었다. 섬의 경사가 가파르고, 따라서 해안은 거의가 낭떠러지 상태로 바다에 면해 있다.

섬은 카프리 지구와 아나카프리 지구로 나눠지는데, 카프리 지구의 중앙 정상에서 내려다 본 항구와 바다, 섬들과 별장이 단박에 이국적인 느낌을 가지게 한다. 마치 그림엽서 속에 들어앉은 한폭 풍경화 같다. 카프리 지구의 중앙부는 생각과는 달리 상당히 넓었다.

광장과 성당이 있고, 기념품가게들이 좁은 골목들을 따라 즐비하다. 그 좁은 공간들을 많은 수의 관광객들이 삼삼오오 짝을 지어 누비면서 구경을 하고, 또 기념품을 사기도 한다.

일행은 우선 아우구스토 정원을 둘러보았다. 화초와 정원수, 그리고 잔디밭이 아기자기하고도 깔끔하게 가꾸어져 있다. 우리들은 정원과 바다를 배경으로 사진촬영을 하고, 또 산책을 하면서 카프리 섬에서의 여유를 즐겼다. 한겨울임에도 섬의 여기저기에 황색과 자색으로 피어 있는 꽃들의 모습이 눈에 들어온다. 하기사 이곳이 피한지로서도 유명한 곳이고, 거슬러 올라가 보면 로마시대 때 티베리우스 황제는 아예 이곳 카프리 섬에 눌러앉은 채 대제국을 통치하기도 하였으니, 카프리 섬의 명성에 대해서는 더 이상 왈가왈부할 필요조차도 없을 것이다. 아우구스토 정원에서 보아 남쪽으로 주황색의 호텔이 빤히 내려다보인다. 과거에 아이젠하워 대통령과 처칠 수상이 만나 정상회담을 가졌던 명소란다.

일행에게는 자유시간이 주어졌다. 우선 쇼핑에 관심을 두기는 애들이나 아내나 차이가 없다. 우리들은 그저 형식적으로 성당 안을 한 바퀴 빙 둘러보고 나와선, 골목을 따라 양옆으로 주욱 늘어선 기념품가게들을 기웃거리고 또 들락날락해 가면서 기념품들을 골랐다. 유리를 가공하여 깜찍하게 꽃 모양을 만들어 물을 들이고, 그것들을 둥근 메달 속에 수십 개 늘어놓아 이런저런 형태를 도출해 낸 기념품들이 뭇 사람들의 시선을 끈다. 끈을 연결할 수도 있게 만들어져 있어, 여성들이 메달을 목걸이로 몸에 걸치기에 제격일 것 같았다. 아내는 끝내 유혹을 뿌리치지 못하고 메달 몇 개를 골랐다. 딸은 특이한 문양이 장식된 반지를, 아직도 아동 티를 떨쳐버리지 못한 아들은 장난감을 손에 집어들었다. 카프리 섬의 특산품이라는 멜론 술도 두 병을 샀다. 위장병에 효과가 있다나. 나에게 가장 좋은 기념품은 뭐니뭐니 해도 카프리 섬의 아름다운 풍경사진이 들어가 있는 엽서다. 카프리 섬의 달이 묘사된 엽서를 포함하여 3장을 샀다. 카프리 섬의 달은 엽서 속에서도 제법 운치가 있다.

관광일정에는 원래 푸른동굴 탐방도 포함되어 있었다. 솔직히 말해, 아까운 시간을 쪼개 가며 카프리 섬을 굳이 찾는 이유는 푸른동굴의 신비를 직접 만끽해 볼 수 있다는 데 있을 것이다. 하지만 애석하게도 오늘은 푸른동굴에 들어가는 작은 배들이 관광객들을 태우기에는 파도가 너무 높단다. 그래서 아예 운항을 하지 않는단다. 새해 첫날부터 성급하게 카프리 섬을 찾아든 이방인들에겐 운이 따라주지 않는다. 카프리의 달도, 푸른동굴도 죄다 외면들을 한다. 느긋한 관광객이라면 눌러앉아 창공에 투명하게끔 빛나는 달을 양 가슴으로 안아볼 수도 있겠지만, 늘 시간에 쫓기는 우리들에게는 그런 류의 여유조차도 없다. 푸른동굴을 볼 수 없다는 것이 끝내 아쉬움으로 남는다. 언제 또 이곳 카프리에 와볼 기회가 있을 것인가를 생각하니, 가슴 속에 남는 아쉬움은 더욱 컸다.

일행은 정오 무렵 해서 바다가 빤히 내려다보이는 식당으로 이동하여 점심식사를 했다. 선택한 메뉴는 해물요리와 아이스크림. 일행 중 나의 가족과 같은 테이블을 차지하고 앉은 신사분이 단체로 선택한 메뉴를 취소시키곤, 그 식당에서 제일 비싼 요리를 가져오라고 주문하였다. 기왕이면 비싸고, 또 맛있는 요리를 한번만이라도 먹어보겠다는 여행객다운 생각 끝에 표출된 행동이었다. 그것까지는 좋았는데, 그 신사분이 이탈리아요리에 대한 지식이 다소 짧았던지 음식이름을 직접 거명하지는 못하고, 이 집에서 가장 비싼 것을 달라는 식으로 주문을 내었던 것이다.

일행이 주문한 요리가 나오기도 전에 신사분이 주문한 요리가 테이블 위에 놓여졌다. 애들아, 비싼 요리는 싼 요리보다 빨리 나오는가 보구나. 접시 두개에 맛있어 보이는 해물요리와 치즈, 잘게 썬 토마토가 가지런히 놓여 있었다. 신사분은 혼자 드시기가 뭐했던지, 빙 둘러앉은 나의 아들과 딸, 아내에게 맛이나 보라면서 한 첨씩 나눠줬다. 나에게까지도 먹어 보기를 권했으나 나는 사양했다. 신사분께 이토록 심적인 부담을 드릴 줄 알았으면, 나 또한 같은 요리를 한두 개쯤은 시켰어야 했다. 신사분이 정말 어렵게 해물요리를 목을 통해 넘기고 있는 사이, 우리들 앞에도 주문한 요리가 차례로 놓여졌다. 쌀밥과 해물요리가 접시 하나에 담겨 있었다. 다소 짜다는 느낌은 들었으나 매콤하니 맛이 있었다.

일행이 다들 식사를 즐기고 있는 동안, 싱겁게 접시를 비운 신사분은 또 다른 접시가 따라나오기를 손꼽아 기다리고 있었다. 하지만 더 이상 접시의 이동은 없었다. 주방 쪽으로 흘끔흘끔 눈길을 주던 신사분은 더 이상 참지를 못하고 손짓으로 종업원을 불렀다. 주문한 요리가 왜 마저 나오지 않느냐는 독촉에, 상대방은 똑같은 요리를 추가로 한 개 더 시키는 의미로 알아듣는다. 뒤늦게 이를 간파한 신사는 기겁(?)을 하고는 즉시 취소한다. 옆자리에 앉은 신사의 부인께서, 오늘 남편이 튀는 행동을 하는 바람에 별 수 없이 배를 곯게 됐다고 신사분을 나무란다. 내 가족들 때문에 신사분께서 배를 채우지 못하게 되었으니, 나로선 우연히 한 테이블에 앉았다는 사실만으로도 송구스러워 해야 했다. 하지만 그때는 이미 나의 접시뿐만 아니라 아내의 접시도, 애들의 접시도 깨끗이 비워져 있었다. 신사분 부인의 접시까지도 말끔히 비워진 후였으므로, 그로서는 배고픈 오후를 감수하는 수밖에는 별 도리가 없었다. 신사는 특별요리를 시킨 죄(?)로 18,000리라를 추가 부담하였다. 애들아, 고급요리일수록 양이 적다는 사실을 명심하거라.

VI.

식당을 나온 일행은, 딱 한 사람 빼놓고는 모두들 포만감을 맛보며 벤치에 앉거나 나지막한 벽돌담에 기댄 채 광장에 운집해 있는 관광객들을 구경하기도 하고, 눈을 돌려 저 아래 파란 바다와 그 위에 떠 있는 배들을 주시하면서 자투리 시간을 보냈다. 나는 카프리의 달에 대한 미련이 아직도 남아, 둥근 달이 드리워진 예쁜 사진엽서를 또 한 장 샀다. 달은 엽서 속에서도 카프리 섬과 바다 위에서 투명한 빛을 토해냈다. 일행은 세 대의 택시에 나눠 타고 선착장 부근 마리나그란데로 내려왔다. 운전기사들은 산을 따라 내려가는 꼬불꼬불하면서도 비좁은 도로를, 마치 다람쥐들이 줄지어 작은 구멍을 잽싸게 빠져나가듯 능숙한 솜씨로 차들을 몰아나갔다.

일행을 싣고 갈 배가 출항하기까지는 다소의 시간이 남아 있어,

선착장 부근 상가에서 쇼핑할 기회가 생겼다. 나의 발길은 모자를 파는 상점 앞에서 멈췄다. 영화 「대부」에 나오는 마피아들이 즐겨 썼던 검정색 모자들이 눈길을 끌었는데, 그 중에서도 나의 머리에 꼭 맞는 마춤한 사이즈의 모자가 마치 오래 전부터 주인을 기다리고 있었기라도 한 듯 벽에 걸려 있었다. 디자인도 꽤 세련되어 보였다. 뚱뚱보 아줌마에게 가격을 물어 보니, 셈을 해보는 시늉을 하더니만 25,000리라를 부르는 것이었다. 좀 깎아달라고 하니, 안 된단다. 망설임 끝에 그곳을 나와 부근에 있는 상점 두 군데를 들렀으나, 맘에 드는 모자가 없었다. 하는 수 없이 처음의 상점으로 되돌아갔다. 의사소통을 보다 원활히 할 요량으로 가이드까지 대동한 채였다. 밀고 당기고 홍정 끝에 결국 2만 리라로 그 가격을 끌어내릴 수 있었다. 어렵사리 손에 넣은 모자를 정작 머리에 쓰려고 하니, 괜스레 멋쩍고 쑥스러워진다. 일행들은 모자를 쓴 나의 모습이 아주 잘 어울린다고 추켜세운다. 모자를 엉거주춤 손에 든 채 배에 승선하였다.

이번 배는 소렌토 행이 아니라 나폴리 행이란다. 가이드의 어제 일정설명이 또 어긋나는 순간이다. 이렇게 되고 보면 소렌토 관광도 이제 물 건너간 것이다. 승선하는 과정에서 떨어진 나의 가족이 배의 어느 곳에 자리를 잡았는지 알 수도 없어, 배의 1층 맨 앞 우측자리로 가서 혼자 앉았다. 내가 자리를 잡고 나서 얼마 지나지 아니하여, 처녀 세 명이 몰려와서는 나에게 자리가 비었는지 여부를 물었다. 나는 미소 지으며 앉으라고 권했다. 외모로 보아 채 스무 살이 안 되어 보였다. 셋 중 뚱뚱하다는 느낌이 드는 애가 내 옆자리에 앉았고, 나머지 두 애가 나와 마주보는 좌석에 자리들을 잡았다. 나의 시선은 당연히 앞쪽으로만 쏠렸고, 얼마 못 가서는 전면 우측에 고정되었다.

이탈리아 처녀로 보이는 그 애의 눈동자와 치렁치렁한 머릿결은 갈색이요, 우윳빛 피부는 한없이 맑아 투명했다. 오똑한 입술과 날카로운 콧날은 갈색 눈동자 아래 묘한 조화를 이루고 있었다. 몸에 착 달라붙는 검정색 바지에 발목 위에까지 올라오는 검정색 구두, 그리고 역시 검정색의 베네통 외투를 착용하고 있었다. 어린 그녀가 나와 눈을 맞춰가면서 은은한 미소를 짓고 또 입술을 뾰로통 내밀 땐 나는 숨을 쉴 수조차 없었고, 가슴은 쿵쿵 걷잡을 수 없이 마구 뛰었다. 그녀 얼굴의 솜털까지도 아름다워 보였다. 둘의 은밀한 눈맞춤에 그녀 옆자리의 여자애가 금세 질투를 느꼈는지, 내 앞에서 검은 선글라스를 벗었다. 눈을 깜박거려가면서 금발이 얹힌 머리를 약간 뒤로 젖혀 좌우로 흔들어댔지만, 그런다고 나의 마음이 그녀 쪽으로 돌아설 리 만무였다.

물보라가 선창을 덮쳐 새하얗게 부서졌지만, 나는 그런 것쯤은 조금도 겁나지 않았다. 배가 그 상태 그대로 달려 부산항이나 인천항까지 긴긴 항해를 계속했으면 하는 마음만 굴뚝같았다.

가족들과 잠시 헤어지니 또 이런 낭만과 즐거움이 제발로 굴러 들어 오는군. 하지만 좋은 시간들은 빨리 지나가 버리는 법. 어느 새 나폴리 시내가 코앞에 바싹 다가와 있었다. 40분이라는 시간이 화살보다 빠르게 지나간 것이다. 착각 속에 빠진 나는 여객선을 내려서도 나의 가족들을 찾을 생각은 까맣게 잊어버린 채, 관광객들 무리에 파묻혀 점점 멀어져 가는 그녀를 뒤따르고 있었다. 카프리 모자는 나의 왼손에 어정쩡하니 쥐어져 있는 상태였다. 내 모자의 까망이 일시에 빠져 나와 점점 멀어져 가는 그녀의 검정색 외투의 까망에 보태졌다.

등 뒤에서 부르는 아내의 목소리에 나는 겨우 제정신으로 돌아올 수 있었다. 그간에 있었던 일을 알 리 없는 아내는 시종 어안이 벙벙해 하는 나를 보고는, 남들 앞에서 모자를 쓰자니 그렇고 안 쓰자니 그것도 또 그렇고 하여 마냥 수줍음을 타는 것으로 지레 짐작하는 것이었다. 상냥한 아내는 나로부터 모자를 건네받아 손에 들고 있던 쇼핑백에 밀어 넣었다. 애석하게도 그 사이에 그녀는 종적을 감추었고, 그 이후로 더는 그녀의 모습을 눈에 넣을 수가 없었다.

오후 3시가 지나, 일행을 태운 관광버스는 나폴리를 출발하였다. 고속도로에 진입한 버스는 북쪽의 로마를 향해 시원스레 달렸다. 로마시대에는 아피아 가도가 로마와 이탈리아 남부를 연결하였고, 말과 마차는 그 위를 분주히 내달렸을 것이다. 우리는 이렇게 버스로 고속도로를 달리고 있다. 서서히 어둠이 내리고 있는 로마에 진입한 일행은 「고려정」이라는 상호의 한식집에서 저녁식사를 한 후, 곧바로 레오나르도 다빈치 공항으로 이동하였다. 그곳 공항에는 취리히를 경유하여 로마에 도착한 대한항공 소속 여객기가, 엔진을 식힐 틈도 없이 서울로의 비행을 위해 채비를 서두르고 있었다. 일행은 그 새 김치 깍두기가 그리워졌는지, 기내식으로 비빔밥을 선택하겠다면서 먹는 타령들을 한다. 한꺼번에 밀려온 여독과 고향에의 그리움으로 여정은 끝이 났다. 하지만 마음속의 나는, 그때까지도 카프리 섬을 출발한 여객선에 몸을 실은 채 계속 푸른 파도 위를 내달리고 있었다.

지리산의 달

　세키가하라 전투에서의 승리를 일대 전환점으로, 도쿠가와 이에야스(德川家康)는 도요토미 히데요시(豊臣秀吉) 사망 후의 혼란과 분열에 종지부를 찍고 일본 전체를 평정하였다. 그 이후 이에야스는 치밀한 계획과 완벽한 실행을 통해 기라성 같은 다이묘(大名)들의 막강한 전투력을 와해시키고, 마침내 세이이타이쇼군(征夷大將軍)으로서 에도막부를 개설하였다.

　천하통일의 위업을 달성한 이후, 측근 중 한 사람이 이에야스에게 인생에서 가장 중요한 것이 무엇인지를 물었다.

　"사람의 일생은 무거운 짐을 지고 먼 길을 가는 것과 같다. 서둘러서는 안 된다. 불편함을 일상이라 생각하면 부족함에 대한 불편은 줄어들게 마련. 마음에 욕심이 생기거든 곤궁한 때를 생각하라.

　인내는 무사태평의 근원이요, 분노는 적이라 생각하라. 이기는 것만 알고 지는 것을 모르면, 그 피해는 자신에게 돌아오고 만다. 그리고 자신을 탓하되 남을 나무라지 마라. 모자란 것은 지나친 것보다 나은 법이다."

이는 엄격하게 말하면, 소설 「대망(大望)」 속에서 주인공 이에야스의 입을 통해 독자에게 설파하는 작가 야마오카 소하치(山岡莊八)의 말이다. 하지만 결코 뜬금없는 말은 아니다. 이에야스의 생활신조나 처세관이 생생하게 녹아 있기 때문이다.

청와대를 거쳐간 어느 전직 대통령은 현역 시절 사람들을 모아 놓고는 문학에 대해 언급하면서, 박경리 선생의 「토지」의 등장인물 중에서도 월선이가 마음에 쏙 든다고 말한 적이 있다는 얘기를 들은 적이 있다.

오다 노부나가의 여동생 오이치는 소설 「대망(원제 도쿠가와 이에야스)」 속의 월선이라 해도 넉넉하다 할 것이다.

나에게 한 인물을 고르라면, 따져 보고 자시고 할 것도 없이 혼다 사쿠자에몬 시게츠구(本多 作左衛門 重次).

2004년은 당동벌이(黨同伐異)라는 사자성어로 상징되는 바와 같이, 사회경제적으로 편가르기와 그로 인한 계층간 갈등이 심각한 수준에 이른 한 해였다고 할 수 있다. 윗사람 아랫사람 가릴 것도 없이 모두들 자기 말만 하려 하고, 상대방의 말은 아예 들을 생각조차 하지 않은 한 해였다.

자기에게 유리하면 원칙을 끌어들였고, 불리하다 싶으면 날름 손바닥을 뒤집어 똑같은 원칙을 땅바닥에 패대기친 한 해였다.

2004년 갑신년은 나 개인적으로도 답답하고, 또 그래서 부아가 치미는 한 해였다. 현실은 똑바로 굴러가는데 나의 의식이 모자라고 또 경직되어서 시대의 추세에 제대로 적응하지를 못하는 것인지, 아니면 나의 사고와 의식은 건전한데 현실이 갈피를 잡지 못하고 이리 꼬이고 저리 비틀려 쉽게는 풀 수 없는 지경에까지 이르른 것인지….

나의 일년은 자연스레 독서와 산행으로 꽉 채워졌다. 인간들에게서보다 자연으로부터 더 많이 배운 한 해였다. 계곡과 능선이 있는 산 속에, 넉넉한 대 자연의 품에 안긴 날이 80여 일. 때로는 혼자, 때로는 아내와 함께, 또 때로는 친구와 함께 한 산행들이었다. 가까운 산과 먼 산, 낮은 산과 높은 산, 때로는 당일산행 또 때로는 1박2일이나 2박3일 산행. 산 속에 있는 시간동안 나는 끊임없이 묵상에 잠겼다. 대자연의 고동과 호흡에 귀를 기울였다. 물소리 바람소리 속에서 삶의 지혜와 바람직한 인생의 모습을 훔쳐내려 슬쩍슬쩍 곁눈질을 해보는 부지런도 떨었다.

일년간의 산행을 통해 무엇을 얻었는지는 솔직히 나 스스로도 답을 못하겠다. 그러나 무엇을 채우기 위해 산행을 한 것이 아님은 확실히 말할 수 있겠다.

아들과 함께 한 1월 지리산 종주 도중 세석평전 부근에서 넉넉하게 눈에 넣은 설화(雪花)와 노고단 근처에서 맞닥뜨린 쏟아붓는 폭설의 장관. 친구와 함께 한 5월 지리산 종주에서 촛대봉에 퍼질러 앉아 그 달콤한 소주로 목을 축여 가며 천왕봉과 반야봉·노고단을 희롱하던 기억과, 다음날 세석산장에서 쌍계사까지의 인적도 없는 코스로의 산행 도중 삼신봉 부근에서 무더기로 피어난 금낭화 군락과의 예기치 아니한 해후. 친구들과 함께 9월 폭우를 뚫고 백담사에서 오세암을 거쳐 공룡능선을 오르내리며 10시간 만에 중청산장에 도착, 다음날 새벽 대청봉 정상에서 칼바람을 버텨가며 가슴에 새긴 찬란한 동해 일출의 격정. 한 장면만 더 보태볼까?

10월 말 친구와 부부동반으로 함께 한 1박2일 일정의 지리산 등반. 단풍을 볼 요량으로 내원매표소를 느긋하게 출발하여 뱀사골 계곡을 거쳐 피아골 로 넘어가는 도중 화개재 조금 못 미친 곳에 위치한 뱀사골 대피소에서 1박을 했다. 그 날은 음력으로 9월 열이렛날이었다.

설핏 잠이 들었다가 여기저기서 코 고는 소리와, 잠은 자지 않고 이층침상에 누워 일행끼리 두런두런 필요도 없는 대화를 계속하는 염치도 없는 사람들 덕분(?)에 한번 깬 육신은 쉽사리 잠들지 못했다. 엎치락뒤치락 하던 끝에 더 이상 견디지 못하고 부시시 일어나 문을 열고 대피소 밖으로 나온 순간, 나의 입에서는 저절로 탄성이 터져 나왔다.

산 속에서의 새벽달빛은 그야말로 휘황찬란 그 자체였다. 눈은 부셨고, 또 가슴은 열락에 휩싸였다. 나는 나무 아래 간이용 의자에 혼자 쭈그리고 앉아, 추운 줄도 모르고 사정없이 쏟아져 내리는 달빛으로 한 시간도 넘게 샤워를 했다. 그 날 그 달은 전기도 들어오지 않는 시골동네에 살면서, 달밝은 밤이면 또래들끼리 동네 고샅길 구석구석을 누비며 이런저런 놀이를 하던 어린시절 보았던 바로 그 달이요, 바로 그 달빛이었다. 몇십년 만에 해발 천몇백미터 높이 산 속에서 우연찮게 재회한 달. 그 날 지리산 뱀사골 산장에서의 가을달은 나폴리 앞 카프리 섬에서의 운치 있던 달보다도 더 진한 향기와 여운을 나의 정수리에 쏟아부었다. 이런 장면 앞에서는 더 욕심부릴 것도, 더 탐낼 것도 없다. 하지만 막상 산을 벗어나 속세로 돌아오면 어느 새 탐욕의 때가 덕지덕지 달라붙는 걸 보면, 아무래도 산행을 통한 배움이 아직은 어깨 너머 알음알음 수준을 벗어나지 못하고 있음에 틀림없다.

채우는 것보다 더 어려운 것이 비우는 것이니, 2005년 한 해는 산신령님 모시기를 더욱 깍듯이 해야 하겠다.

지 조 론

　사람들은 광해군을 연산군과 함께 500년 조선왕조의 대표적인 폭군으로 낙인찍고 있다. 이는 당대에 나름대로 이룩한 성과와 치적의 폄하와 무시, 실정과 실책의 부각과 과장 등 역사왜곡의 당연한 결과라 할 것이다.

　다른 분야에 대한 평가는 어떠하든 간에, 외교정책에 있어서만큼은 광해군은 조선왕조 그 어느 임금보다도 탁월한 능력과 감각의 소유자였다. 기왕의 친명사대 외교노선에서 과감하게 탈피하여, 지는 해인 명나라와 뜨는 해인 후금 사이에서 이른바 줄타기 외교술로써 강대국인 이들 두 나라를 적절하게 견제시킴으로써 조선에 대한 영향력을 크게 떨어뜨리고, 또 그 방향과 완급을 조절할 수 있었다. 그와 아울러 조선은 나름대로의 실리를 추구해 가고, 또 이를 착실히 쌓아갈 수 있었던 것이다. 광해군의 이와 같은 출중한 외교역량은 어느 날 갑자기 하늘에서 뚝 떨어진 것이 결코 아니다. 도요토미 히데요시의 조선침략, 즉 임진왜란과 정유재란시 전국토가 유린되고 온 백성들이 전쟁의 참화 속에서 인고의 세월을 겪는 동안, 일국의 왕자로서 방방곡곡을 몸소 누벼가며 군사력을 결집시키고 또 이를 기반으로 해서 왜적을 격퇴시키는 데 의미 있고 값진 역할을 수행하는 과정에서 혜안이 서서히 열린 것이다.

광해군이 쿠테타세력에 의해 권좌에서 쫓겨나고 새로운 왕이 옹립되었다. 사람들은 이 일을 인조반정이라 일컫는다. 와신상담 끝에 권력을 휘어잡은 세력들은 오랑캐를 섬길 수 없다는 이유를 내세워 이전의 친명배금 정책으로 회귀하였고, 그 사이 중원에까지 세력을 확대한 후금은 청이라는 국호를 사용하는 등 어느 새 명실상부한 대륙의 패자로 등장하기에 이르렀다.

조선의 이 같은 대중국 정책은 당시의 주변정세에 비추어 그 자체로써 이미 전쟁을 내포하고 있었다. 오랑캐가 조만간 조선을 침략해 올 것이라는 것은 당시 아녀자들 사이에서까지도 기정사실이었다.

바깥양반을 고관대작으로 둔 마나님들이 이 같은 뒤숭숭한 정세 속에서 한 자리에 모여 앉았다. 오랑캐가 정말로 쳐들어오면 어떻게 할 것인가가 자연스레 화제로 떠올랐고, 서로 돌려가면서 자신들의 입장을 밝히게 되었다.

한 사람 한 사람, 흉악한 오랑캐들에게 몸이 더럽혀지기 전에 스스로 목숨을 끊겠다는 굳센 결의를 당연하다는 듯 피력해 나갔다.

그런데 한 부인만은 실제로 그런 지경을 당하는 일이 생겼을 때 자신이 어떻게 할 것인지를 결정할 뿐, 지금 당장은 어떻게 할 것인지 대답할 수 없겠노라 답변하였다. 거기 모인 여자들 중 한 사람을 뺀 전원이 나머지 한 사람을 손가락질해 가면서 욕해댔고, 또 그쪽

을 향해 침을 뱉었다. 뻔뻔스럽게도 오랑캐놈들과 붙어먹을 더러운
년이라고.

신흥국 청나라가 중국대륙의 대부분을 평정하여 국내정세를 안
정시키기가 무섭게 대군을 동원, 조선을 그야말로 파죽지세로 쳐들
어왔다. 오랑캐의 두 차례에 걸친 조선침략, 사람들은 이를 일컬어
정묘호란·병자호란이라 한다.
병자호란시에는 임금이 고전적인 피난처인 강화도로 몸 하나
피할 겨를도 없이 일국의 수도가 함락되었다.
남한산성에서의 지리한 포위 끝에 인조대왕은 삼전도에서의 굴
욕을 맛보아야만 했다. 이로써 조선은 청나라에 대해 형제지간에서
군신지간으로 격하되어 갖은 예를 다해야만 했고, 수많은 부녀자와
젊은이들이 성적 노리개감이나 노동력 착취의 대상으로서 청나라에
끌려갔다.

조선에서는 누구나가 청나라가 조만간 쳐들어올 것이라고 예상
들을 하고는 있었으나, 막상 이 같은 일들이 현실로 닥쳐오자 조정
이고 백성이고 가릴 것 없이 다들 당황한 채 안절부절이었다.
제대로 대항해 보지도 못한 채 끝내 국토는 오랑캐들에 의해 마
구 유린되었다.
이전에 있었던 모임에 참석했던 내로라하는 고관대작들의 마나
님들 중 딱 한 분만이 유일하게도 오랑캐들에 의해 몸이 더럽혀지는
지경을 당하기 전에 스스로 목숨을 끊었다. 손가락질당하며 욕을 먹

었던 바로 그 여인이었다.

서슴없이 자결을 공언했고 또 한 여인을 향해 욕해대고 침까지 뱉었던 여인들은, 한 사람의 예외도 없이 오랑캐 치하에서 계속 숨을 들이쉬었다. 자진해서 오랑캐들에게 가랑이를 벌렸고, 미모와 교양을 내세워 그들에게 재롱떨어 가면서 빌붙었다. 그 대가로 그녀들은 오랑캐가 물러가기까지의 길지 않은 기간 동안이나마 호의호식을 이어갈 수 있었다.

자고로 여자는 자기를 예뻐해 주는 남자를 위해 화장대 앞에 앉아 화장을 하고, 남자는 자기를 알아주는 남자를 위해 기꺼이 목숨을 바친다. 여자에게 정조가 목숨보다 더 중요하다면, 남자에게는 지조가 의당 이에 해당한다 하겠다.

남아일언중천금이요, 선비로서 지켜야 할 가장 큰 덕목 중 하나가 지행합일 내지 언행일치라 할 것이다. 당장 목에 칼이 들어온다 하더라도 해야 할 말은 당당히 해야 한다.

분수를 알고 의리를 지킴은 처세의 기본이다. 눈앞의 하찮은 이익과 명예와 권세를 위해 일말의 망설임도 없이 지조를 파는 자들에게는 톡톡한 대가를 치르게 해주어야만 한다.

현 정권도 어느 새 종착역에 들어서고 있다. 대통령 선거일도 코앞에 다가와 있다.

바야흐로 배신과 변절의 계절이다. 국민들이 뽑아놓은 선량들의 수준이 정말 저 정도밖에 안 되는지, 바라보면 볼수록 가관이요 또 점입가경이다.

"눈물을 많이 보이는 자일수록 쉽게 배신하고, 또 귓속말을 많이 하는 자일수록 자주 변절하더라"는 한 전직대통령의 언급은 한국의 정치현실 및 정치인들의 권력추구 행태에 대한 묘사의 압권이라 할 만하다.

지조를 팔아 버리는 자들은 우선 자기가 뱉어낸 말에 대해 끝까지 책임을 회피한다. 막히면 뻔뻔스럽게 모르쇠로 일관한다. 끝없이 말을 바꾸고 모순되거나 상반된 말을 쏟아내면서도, 얼굴색 하나 변하지 않고 시대상황이 바뀌었느니 고뇌에 찬 구국의 결단이니 그럴듯한 핑계를 갖다대기 바쁘다.

정조를 잃어버린 여자를 향해 손가락질하면서도, 자신이 지조를 팔아먹은 것에 대해서는 도대체 부끄러워할 줄을 모른다. 한술 더 떠서 자신이 똑똑하다거나 처세술이 능하다고 착각한다. 오랑캐들에게 앞장서서 가랑이를 벌린 부인네들을 돌로 쳐죽일 년들이니 온통 나라망신을 시킨 년들이니 욕하면서도, 정작 이 나라의 정치를 썩게 만들고 이 민족의 장래를 암울하게 만들면서 이 당 저 당으로 기분 내키는 대로 옮겨 다니는 이른바 철새 정치인들은 가증스럽게도 구린내나는 말들을 계속 뱉어내고 있다.

대통령 출마를 선언한 안기부장 출신의 장 모씨에 대한 의외로 높은(?) 지지도 내지 인기도 또한 지조를 헌신짝 버리듯 하는 대다수의 정치인들에 대한 국민들의 실망감에서 비롯된 것으로 보인다.

그가 감옥 가는 것 정도는 결코 두려워하지 않으면서 꿋꿋하게 지켜 나가고 있는 것의 실체가 지조인지 의리인지는 다소 불분명해 보이긴 하지만서두.

2 원숭이 똥구멍

도올 비판 유감

　　새로운 사상은 시대적 상황에 대한 반작용으로부터 잉태된다. 따라서 새로운 사상은 어쩔 수 없이 지배계급의 기득권을 향해 결정적 타격을 가하게 되는 경향이 농후하게 마련이다. 통치계급은 자신들의 지배와 기득권의 보장에 정당성을 부여해 온 기존의 사상과 윤리, 도덕 등 사회규범을 철두철미 고수해 나간다. 다른 한편으로는 자신들의 지위를 부정함은 물론, 기존의 사회체제 자체의 전복까지도 초래할 심각한 위험이 따르는 새로운 사상의 전파를 극력 차단한다. 새로운 사상을 불온시하고, 이를 입에 올리는 자들을 철저히 탄압함은 물론이다.

　　천하를 통일한 진시황이 법가들을 중용하여 법으로써 통치의 근본을 삼은 끝에, 강력한 집권체제를 구축하는 데 성공하는 듯 보였다. 하지만 대제국은 아들대도 버티지 못한 채 역사의 뒤안길로 사라져 버리는 수모를 겪어야만 했다. 법만능주의자들의 엄한 처벌을 앞세운 법지상주의가 제국붕괴의 결정적 원인이었다는 사실을, 당시의 통치자들은 까마득히 모르고 있었다. 작용이 세면, 그에 따른 반작용 역시 강해지는 법. 통치에 있어서 민심이반이 가장 무서운 적이라는 사실을, 오만과 독선에 가득 찬 통치자들은 끝내 깨닫지 못하고 만다.

　시대적 상황의 산물일 수밖에 없는 특정한 사상이 영속적으로 새로운 시대들을 리드해 나가고, 더불어 인간만사의 바로미터가 될 수 있기 위해서는 무엇보다도 유연성을 필요로 한다. 바꿔 말하면, 사상이 시대를 뛰어넘어 계속적으로 살아남기 위해서는 도그마의 고수가 아닌, 제 살을 깎아내는 자기부정을 전제로 한다는 것이다. 그렇다면 모름지기 산업사회를 뛰어넘어 정보화사회를 살아가고 있는 우리들로서는, 위대한 성현들의 말씀과 가르침에 대해 시대적인 변화추세에 맞추어 새로운 해석을 시도하는 데 결코 인색하지 말아야 할 것이다.

　성현들의 말씀과 그 제자들의 해석에 고루하게 얽매이다 보면, 정작 그 사상의 본질을 놓쳐버리기 십상이다. 자구해석에 얽매인 나머지 전체의 흐름을 파악해 내지 못함은 나무는 보고 숲을 보지 못함과 같다 하겠다. 성현들은 자신들의 가르침을 아는 그대로 실천할 것을 요구하지, 글귀해석과 관련하여 정통이단논쟁을 벌일 것을 바라지 않는다. 또한 성현들은 천년 이천년의 시대적 상황의 변화에도 불구하고 성현들의 활동당시의 시대적인 상황에 붙박혀 가르침을 고지식하게 해석하려 하는 자들보다는, 시대적인 상황의 변화에 걸맞은 과감한 해석의 전환을 시도하려 하는 자들을 더욱 어여삐 여긴다. 진정 성현들의 가르침에 충실하는 자는, 바로 성현들의 가르침을 몸소 행동으로 실천하면서 한걸음 더 나아가 성현들을 극복해 내는 자이다. 이를 두고 실감나게 '성현들을 발가벗기고 또 성현들의 목을 날린다'라고 표현하는 사람들도 있는가 보다.

　　요즈음 KBS 「도올의 논어이야기」를 둘러싼 비판이 장안의 화제가 되고 있다. 지난번 EBS의 「노자와 21세기」에 대해서 어느 40대 여성이 「노자를 웃긴 남자」라는 제목의 책을 통해 도올의 강의를 "엉터리 삼류 개그쇼"라는 투로 비판하더니, 이번에는 영문학자인 여교수가 「소인이 군자를 강(講)하는 시대」라는 제목의 칼럼을 통해 "공자는 없고 소인만 있다. 논어의 도는 사라지고 기교와 말장난만 남았다. 도올의 해석은 공자에 대한 모독이고, 공자를 숭앙하는 모든 선비에 대한 모독이다"라고 비판하였다.

　　여교수는 "영문학자인 내가 왜 이런 일에 나서야 하는지 모르겠다. 이젠 유학전공자들이 나서서 동양학을 잘못 인식시킨 도올 비판을 맡아야 한다"고도 말했다 한다. 그러면서 "비겁하게 뒤에서만 수근거리지 말고 정식으로 비판해야죠. 잘못된 것은 바로잡는 게 지식인의 의무 아닌가요?"라고까지 덧붙였다고 한다. 싸움을 부추기고, 또 용기 없는 남성들을 힐난하는 듯한 묘한 여운을 남기던 여교수는, 이제는 작정하고 몸소 칼을 빼들고는 도올에 대해 도전장을 던졌다. 강의 하나하나마다 일일이 시비를 걸겠다는 결연한 태도다. 하지만 여교수의 도올에 대한 비판은 '사무사(思無邪)란 말로 공자가 나에게 점수땄어'라며 공자가 자기 문하생이라도 되는 듯 얘기하는 걸 보고는 도저히 참을 수 없었다는 본인 스스로의 표현에서 보듯이, 도올의 강의상의 격한 어투, 기존의 해석을 뒤집고 자기의 새로운 해석을 절대시하는 듯한 지나친 자신감, 과거행적을 비롯한 자기자랑의 나열, 점잔빼는 이들의 눈에 거슬리는 돌출행동 등 시종 지엽말단적인 것들에 머물고 있는 것 같아 답답함을 금할 수 없다.

　　강의는 뭐니뭐니해도 재미있어야 한다. 세계적인 석학의 강의라도 재미가 없으면, 모범적인 수강생마저도 졸게 마련이다. 도올의 강의는 우선 재밌다. 음식으로 치면 맛이 있는 셈이다. 그 정도 차려진 음식이면 다들 스스로 알아서 숟가락을 들게 되는 법이다. 천년 이천년 동안 정설로 여겨졌던 해석을 일거에 뒤집는 파격이나 현실에의 적절한 대입과 냉철한 비판은 한껏 돋보인다. 익살과 해학이 곁들여져서인지, 자기자랑의 나열도 미워보이지만은 않는다.

　　금요일 저녁, 술자리를 마다하고 텔레비전 앞에 앉아 도올의 강의에 몰두할 정도의 시청자라면 텔레비전 시청으로 끝내지는 않는다. 예습의 방식이든 복습의 방식이든 강의 교재를 꼼꼼히 읽어 내려간다. 끝끝내 자기중심의 끈을 놓치지 않으면서 도올의 강의를 분석하고 비판한다. 취사선택하고 정리하여 나름대로 체계를 갖춰 차곡차곡 쌓는다. 그리고는 끝으로 어떻게 이를 생활에 옮겨 실천할 것이며, 또 어떻게 도올과 공자를 깨부수어 극복할 것인지를 궁구한다. 이것이 온고지신 아니라면 또 다른 무엇이 온고지신이겠나. 클린턴이라는 남자가 르윈스키 때문에 이름이 알려진 것인지, 아니면 르윈스키라는 여자가 클린턴 때문에 세상에 알려진 것인지 세상 사람들은 다들 안다. 그럼에도 불구하고 둘은 나란히 유명인사가 됐다.

부처가 이 땅에 오신 뜻은

2002년의 부처님 오신 날은 마침 일요일이었다. 지난 어린이날도 그랬던 것처럼 법정 공휴일이 일요일과 겹쳐진 것이다.

불교신도가 아닌 사람들은 무엇보다도 노는 날이 줄어든 것에 대해 서운해 했을 것이다. 아니, 불교신자라도 남 밑에서 봉급받는 생활하는 사람들 대다수가 부처님 오신 날이 일요일과 중복된 것을 아쉬워했을 것이다. 놀자는 데 싫다는 사람 많지 않다.

부처님 오신 날 아침, 나는 평소보다 일찍 일어났다. 그리곤 안개 낀 개울을 따라 이어진 시골길을 차를 몰고 달렸다.

산 밑 주차장에 가지런히 차를 주차하고 나서 신발을 등산화로 바꿔 신었다. 물통 하나와 여분의 셔츠만 달랑 든 배낭을 등에 둘러 메곤 곧바로 산행을 시작하였다.

알려진 산들의 등산로가 대개 그렇듯이, 산의 초입에는 산세를 짓누르는 규모의 웅장한 건물들로 구성된 사찰이 자리하고 있다. 사찰에 대문을 달아맨 것도 선뜻 이해가 되지는 않지만, 늘 굳게 닫혀 있던 대문이 두 개씩이나 활짝활짝 열려 있는 것을 보니 어김없이 오늘이 사월 초파일인가 보다.

　대문 옆엔 연등 접수대인지 아니면 양초나 향 판매대인지는 몰라도, 시설물이 임시로 설치되고 그 주변을 맴도는 승려와 열성신도들의 모습이 설핏 눈에 띈다.

　아직 이른 시간이어서 그런지 연등행사를 위해 절을 찾은 신도들은 별로 보이지 않지만, 대웅전 앞에 일정한 간격으로 촘촘히 늘어진 줄타래들의 길이와 숫자로 미루어 보아 오늘 내 걸릴 연등이 무척이나 많겠다. 나는 사찰을 들르지 않고 등산로를 따라 천천히 걸었다. 힘들면 잠시 쉬고, 또 숨이 가쁘면 숨을 골랐다. 이마와 등에 땀이 배고 또 흐르면 소나무 옆에 기대서서 땀을 식혔다. 한 시간여의 시간이 흐른 후, 나는 부처님의 손을 잡고 산 정상에 설 수 있었다. 막걸리 두어 잔에 목을 축이고 구름에 휩싸인 산 능선을 나 홀로 터벅터벅 걸었다. 무리들과 떨어져서 때늦게 개화한 은방울꽃들이 깜찍한 자태를 뽐내고 있었고, 구름 속에 파묻힌 나는 어느 새 신선이 되어 있었다. 그 즈음 부처는 나의 가슴 속에서 손에 한 송이 꽃을 들고 미소짓고 있었다. 불콰한 술기운에 홍조 띤 나의 얼굴도 구름 속에서 빙그레 웃음을 웃어 부처를 흉내냈다. 부처님 오신 날, 나는 이렇게 산에 올라 우연찮게 절 집 나온 부처를 만났다.

　부처님 오신 날 아침, 나의 아내는 나보다 늦게 일어나 산골짝 자그마한 절에 갔다.

　연등을 달고 불경을 외고 또 신실한 불자를 흉내내느라고 절에서 하루 낮을 꼬박 소진하고는, 저녁이내가 내릴 무렵에야 귀가하였다. 원래 보잘것없는 사찰인데다 스님들이 기왕에 모셔져 있던 부처상을 없애는 바람에 몇 안 되는 절 밑 동네 할머니, 아줌마 신도들까지 마저 떨어져 나갔단다. 초파일 행사를 위해 스님들이 궁여지책으로 어디선가 불상을 빌려와 봉축행사를 하였다는 얘기를, 나는 절에 다녀온 집사람으로부터 들었다. 내가 한 번도 만난 적이 없는 그 스님들 덕분(?)에 나의 내자는 아직껏 기복신앙의 범주를 뛰어 넘지 못하고 있다.

작년 부처님 오신 날, 어느 크지 않은 사찰에서 봉축법요식을 가졌단다. 석탄일 하루만 걸어 주는 연등은 한 개에 삼만 원, 일년 내내 걸어 주는 연등은 하나에 오만 원씩 신도들로부터 받았던 모양이다. 신도들은 가격차이 보다는 하루와 일년이라는 기간 차이에 훨씬 큰 비중을 뒀던지, 그 날 사찰경내에는 일 년 동안 진열될 연등이 무려 삼백 개 가까이 매달렸단다. 흥행(?)에 성공한 사찰측은 올해 부처님 오신 날에는 훨씬 더 많은 연등을 준비하고, 이를 신도들에게 판매하였단다. 하지만 일 년 동안 법당 안에 매달릴 연등으로 준비된 것들 중 실제 신도들에게 판매된 것은 불과 이십여 개 남짓하였단다. 왜 그렇게 됐냐고? 연등 하나 가격이 십만 원이라면, 나라도 지갑 속 돈을 만지작거려 가며 계속 망설였을 것이다.

조계종 종정 되시는 큰스님은 부처님 오신 날 법어를 통해 부처를 결코 멀리서 찾으려 하지 말라고 설하셨다.
너희 가까이 있는 중생이 다 부처니 뭇 중생을 부처 모시듯 대하라는 말씀이 뒤따랐다. 석가모니뿐만 아니라 공자와 예수, 마호메

트와 최제우께서도 인간으로서의 도리를 다하고 이웃을 사랑할 것을 가르치셨다.

그 분들은 교리와 교파를 만든 적이 없다. 물이 흘러넘치듯 자연스런 사랑의 실천과 만인에 대한 관용과 포용을 말했을 뿐 맹목적인 신앙과 독선, 그리고 이교도에 대한 배척을 언급한 바가 전혀 없다.

단지 우매한 제자들과 성직의 독점적 권력을 계속 향유하려는 자들이 복잡한 계율과 교리, 그리고 교파를 쏟아냈다. 그렇게 시간이 흐르는 사이 종교는 인간을 해방시키는 존재에서 인간을 속박하는 존재로 변질되어 갔다.

종교는 결코 지식이 아님을 깨달아야 할 것이다.

종교는 조건 없는 사랑의 베풂, 곧 실천이다. 능수능란한 언변을 구사하는 자가 유능한 성직자가 아님을 우리는 알아야 한다. 존경받을 자격이 있는 성직자는 고통받는 자들과 늘 함께 하며 아낌없이 사랑을 베푸는 분들이다.

이 기회에 다시 한 번 부처가 이 땅에 오신 뜻을, 공자와 예수가 이 땅에 오신 뜻을 곰곰 짚어 보아야 할 것이다.

사자가 토끼새끼를 낳았다?

시종 부처에 의지하여 험하기만 한 하루하루의 일상을 면면이 이어가는 부류의 사람들이 있다. 그네들은 주변사람들로부터 불심이 깊다는 칭찬을 듣기도 하고, 또 그들 나름대로는 자부심이나 포만감을 한껏 누릴 수도 있을 것이다. 이와는 정반대로, 부처라는 존재가 헤어날 수 없는 속박이나 굴레가 되어 한 인간의 해탈을 가로막고, 끝내 소중하기만 한 인생의 걸림돌로 작용하는 경우도 있다.

두 젊은 승려가 깊은 산 속 암자에서 깨달음을 얻기 위해 용맹정진 하던 중이었다. 한 승려가 입에 풀칠할 끼니를 구해오기 위해 산 아래 마을로 내려간 사이, 선방에 처박혀 참선에 몰두하고 있던 승려가 깨달음에 장애가 된다면서 대웅전에 모셔져 있던 목불을 들어냈다. 그리고선 서슴없이 장작 패듯 도끼로 빠개어 아궁이에 집어 던지곤 불을 살랐다. 석양녘에 절로 돌아와 부처님이 사라져 버린 사실을 알게 된 승려는, 어두컴컴한 골방에서 가부좌를 튼 채 미동도 하지 않고 있는 동료를 다그친 끝에 부처님의 운명을 알게 되었다. 그 승려의 놀라움과 충격이 어떠했으리란 것은 말하지 않아도 다들 잘 알 것이다. 그 와중에서도 젊은 승려는 숨돌릴 사이도 없이 아궁이로 치달려 이미 하얀 재로 삭아내린 부처님의 흔적을 헤집고 있었다. 부처님의 사리라도 수습해야 한다는 일념이 그로 하여금 그와 같은 행동으로 나아가게 만들었던 것이다.

부처는 자기의 몸을 도끼로 깨부수어 아궁이에 던져 넣었다는 이유로 그 자를 미워하거나 증오할 정도로 옹졸하지 않다. 또한 부처는 자신의 타버린 흔적 속에서 사리라도 챙겨주기를 바랄 정도로 세속적이거나 감상적이지 않다. 부처는 오로지 중생제도만을 지향한다. 어제도 그랬고, 오늘 또한 마찬가지다. 내일로 시간이 바뀐다 해도 한 치의 변화가 없을 것이다. 부처는 가타부타 쓰다 달다 말이 없다. 그런데도 부처의 둘도 없는 충직한 제자임을 내세우는 무리들은 법을 설하느니 뭐니 하면서 대중을 현혹한다. 그러면서 부처의 이름을 판다. 부처는 손에 연꽃 한 송이를 들고 은은히 미소 지을 뿐이다. 이런 상황 아래에서는 어떠한 말이나 대꾸도 군더더기에 불과하다. 염화미소 그 자체가 시작이요, 또 끝이다. 더 이상의 것은 없고, 또 필요하지도 않다.

우리들이 발붙이고 살아가고 있는 한반도, 그것도 뎅강 반쪽으로 잘리운 좁은 땅에서 아웅다웅 숨가쁘게 살아가다 보니, 다들 자신들도 모르게 큰 것에 대한 콤플렉스에 빠져버린 것 같다. 속세의 대중들이야 수양이 덜 돼 그렇다손 치더라도, 나름대로 중생을 구원해 보겠다는 서원을 가슴 속에 품고 출가하여 종단의 원로니 고승이니 하는 소리를 들을 정도의 반열에 끼게 된 분들까지도 위와 같은 콤플렉스에 시달리기는 매일반인 것 같으니, 그저 안타까울 뿐이다.

얼마 전 불법승 삼보사찰 중 법보종찰인 해인사가 60억 원을 들여 세계최대 규모의 청동좌불을 조성하겠다는 계획을 밝혔다. 반대 여론이 빗발쳤으나, 그로부터 얼마 후 해인사측은 세계최대 석가모니좌상 청동대불봉안기공식을 밀어붙이기식으로 강행하고 말았다. 이와 같은 불상건립에 대해 조계종단 내부에서는 물론이거니와 일반국민들 사이에서도 뜨거운 논쟁이 이어졌다.

남원 실상사의 한 승려가 해인사측의 불사강행에 대해 "해인사를 세속화의 중심으로 타락시키는 행위"라고 비판하자, 해인사 승려 30여 명이 엄연히 하안거 수행기간 중임에도 산문 밖으로 나가 몰려다니고 급기야는 실상사까지 찾아가 사찰 내 기물을 부수는 등 상식 이하의 추태와 안하무인식의 작태를 서슴없이 저질렀다.

해인사측의 대불조성불사를 비판한 위 승려는 "지금 해인사에서는 토끼가 아니고선 생각도 할 수 없는 한심한 일이 버젓이 진행되고 있다. 이를 볼 때 큰 사자라고 믿어 왔던 자운·성철도 본래 토끼에 불과했다는 얘기가 된다"고 단도직입적으로 해인사측을 몰아세웠던 터였다.

사자가 토끼새끼를 낳을 수 있는가? 한쪽은 사자는 절대 토끼새끼를 낳지 않는다고 주장하고, 다른 한쪽은 우둔한 새끼를 낳았다고 사자를 토끼라 할 수 있느냐고 핏대를 올리고 있다. 한쪽의 견해에 따르면 스승제자 따질 것 없이 다 토끼라는 것이고, 다른 한쪽의 논리에 따르자면 제자가 좀 덜떨어지긴 했지만 스승도 제자도 다 사자라는 것이다.

대명천지에 사자가 토끼새끼를 낳을 수는 없는 법이다. 토끼로서는 토끼의 삶이 있고, 따라서 토끼는 안분지족을 알아야 하고 늘 땅에 코를 박고 살아가야만 한다. 그 대신 그런 형태의 삶을 고수하는 한, 모자라는 새끼를 죽여야 하는 극한상황에 부딪칠 염려는 없다.

사자는 백수의 왕으로서 언제 어디서건 위풍당당함을 맘껏 뽐낼 수 있고, 또 유감없이 패권을 휘두를 수도 있다. 그 대신 모자라는 새끼를 스스로 절벽 아래로 떨어뜨려 죽여야만 하는 모진 운명을 감수해야만 한다.

여론이 악화되자 해인사측은 대불조성이 자운·성철 등 입적한 큰스님들의 뜻이었다고 발표하였는데, 큰스님들이 생전에 그와 같은 입장을 피력한 것이 사실이라면 해인사에는 어제도 오늘도 토끼들로만 가득 차 있는 꼴이 되겠다.

부처는 해인사 경내에 세계 최대규모의 청동좌불이 조성되는 것을 추호도 바라지 않는다. 다만 불자들 한 사람 한 사람의 마음속에 부처라는 존재가 알 듯 모를 듯 깃들기를 바라고 있을 뿐이다. 부처가 바라지 않는 일을 자운·성철이 바랐을 리 또한 만무하다.

멀리 갈 것도 없이 천안 부근에도 세계에서 몇 손가락 안에 꼽힐 수 있을 정도로 큰 청동좌불상이 존재하고 있으니, 인심써서 각원사의 청동좌불상을 해인사로 옮겨 모시든지, 아니면 아예 해인사를 통째로 청동좌불상이 위치한 각원사로 옮겨 접수하든지 해야 답답한 속이 조금이나마 후련해질 것 같다.

신과 신앙에 대한 단상

만물의 영장이라 일컬어지는 인간은 언제, 어떠한 과정을 거쳐 지구상에 등장하였는가?

굳이 과학의 잣대를 들이대고 또 지구의 역사를 편의상 1년으로 표시한다면, 현재인류의 조상이 지구상에 처음으로 출현한 것은 한 해의 마지막날인 12월 31일도 다 저물어 세상이 온통 어둠에 파묻혀 있는 시간쯤에 해당되겠다.

기독교 문명이 서양에서 절대적인 위치를 점한 이래, 인류가 하느님에 의해 창조되었다는 믿음은 오랜 세월이 흐르도록 결코 부정될 수 없는 진리였다. 근대에 이르러 인간을 중시하고자 하는 계몽주의 사상과 합리주의의 기반이 되는 과학의 비약적인 발달에 힘입어, 인간은 신에 의해 어느 날 갑자기 창조된 것이 아니라 부단한 진화 끝에 비로소 지구상에 등장하게 되었다는 이른바 진화설이 보다 강력한 설득력을 가지게 되었다.

기독교가 시종 일관되게 피력해 온 바와 같이 신이 인간을 창조한 것인지, 아니면 능력의 한계, 특히 죽음이라는 숙명을 스스로의 힘으로는 도저히 떨쳐버릴 수 없는 인간들이, 죽음이 주는 두려움을 극복하고 또 현생에서의 고난으로부터 벗어나기 위한 탈출구로서 내세와 신이라는 눈에 보이지 않는 세계를 만들어 낸 것인지도 불분명하다.

신의 존재를 부정하는 입장을 차치하고라도, 유일신론과 만신론 내지 범신론이 팽팽하게 대립하고 있는 것이 현실이다. 신의 속성과 관련해서도, 영원히 죽지 않는다는 점 이외에는 인간과 다를 바가 하나도 없는 차원의 신이 존재하는가 하면, 전지전능과 절대선의 요건을 동시에 충족시키는 차원의 신이 신앙의 대상이 되기도 한다.

그렇다면, 신의 존재를 어떠한 방법으로 증명하거나 또는 검증할 수 있겠는가? 이에 대해서는 고전적인 논쟁이 날카롭게 대립하면서 한 치의 양보도 없다.

하나의 입장은 '나에게 보여줘라, 그러면 믿을 것이다.' 또 다른 하나의 입장은 '우선 믿어라, 그러면 보일 것이다.' 아무튼 하느님과 일대 일로 대면하여 대화하였다거나 하느님으로부터 계시를 받았다고 서슴없이 얘기하고, 또 이에 대해 대단한 자부심을 느끼고 있는 부류의 사람들에게는 신의 존재에 대한 회의나 의심이 추호도 없겠고, 그렇다면 당연히 이에 따르는 고민까지도 없을 테니, 그들은 참으로 행복하겠다.

신의 구비요건으로서의 전지전능에 입각하여 인간세상을 대입시켜 보면, 이 세상에서 이루어지고 있는 모든 현상과 사건들이 단 하나의 예외 없이 신의 뜻에 의해 이루어지고 또 행해진다는 결론에 도달하게 된다. 그 연장선상에서의 신은, 안타깝게도 절대선이라는 또 하나의 빠져서는 안 될 속성을 상실하고야 만다.

　이와는 반대로 절대선을 구비요건으로서 대입시켜 현실을 분석해 본다면, 신은 한 순간의 쉼이나 멈춤도 없이 절대선을 추구하고 따라서 이 세상에서 이루어지는 모든 것들이 다 좋게좋게 마무리되기를 갈구한다. 하지만 당장 우리들의 눈앞에서 전개되고 있는 현실만 보더라도, 신은 선을 추구하기는 하지만 세상만사를 스스로의 뜻대로는 좌우할 수 없는 초라한 신세로 전락하고야 만다. 그래서 그런지 현세의 신은 백주에 당당한 모습으로 만인 앞에 나타나지 않는다. 모습을 보이더라도 며칠밤을 꼬박 새워 한창 의식과 무의식의 세계를 들락날락하고 있는 자의 면전에서만, 그것도 희미한 형태로 잠시 동안의 조우만을 허락할 뿐이다.

　신은 특정 종교의 이름 아래 자신을 믿는 자들만을 편애하지 않는다. 오로지 자신만을 믿고 다른 신들을 모두 물리치라고 강요할 만큼 이기적이지 않다. 다른 모든 신들을 사탄이라거나 우상이라고 배척할 정도로 유치하지도 않다. 자신을 믿지 않는 자들을 모두 지옥에 빠뜨려 끝없는 고통을 주겠다고 협박할 정도로 무지몽매하거나 독단적이지도 않다.

　신은 자신의 거룩한 이름을 팔아 신과 신도들 사이의 메신저를 자처하면서 거드름을 피우거나, 또는 신의 이름으로 신도들에게 맹목적이고 기복적인 신앙을 강요하면서 정신적·물질적 착취를 행하는 어설픈 성직자들보다는, 차라리 신의 존재에 대해 끝없이 회의하면서도 자기 스스로의 고민과 판단 하에 세상의 험한 파도를 헤쳐나가고자 고군분투하는 무신론자들을 더욱 아끼고 또 사랑한다.

　　신은 인간들의 마음속에서 빙긋이 미소 지으며 손짓하고 있는데도, 어리석은 인간들은 그것도 모르고 먼 데서만 신을 찾으려 온종일 헛수고들을 하고 있다. 쉽게 뜨거워진 솥은 별 수 없이 쉽게 식는 법이고, 요란스레 쏟아지는 빗줄기가 오래 가는 경우가 흔치 않다. 시끄럽고 광적인 믿음 또한 속이 텅빈 상태의 빈껍데기인 경우가 많고, 그 같은 신앙에 기반한 종교는 뿌리가 깊지 않아 튼실한 열매를 맺는 것을 기대하는 것도 어렵다.
　　진정한 신앙인이라면, 선교라는 이름으로 주변에서 공공연하게 행하여지고 있는 이러저러한 행동들을 단지 공해나 소음차원으로 받아들이는 사람들도 있다는 사실을 명심하여야 한다. 자신이 신봉하고 있는 종교 이외의 일체의 종교를 무조건적으로 배척하거나 적대시하는 몰상식한 행동은, 적어도 건전한 신앙인이라면 할 짓이 못된다. 정말로 신앙심이 돈독한 신도라면, 사업이 번창할 수 있게 해달라거나 출세하여 권세와 명예를 맘껏 누릴 수 있게 해달라는 등의 유치한 목적을 가지고 신앙생활을 하지는 않는다.

　　그렇다면 과연 어떤 목적에서, 어떤 차원으로 신앙생활을 하는 것이 바람직한 신앙인의 모습이겠나?
　　나는 아직까지도 무신론자로서의 입장을 견지해 오고 있는 당돌한 존재라, 그에 대해 알 수가 없다. 내가 인생을 살아가면서 의지할 마땅한 대상을 아직까지도 정하지 못하고, 그로 인해 늘 외로운 것은 어쩔 수 없는 사실이다.

하지만 한 가지 자신 있게 말할 수 있는 것은, 확고한 자기 신앙을 가지고 있어 늘 행복하게 인생을 살아가고 있는 사람들만큼 나도 열심히 인생을 살아가고 있다는 사실이다.

그렇다면 내 마음 속에서 빙긋이 웃음 짓고 있는 그분은 과연 누구인가.

뭐라구요? 당신의 마음속에도 그런 비슷한 분이 있다구요? 그러면 됐소. 그분을 서로 맞춰보거나 비교해 보지는 맙시다. 혹시 그것이 필요하지도 않은 또다른 분쟁의 불씨가 될 수도 있으니. 부디 당신은 인생을 열심히 사시우, 나는 똑바로 살 테니까.

야단법석

　　대한민국 국회는 2004. 3. 12 오전 찬성 193 반대 2로써 노무현 대통령에 대한 탄핵의 소추를 의결하였다.

　　그 날 하루 종일 사무실을 지키고 있던 나는, 어찌어찌하다 보니 퇴근시간이 다 되어서야 비로소 그 사실을 접할 수 있었다. 헌정사상 처음 겪는 중차대한 일인지라 남들도 다 그러했겠지만, 나로서도 그 순간 충격이 크지 않을 수 없었다.

　　퇴근 후 미리 약속되어 있었던 모임에 나가 보니, 탄핵소추 의결에 관한 얘기로 식당 전체가 시끌벅적 그야말로 시장바닥이었다. 식당 내 텔레비전은 의사당 본회의장의 난장판 장면을 반복하여 쏟아내고 있었다.

　　총칼로 일어선 자 총칼로 망한다는 말이 있다. 그 날 모임 참석자 중 한 사람이 총칼을 입으로 대치시켜, 눈앞에 벌어지고 있는 사태를 단도직입적으로 묘사하였다. 그는 성질을 죽이지 못하겠는지 ‘…하더니 당장 … 하게 생겼다’는 형식으로 자신의 견해를 내뱉는 것이었다.

　　그는 또 입을 그보다 네 배나 긴 단어로 표현하였다. 나는 속으로 먹고 마시는 데 쓰는 것은 입이고, 말하는 데 쓰는 것은 입보다 훨씬 긴 무엇인가 보다 생각하며 쿡 웃을 수밖에 없었다.

　국회가 노 대통령에 대한 탄핵소추를 의결한 시점을 전후해서 시작된 야단법석은 현재까지도 가라앉을 기미를 보이지 않고 있다. 자신들의 입장과 정반대쪽에 선 사람들은 물론이고, 자기들의 주장에 맞장구를 치지 않는 자들이나 그들의 집단행동에 가담하지 않는 이들에 대해서까지 갖은 비난과 인격적 모욕을 가하고 있다. 섣부른 흑백논리를 들이대어 양자택일을 강요하고, 국민 전체를 아군 적군의 두 패로 양분하려 하고 있다. 자신들의 길은 거룩하게 타오르는 정의요, 상대들의 그것은 영원히 없어져야 할 악이라면서 목에 핏발을 세운다.

　그렇지 않아도 국내외 정세가 여러 모로 어려운 판에 갈 길이 먼데도, 만사를 제쳐놓고 나라 전체가 그야말로 아수라장이요 난장판이다. 이런 상황에서 죽어나는 건 예나 지금이나 가릴 것 없이 못 배우고 못가진 이들이 될 수밖에 없다.

　국가와 정부는 국민들을 위해 존재한다. 따라서 정부가 국민 개개인의 자유와 행복을 보장해야 함은 기본 중의 기본이요, 상식이라 할 것이다. 한편 언론은 권력을 견제하고, 시민들의 의사나 여론이 정부정책에 반영될 수 있는 채널을 항시 가동하여야 한다. 또한 이 사회가 올바른 길로 나아가고 있는지 감시하는 파수꾼의 역할을 해야 한다. 언론이 이 같은 제 기능을 제대로 수행하기 위해서는 시민들의 신뢰가 바탕이 되어야 하고, 신뢰를 얻기 위해서는 객관성과 공정성이 전제되어야 한다. 특히 현대한국사회에서 언론으로서의 불편부당, 이것은 여성에게 있어서의 정조나 남아에게 있어서의 지조만큼이나 중요시되고 강조되어야 할 요소이다. 그렇다면 과연 국회에서의 대통령 탄핵소추 의결로 인한 현재의 대한민국의 정치사회적 상황이, 국내방송이 연일 특집을 내보내면서까지 부각시키고 있는 헌정유린 내지 국가비상사태라는 극한상황에까지 나아간 것인가. 그로 인해 당장 국정운영이 뒤엉키고 국가경제가 금세 거덜나며, 또 국가의 안보와 운명이 백척간두의 절박한 지경으로 내몰려버리기라도 한단 말인가.

대답은 그렇지 않다는 것이다. 우리가 발붙이고 살아가는 이 사회, 주권재민의 원리에 터잡아 조직되고 또 일정한 체계아래 유기적·총체적 시스템에 의해 작동되고 있는 이 정부가 때로는 모순되고 답답한 모습을 보이는 것도 사실이다. 그러나 그 같은 결점에도 불구하고 이 사회와 정부는 무게중심이 확고하여 기대 이상으로 튼실하다. 또한 이 사회나 국가가 한두 사람의 역량에 의해 좌지우지되거나 존망이 결정되는 시대는 이미 오래 전에 지나갔다.

도대체 무엇이 대통령에 대한 국회의 탄핵소추의결이라는 막다른 골목에까지 몰아갔는가?

정치는 대화와 타협, 그리고 다수결의 원칙이라는 토양 위에서라야 비로소 꽃을 피울 수 있다. 노 대통령으로서는 마음먹기에 따라서는 국회의 탄핵소추의결이라는 극한상황을 얼마든지 피해 갈 수 있었다. 그럼에도 이를 자초한 원인으로는, 짧게는 엄연한 국가기관인 중앙선거관리위원회의 지적 내지 경고에도 불구하고 오해를 살 수 있는 정치적 발언을 감행하고, 이에 대한 야당측의 사과요구와 문제해결을 위한 정당대표들과의 회동제안을 일언지하에 거절한 점을 들 수 있겠다.

길게는, 대통령에 대한 탄핵소추의결권을 비롯한 현행 헌법상의 국회의 고유권한이 엄연히 살아 있음에도 불구하고 소수당출신 대통령으로서 자신을 당선시킨 정당을 깨고 나와 새로운 정당을 결성하는 데 알게 모르게 관여하고, 또 그 같은 열악한 상황에서 정국을 시종 강공으로 몰아갔다는 점을 꼽을 수 있을 것이다.

이 같은 여건조성을 스스로 선택한 노 대통령으로서는 야당의원들의 자신에 대한 탄핵소추 의결을 나무라거나 원망할 수 있는 입장은 아니라 할 것이다. 탄핵정국 이후 오히려 그동안 지지부진하던 여당의 지지도가 급격하게 상승하는 여론조사에 한껏 고무되어 있는 열린우리당으로서야, 당장은 표정관리에 신경쓰고 있는 여유를 보이고는 있으나 마냥 좋아할 것만은 아닌 것 같다.

어찌됐든 여당의원들이 국회 본회의장 내 의장석을 비롯한 단상을 점거하였고, 의장의 적법한 절차와 방식에 의한 회의진행을 방해하였다. 급기야는 의장의 국회법에 따른 경호권 발동을 초래케 함으로써 생중계 속에 그야말로 난장판에까지 이르렀으니, 그 책임의 상당부분을 짊어져야만 할 것이다.

우리 주변에는 동네박사·동네판사들이 너무나도 많다. 사무실에서도 술집에서도, 심지어 길거리에서도 그들의 강의와 재판은 시도때도 없이 이루어지고 있다. 강의와 재판은 낮에는 물론이요 밤에도 계속되고 있다.

‘문화한마당’이라는 문구의 플래카드를 내걸거나 아이들을 대동한다고 해서 정치적 목적의 시위나 집회가 문화행사로 탈바꿈되지는 않는다. 야당은 물론 건전한 상식을 갖고 있는 일반시민들로부터도 편파보도 항의를 받고 있는 방송관계자들 또한 이들의 목소리에 귀기울여야 마땅하다.

대통령에 대한 탄핵소추권은 헌법상 부여된 국회의 고유권한이다. 헌법에 규정된 절차와 방식에 따른 권한의 행사는 결코 국가비상사태로의 진입도 아니고, 헌정질서의 유린이나 쿠테타는 더더욱 아니다.

이제 남은 것은 일반국민들이 지금까지 별 관심을 두지 않아 왔던 국가기관인 헌법재판소에 의한 탄핵심판절차이다.

현재 헌법재판관으로 재직하고 계신 분들의 인품과 덕망, 법률전문가로서의 명성과 이력으로 보아 모자라지도 그렇다고 지나치지도 않는, 사리에 꼭 맞는 결정을 선고하리라 믿는다. 이쯤해서 시끌벅적 야단법석 다들 그만두고, 원래 있던 제자리로 돌아가야 할 것이다. 그것이 곧 우리 모두가 사는 길이요, 나라를 위한 길이라 할 것이다.

끝으로 우리 국민 모두가 이 상황에서 결코 놓쳐서는 안 되는 점은 다름 아닌 국론의 분열과 그로 인한 내부대립과 상호충돌이다. 현재의 상황전개 추세를 보면, 문제가 예상 밖으로 심각해지고 거꾸로 되돌릴 수 없는 지경으로까지 치달릴 가능성도 쉽게 배제할 수 없다 하겠다. 우리 모두가 자중자애하고, 상대방을 관용과 사랑으로써 끌어안아야 할 때가 바로 지금이다.

원숭이 똥구멍

사람들은 하루하루 하찮은 일상사에도 충실하지 못함이 항다반이다.

지나간 일들은 일 년 전의 것이 됐든 엊그제 것이 됐든 불문하고 영화필름 돌아가듯 싹싹 깡그리 잘도 지워버린다.

인생의 마라톤을 달려가고 있으면서도 늘 백 미터 단거리를 질주하는 선수마냥 성급하고, 또 늘 조바심에 차 있다.

한 해를 제대로 마무리 못하였으면서도 새로운 해가 어서 빨리 오길 재촉한다.

자연은 결코 거짓이 없다. 한순간의 흔들림도 없이 도도한 우주법칙에 따라 순환하고 있다. 대자연의 시·공간 속에서 인간은 한낱 미물이거늘, 문화니 문명이니 하는 잣대를 들이대가며 까불거리고 있다.

2004년 갑신년의 새해가 밝았다. 새해 첫날, 수많은 사람들이 일출을 보기 위해 꾸역꾸역 바닷가로 몰려들고, 또 떼를 지어 산으로 기어올랐다. 다들 나름대로 새로 맞은 한 해의 소망을 기원하고, 또 활기차게 한 해를 열겠다는 의지를 가상히 보아 넘기지 못할 바도 없다 할 것이다. 그러나 경건해야 할 일출맞이 장소는 무질서와 무례의 극치요, 난장판에 다름 아니기 일쑤이니 이를 어찌하랴. 어느 스님에 대한 신년 인터뷰 중 새해를 맞는 소감부분이 나의 눈을 한참 붙들었다. 새해니 뭐니 하는 개념이나 기준들은 다 어리석은 중생들이 만들어 놓은 것, 그러니 해가 바뀌었다고 특별히 달라질 건 하나도 없는 법. 개의치 않고 지금까지 해왔던 것들을 그저 묵묵히 계속해 나갈 뿐이시란다.

나 또한 갑신년 첫날에 딸·아들을 앞장세우고 광덕산에 올랐다. 남들과 좀 다른 점이 있다면, 평소 내가 산행을 하던 시간 그대로 산행을 했다는 것이다. 내가 산밑에서 산행을 시작할 무렵엔, 정상에서 일출장면을 보기 위해 새벽산을 시끄럽게 했던 무리들은 거의 다 하산을 한 상태였다.

계미년 마지막 날 오후, 나는 사무실에서의 업무를 감사히 마무리한 후 배낭을 걸러메고 아들녀석을 앞장세워 광덕산 산행에 나섰다. 등산객들의 발길도 거의 끊긴 한가한 오후, 나는 고즈넉한 겨울 오후의 정취를 음미하면서 지나온 한 해를 되돌아볼 수 있는 기회를 가질 수 있었다.

눈코 뜰 새 없이 바쁘게 보내온 일년. 열심히 일하면서도 여유와 사색의 시간을 좀더 갖기 위해 나름대로 애썼던 한 해였다. 은혜를 베풀어 주신 주위의 많은 고마우신 분들에 대한 감사와, 또 어려운 많은 이웃들에 대한 봉사와 배려에 소홀함은 없었는지 곰곰 되씹어 보고, 더 잘 해보자는 각오도 다졌다.

나는 산 정상에 서서 구름 사이로 서서히 드리우는 일몰을 거울 삼아 한 해 동안의 나의 자화상을 나름대로 그려본 다음, 2003년 들어 예순 번째의 광덕산 산행을 마무리하였다. 서서히 어둠이 밀려오는 꼬불꼬불 산길을 따라 훤칠한 키의 두 사내는 초아흐렛날의 투명한 달빛을 머리에 인 채 뿌듯한 마음으로 산을 내려왔고, 난쟁이 그림자 둘은 바짝 따라붙어 각자의 주인들을 철통같이 호위하였다.

나의 어린 시절은 농업 위주의 사회였고, 따라서 전체 국민의 대다수가 농촌에 거주하였었다. 한 해의 소망도 새해첫날의 일출을 지켜보면서 빈 것이 아니라, 정월대보름날 뒷동산에 올라 달집을 태우면서 떠오른 보름달을 향해 연신 큰절을 올리는 모습으로 한 해 소원을 빌었다.

낮이면 낮대로 또 밤이면 밤대로, 동네 꼬마들은 삼삼오오 짝지어 고샅길을 몰려다니면서 이런저런 놀이에 정신이 없었다. 그 시절 꼬마들이 틈만 나면 입에 담던 노래가 있다.

"원숭이 똥구멍은 빨개, 빨갛면 사과 --
비행기는 높아, 높으면 백두산, 백두산 뻗어내려 반도 삼천리 --
굳세도다, 그 이름 대한이로세."

원숭이든 사람이든 똥구멍은 치부를 상징한다 하겠다. 결단코 남에게 보이기 싫은 부위가 바로 그것이다. 누군가가 이런 얘기를 한 것으로 기억한다. 똥 잘 누고 잠 잘 자는 것이 건강유지의 첩경이라고. 끝까지 남들에게 보이기 싫다고 해서 사람의 몸에서 똥구멍을 없앨 수는 없다. 아무리 진수성찬이라도 먹기만 하고 몸 밖으로 배출을 하지 못하게 되면 장기가 상하게 되고, 병은 결국 죽음을 부르게 마련이다. 원숭이도 엉덩이에 빨갛게 드러난 치부가 제 기능을 열심히 하면서 제자리를 꿋꿋이 지키고 붙어 있기 때문에 머리와 팔다리로써 온갖 재주를 부리는 것이다.

그 결과 정글의 원숭이는 진귀한 열매를 얻어 배를 불리고, 동물원의 원숭이는 사람들의 귀여움을 독차지하는 것이다.

원숭이에게서 똥구멍을 없애면 당장 모양이야 좋다 하겠지만, 열흘도 못 견디고 원숭이는 고통 속에 죽음을 맞이할 것이다. 원숭이가 자신의 똥구멍을 부정하거나 미워해서도 아니 될 것이요, 똥구멍이 만인 앞에 드러나는 것을 창피하게 여겨서도 아니 될 것이다. 똥구멍 없으면 사람이든 원숭이든 죽는 건 시간문제다.

현재 우리 사회가 정치·경제적으로 참 어려움에 처해 있다. 1인당 GNP가 1만 달러니 수출총액 2,000억 달러 돌파를 눈앞에 두고 있느니, 초·중·고생 나홀로 유학이 1만 명이니 함부로 떠들어 대고 있다. 이 모든 것이 전부 저희 공인 양 이놈 저놈 가리지 않고 앞장서 생색들을 내니, 참으로 어이가 없다.

우리 곁에는 가난으로 고통받는 이웃들이 예상 외로 너무나 많다. 그들은 밝은 대로에서는 쉽게 눈에 띄지 않는다. 하지만 대로에서 한 골목만 안으로 들어가도 그들의 고통받는 생존의 현장을 확인할 수 있다. 대한민국 정부는 여러 모로 대오각성해야 할 것이다. 이들에 대한 배려는 언론기관이나 자선단체에 의한 반짝 불우이웃돕기 성금모금 차원에서 거론되어서도 아니 되고, 또 그것으로 할 것 다했다는 식이 되어버려서도 아니 된다. 예산의 뒷받침이 따르는 체계적이고 종합적인 복지정책의 입안과 추진에 의해 어려운 이웃들의 인간으로서의 존엄과 행복추구권이 보장되어야 한다. 남들보다 더 많이 배우고 더 많은 재물로써 부귀를 누리면서 정보를 독점하고 있는 이들은, 어려운 이웃들을 위해 좀더 구체적이고 확실한 방법으로 기부하고 또 봉사해야 할 것이다. 가난한 이웃들을 수수방관 외면하고 이들의 존재를 부끄러워하는 정부와 기득권층이 쓰러지고 망하는 것은 시간문제다.

인간과 방랑
— 남부 독일 · 오스트리아 여행기 —

I.

1999년 12월 20일부터 2000년 1월 19일까지 나의 가족들은 독일에서 낯선 숨을 쉬었다. 그 사이에 묵은 천 년이 가고 새로운 천년이 왔으니, 고향 떠난 우리들로서는 감개 또한 무량하지 않을 수 없었다. 집에서의 안락함을 마다하고 방랑길을 자처하여 배낭 하나달랑 걸러멘 채 귀에 익은 유행가 가사처럼 바람 따라 구름 따라 정처도 없이 마냥 흘러돌았다. 시내지도 한 장 손에 들고 목적지를 찾아 구질구질 겨울비 내리는 도시의 거리를 겉옷을 흠뻑 적신 채 헤매도느라면, 내일이라도 당장 귀국비행기에 몸을 싣고 싶은 마음이굴뚝 같았다. 우선은 물에 빠진 생쥐들 꼴인 아들딸의 안쓰러운 모습에 미안하고, 또 측은한 마음이 앞섰다.

북국의 겨울은 거의 매일 구름에 뒤덮여 있어 을씨년스럽기 짝이 없는데다, 낮 시간마저 노루꼬리만큼이나 짧아 오후 서너 시경만되면 숙소걱정부터 해야 했다. 호텔이나 여관요금이 만만치도 않거니와 예약문화가 터를 잡은 그곳에서는 방 구하기가 결코 쉬운 일이 아니었다. 그런 사정 때문에 가장인 나로서는 어둠이 내리기 전에 호텔 방이 됐든 유겐트헤르베르게, 즉 유스호스텔의 방이 됐든지를 불문하고 방을 잡은 후에야 한시름 겨우 놓을 수 있었다. 창 밖에 추적추적 겨울비라도 내릴라치면 우리들은 냄새나는 속옷과 양말을 빨아 널었다. 그리고는 담요 속에 제각각 몸을 숨기고 두 눈만 빼꼼하니 내놓은 채 향수병을 앓았다.

그럴 때마다 애들은 빨리 집에 가고 싶다는 똑같은 얘기를 귀가 아프도록 반복했다. 한술 더 떠서 제들 엄마한테는 집에 가면 뭐도 사먹고, 또 뭐도 만들어 먹자고 열 손가락을 꼽아가며 노래들을 했다. 그런 낯섦과 불편, 고향에 대한 그리움 속에서도 애들은 한 달간을 용케도 버텨 주었으니, 나로서는 그저 고맙고 또 대견할 뿐이었다. 뭐가 생긴다고 집 나와서 돈 버리고 시간 버려가면서까지 생고생 사서 하느냐고 누가 묻기라도 한다면, 딱히 내세울 말은 없다. 하지만 모든 것들을 훌훌 털고 일어나 방랑해 보지 않은 자가 방랑 속에 깃들인 멋과 맛을 알 도리가 없다 함은 어느 정도 자신 있게 말할 수 있다.

나의 가족들은 본과 쾰른, 뒤셀도르프와 아헨, 코블렌츠와 코헴과 트리어, 만하임과 칼스루에, 슈투트가르트와 뮌헨, 함부르크와 브레멘, 하노버와 첼레와 하멜른 등의 도시들을 찾아다녔다. 때로는 고성이나 구 시가의 뒷골목을 샅샅이 훑어내고, 또 때로는 미술관이나 박물관의 전시물이나 작품에 푹 빠져 시간가는 줄 모르기도 했다. 칼 마르크스와 헤르만 헤세, 하인리히 하이네의 생가를 찾기도 했고, 콘라드 아데나워 기념관을 방문하여 환영을 받기도 했다. 기차로 국경을 넘어 브뤼셀과 룩셈부르크를 넘보기도 하였는데, 부지런을 떤 덕에 룩셈부르크시내에서는 헨리 무어의 조각작품을 세 개씩이나 눈에 넣을 수 있었다. 브뤼셀에서는 오줌 누는 소년상은 쉽게 찾았으나 시청광장 뒷편 좁은 골목 깊숙이 숨겨져 있는 오줌 누는 소녀상은 시내지도상에도 표시되어 있지 않아, 근처를 뱅뱅 돌며 미로찾기를 하느라 다리품들을 적잖이 팔기도 했다. 모차르트의 도시 잘츠부르크와 인스부르크를 비롯한 티롤지방을 헤매고 다니기도 했는데, 그 기간 동안 우리가 통과한 오스트리아의 산악지방에서는 눈사태로 수십 명이 아까운 목숨을 잃기도 했다.

독일주재 한국대사관에서 외교관으로 근무하고 있는 J형이 1999년 크리스마스를 전후한 시기에 휴가를 얻어 나의 가족들과 그의 가족들이 12월 24일부터 같은 달 29일까지 함께 여행을 할 수 있었는데, 이제부터 그 엿새 동안의 행적을 대략적으로나마 기록해보고자 한다.

Ⅱ.

1999년 12월 24일, 기분 좋아야 할 여행은 어이없게도 출발부터 황당무계와 낭패로 삐걱거렸다. J형이 아침 일찍 집을 나서 폭스바겐 7인승 승합차를 1099마르크에 7일간 사용키로 하고 렌트해 왔는데, 문제는 렌트한 차량의 기어가 수동식이라는 데 있었다. 우리 부부나 J형 부부나 그 동안 운전면허를 가지고 줄곧 운전은 해왔으나, 수동식 기어차량이야 운전면허 취득한 이후에는 다뤄 본 적이 없으니 그야말로 낭패였다. 왜 하필이면 수동식 기어차량을 렌트해 왔느냐고 핀잔하던 J형의 아내도 7인승 이상의 렌트차량은 전부 수동식기어뿐이라는 J형의 대꾸에 더 이상 나무라질 못하고 이내 입을 닫았다. 일행이 어른 넷에 애들 넷이니, J형이 평소 운전해 온 승용차로 바꿔 타고 출발할 수도 없는 노릇이었다.

J형의 아파트까지는 전진기어를 넣고 조심조심 계속 앞으로만 몰고 왔으나, 주차장에서 출발하기 위해서는 당장 차량을 후진시켜야 한다는 데 문제가 있었다. 주차장으로 들어오려는 차량들이 대여섯 대 꼬리를 문 상태에서 이들을 가로막은 채 안절부절못하던 운전자는, 결국 늘어선 차량들 중 맨 앞 차량의 뚱뚱한 장년의 독일남자를 불렀다. 그리고는 수동식기어의 후진기법을 집중적으로 레슨받았다. 그 짧지 않은 시간 동안에도 클랙슨소리는 들리지 않았고, 아파트에서 불과 100여 미터 떨어진 라인강을 따라 기어오르는 화물선의 뱃고동 소리만이 주차장 주변에 은은하게 내리 깔렸다. 일행 여덟 명에 적지 않은 짐까지 무겁게 실은 차량은 본 시내 암 뢰머의 아파트단지 안 주차장을, 덜컹덜컹 앞으로 갔다 뒤로 갔다를 되풀이하면서 땀깨나 흘렸다. 우리 일행을 위해 애써준 렌트 차량은 HH CC 7793. 운전석에 앉은 사람이나 조수석에 앉은 사람이나, 앞자리 차지한 놈이나 뒷자리로 밀려난 녀석이나 가릴 것 없이 사색이 된 채 식은땀들을 흘렸다. 기어를 바꾸는 과정에서 차량이 자꾸만 뒤로 밀리고 또 시동까지 꺼지니, 그럴 땐 새하얀 얼굴들이 마치 밀가루를 뒤집어쓴 꼴들이었다.

　　한동안의 운전연습 끝에 어렵사리 아파트 주차장을 출발, 얼마 지나지 아니하여 아우토반에 진입할 수 있었다. 남쪽으로 방향을 잡아 시속 150킬로미터 이상의 속도로 고속도로를 질주하게 되면서부터, 운전석의 J형도 안면의 굳은 근육을 조금씩 풀어 갔다. 코블렌츠에서 아우토반을 빠져 나와 라인강을 우측에 끼고 편도 1차로의 도로를 남쪽으로 달렸다. 몇 년 전 관광버스를 타고 이 길을 따라 달리다가, 중간에 유람선으로 갈아타고 라인강을 거슬러 올라가면서 로렐라이 언덕을 올려다봤던 기억이 새로웠다.

　　이번에는 반대로 로렐라이 언덕에 직접 올라가서 강을 내려다보기로 했다. 꾸불꾸불 가파른 길을 차를 타고 올라가면서도, 혹시 시동이라도 꺼뜨려 차량이 뒤로 밀리지나 않나 걱정이 이만저만이 아니다. 멋모르는 뒷 차량이 우리 차의 꽁무니에 바싹 붙어 따라오기라도 하면, 어른이고 애들이고 간에 차 안의 얼굴들이 다들 사색이 되었다. 막상 언덕 위에 올라서 보니 그 공간이 상당히 넓어 주택들과 경작지도 눈에 띄는 것이었다. 강에 면한 쪽에는 넓은 주차장과 레스토랑, 그리고 기념품 판매점이 운치 있게 자리잡고 있으나, 애석한 것은 겨울이라 문을 닫고 있다는 사실이었다. 하기사 어른들로서야 그러한 것들이 별로 신경 쓰일 일도 아니겠으나, 기념품에 쉽사리 마음을 빼앗기곤 하는 애들로서는 꽤나 섭섭한 노릇이었을 것이다. 가족들로 보이는 일본인 관광객들과 그들을 위한 가이드로서 운전까지 겸하는 것으로 보이는 독일남자와 조우하였다. 반갑게 인사라도 한 마디 건넬 법도 하건만, 시종 물끄러미 상대를 바라보면서 눈들만 껌벅거리기는, 이쪽이나 저편이나 오십보 백보였다.

　　강 쪽으로 툭하니 돌출된 언덕 아래 강줄기가 급하게 굴곡을 이
루니, 통과하는 배들로서는 무척이나 신경이 쓰였을 것이다. 국기와
주기가 게양된 언덕 위에서 강의 풍광을 배경으로 몇 컷 사진을 찍
고 반대방향으로 돌아서니, 예로부터 숱한 뱃사람들을 홀렸다는 요
정이 시멘트 상으로 요염한 포즈를 취한 채 언덕 아래 강물을 내려
다보고 있었다. 갸름한 얼굴에 콧날이 오똑하니 뱃사공들을 홀리기
에 충분하긴 하겠는데, 요정 상의 재료가 시멘트라는 사실 앞에 다
소나마 실망스러움이 남는 것은 어쩔 수 없었다.

　　일행은 언덕을 내려와 다시 남쪽으로 강물을 따라 평행선을 그
으며 뻗은 도로 위를 부지런히 달렸다. 그로부터 얼마 지나지 아니
하여 도착한 곳이 뤼데스하임. 돌이 깔린 골목길을 따라 양켠에는
포도주 주점과 선물가게들이 꽉 들어차 있다. 크리스마스 시즌이라
깜찍한 장식들이 더더욱 일행의 눈을 즐겁게 한다. 어쩔 도리 없이
여기에서도 크리스마스 휴가철인지라, 문닫은 가게들을 대충 넘겨보
는 것으로 만족해야만 했다. 1883년에 세웠다는 게르마니아 여신상
을 보기 위해 니더발트에 올랐다. 언젠가 지인으로부터 들은 풍월도
있어 포도밭 위를 쭈욱 통과하여 산 정상까지 운행한다는 케이블카
를 수소문해 보았으나, 하절기에만 운행한다는 한 주민의 섭섭한 답
변만 들을 수 있었다.

　　우리는 서슴없이 차의 코를 언덕 위로 꼬불꼬불 뻗어 올라간 도
로로 들이밀었다. 8부능선 위쪽은 눈과 안개가 뒤범벅이 되어 있었
다. 정상에 오르니 1871년의 독일통일을 기념하여 건립하였다는 여
신상이, 오른손으론 횃불을 높이 들고 왼손으론 칼을 눕혀 잡은 채

로 웅장한 모습으로 산아래 라인강을 굽어보고 서 있었다. 어느 사
이 안개가 걷히어 언덕을 따라 펼쳐진 포도밭들과 라인강과 그 위를
지나는 크고 작은 화물선들, 강 건너편 산들과 구릉들이 시야에 들
어오는 것이었다.

조국의 통일을 염원하면서 사진들을 찍었으나, 기념상이 워낙
크고 높아 아마추어들로선 갖은 애를 써보았댔자 사진이 잘 찍힐 리
만무였다. 차안에서 추운 몸들을 녹여 가면서 자르지도 않은 김밥들
을 통째로 하나씩 통소불 듯 길게 붙잡고는 입들을 부지런히 놀렸
다. 언덕을 내려오면서 나는 쾰른지역에서 생산된 캔맥주를 땄다. 맛
이 기가 막혔음은 물론이요, 캔의 용량이 500밀리리터이니 언제든
술 마다하지 않는 스타일인 나에게는 금상첨화였다. 나의 지인은 언
젠가 포도밭 위를 오르락내리락 해가며 여신상을 보고 난 다음 티티
새골목 어느 아담한 주점에서 자리를 잡고 앉아 시원한 맥주를 맘껏
마셨다지만, 달리는 차 안에서 마시는 맥주 맛도 그에 못지않은 것
같았다. 운전하는 J형에게 미안한 마음이 없지 않아 함께 마실 것을
두어 번 건성으로 권하였으나, 그렇지 않아도 잔뜩 긴장해 있는 그
가 딱부러지게 사양하였음은 불문가지. 차 안에 캔맥주가 박스째 쌓
여 있고 또한 맥주를 축낼 경쟁자도 없어 보여, 나는 힐쭉힐쭉 혼자
실웃음을 웃어가면서 열심히 맥주캔을 기울였다.

남쪽으로 가던 길을 버리고, 모두들 차에 탄 채 차를 배에 싣고
는 맞은편 강가로 건너가서 배를 내렸다. 이내 고속도로에 진입하여
남쪽으로, 다시 남서쪽으로 방향을 틀어 시원스레 달려나갔다. 온천
휴양도시로서 우리 국민들에게는 1988년 서울올림픽 유치가 확정된

IOC총회 개최지로 더 잘 알려진 바덴바덴에 이르러 고속도로를 벗어났다. 시내를 관통하면서 보니 휴양도시답게 우뚝우뚝 호텔들이 즐비했다. 오페라 극장의 정면에 내걸린 대형 휘장은 요즈음 「카르멘」을 공연하고 있음을 광고하고 있었다. 크리스마스 이브에 어울리게 멋지게들 빼입고, 꽃과 선물을 한아름씩 손에 든 사람들이 거리를 분주하게 오가는 모습이 눈에 자주 띄었다.

바덴바덴 시내를 벗어나 500번 도로로 접어들었다. 여기가 슈바르츠발트, 즉 흑림이라 불리는 지역의 초입인 것이다. 길이 200여 킬로미터, 폭 50여 킬로미터의 울울창창한 삼림지역. 더욱 놀라운 것은 이 방대한 삼림지역이 상당한 기간에 걸친 인공조림에 의해 조성되었다는 사실이다. 계속 나아가다 보니 표고가 점차 높아져 감을 느낄 수 있었다. 이를 증명이라도 하듯 설경이 펼쳐지고, 또 흰색의 농도가 점점 더 짙어져 가는 것이었다. 산등성이 중간중간 경치 좋은 곳마다 호텔들과 이에 부속된 것으로 보이는 아담한 스키장들이 자리잡고 있었다.

그런데 이상한 것은 독일사람들이 모두 집에서 조용히 크리스마스 휴가를 보내고 있어서인지, 아니면 스키장 직원들이 몽땅 휴가를 가버려서인지는 알 수가 없겠으나 스키장에는 사람은커녕 개미새끼 한 마리도 보이지 않는다는 것이었다. 눈길과 빙판 길에 J형은 안절부절이었고, 신경이 날카로워졌는지 뒷자리에 앉아 있는 부인들과 아이들이 큰소리로 떠들고 웃고 하는 것까지 제지하였다. 적당히 술기운이 오른 나는 조수석에 앉아서도 하나도 겁나는 게 없었다. 보다시피 지금 차가 잘 나가고 있지 않은가. 해발 1000미터쯤 되는

곳에 자리잡은 3층 목조건물의 호텔 앞 주차장에 차를 세우고는 일제히 차 밖으로 쏟아져 나왔다.

기지개도 켜고 허리운동도 한 후 겉옷을 끼어 입고 또 그 위에 목도리까지 두르고는 호텔 앞으로 갔다. 그곳에는 제법 큰 호수가 가문비나무숲 속에 그 모습을 숨기고 있었다. 여름철에는 초록의 물빛이 장관이고, 그래서 사람들은 호수에 배를 띄우곤 한껏 운치를 즐긴단다. 하지만 정숙한 여인이 그러하듯, 호수는 눈과 얼음 속에 고운 자태를 깊숙이 감춘 채 이방인에게 쉽게 그 속내를 드러내지 않고 있었다. 오후 4시 30분, J형은 이곳 호텔에서 짐을 풀 것인지 아니면 더 이동하여 호텔을 정할 것인지를 물어왔다. 호수가 그토록 곱다는 초록물빛을 드러내고 방랑객들을 맞이한다면야 내 기꺼이 달밤에 배를 띄우고 밤새도록 다정한 벗과 더불어 술잔을 부딪치겠다마는, 네가 내 앞에서 한사코 몸을 드러내지 않고 있으니 그렇다면 나 또한 미련없이 너를 떠나가련다. 나는 다소 무리하더라도 헤세의 고향 칼브까지 가자고 답하였다. 그 날 호수가 얼어 있다는 이유 하나만으로, 그 옆 호텔주인은 적어도 방 서너 개쯤은 쓸 큰 손님을 놓치고 말았다.

프로이덴슈타트에도 이르기 전에 어둠은 어느 새 새까맣게 밀려와 내려앉았고, 우리들은 서둘러 28번 도로로 길을 바꿔 알텐스타이그와 나골트를 잇따라 통과하였다. 지나는 도시들마다 화려한 크리스마스 트리와 장식들로 한껏 꾸며져 있었고, 눈을 얹고 서 있는 짙푸른 나무들과 숲의 윤곽이 어둠 속에서도 그대로 드러났다. 눈속에서 빛나는 따스한 느낌의 불빛들 아래마다 성탄절 이브의 기쁨을 함께 나누고 있는 가족들의 행복에 겨운 얼굴들이 둥그스레 원을 그리고 있겠지. 온 인류가 축복받는 이 시각, 나는 이방인이 되어 정처도 없이 방랑하고 있다. 가족들을 대동하고 하는 방랑이니 두보의 후예가 될 수는 없는 노릇이었다. 그 대신 낭만의 그네는 실컷 탈 수가 있었다.

나골트에서 463번 도로로 길을 바꿔 달린 끝에, 오후 7시 조금 못 미쳐 칼브에 도착하였다. 시내에서 친절한 젊은 여성을 만나 근처의 레벤 호텔을 소개받았다. 호텔은 설명받은 거리와 위치에서 정확히 우리들을 기다리고 있었다. 방 세개를 240마르크에 정했다. 요금에 다음날 아침식사비까지 포함되었음은 이곳에서도 물론이었다. 이제 우리들 모두를 기다리고 있는 것은 평안한 휴식이었다. 수동식 기어로 인해 하루종일 노심초사한 J형을 특별히 배려하여, 그 부부에게 방 하나를 배정하였다. 여자애들 셋이 방 하나, 우리 부부와 아들녀석이 역시 방 하나. 난 하릴없이 맥주캔을 빨면서 빈둥거리다가, 일시에 엄습한 여독에 냅다 두 손을 들어버리고는 이내 잠의 나락으로 떨어지고 말았다. 그렇게 이국에서의 성탄절 이브의 밤은 깊어갔다.

Ⅲ.

12월 25일, 눈을 뜨니 새벽 4시. 내친 김에 뜨겁게 쏟아지는 물로 샤워를 하여 몸을 가볍게 하였다. 혹시 일을 마저 끝내지 못한 산타할아버지를 뵐 수 있을까 하여 2층 객실창문의 커튼을 젖히니, 눈 속에 파묻힌 거리가 가로등 불빛아래 빛나고 있었다. 불빛을 세심히 살펴보니 성탄절에 어울리지 않게 밖에는 추적추적 겨울비가 내리고 있었다. 어제의 여정을 메모로 정리하고 독일어 공부를 하는 사이 서서히 어둠이 걷히고 있었고, 시계바늘도 이에 질세라 7시를 넘어서고 있었다. 가져온 전기밥솥에 점심에 먹을 밥을 짓고, 8시가 지나 1층 식당으로 아침식사를 하러 우르르 몰려 내려갔다. 크리스마스 기분을 내기 위해 요모조모 아기자기하게 장식되어 있는 식당내 운치 있는 분위기를 맘껏 즐기며 빵과 치즈, 햄과 커피로 식사를 하였다.

9시경 호텔을 출발, 헤세의 생가를 찾아 나섰다. 강이라기보다는 개천이라고 부르는 편이 더 적절할 것 같은 나골트 강의 다리를 건너자마자, 돌이 깔린 도로 양편으로 4층 또는 5층으로 빨간 지붕들을 이고 있는 건물들이 주욱 이어져 있었다. 이른 아침이라서 그런지 보행자들도 눈에 띄지 않는다. 우리는 서행하면서 표지판을 찾던 중 어렵사리 저만치 앞에서 빗속을 우산도 없이 걸어오고 있는 젊은 여성을 찾을 수 있었다. 그녀는 비 맞는 것도 아랑곳하지 않고 버텨선 채 헤세 생가의 위치를 상세히도 가리켜 주었다. 뒤로 돌아 나가다 두 번째 블럭에서 우회전.

그곳엔 더 멋진 건물들이 즐비하였다. 우리들은 일제히 탄성을 내질렀다. 광장을 내려다보며 고색창연한 성당이 자리잡고 있고, 성당의 좌측 앞에 헤르만 헤세 박물관이 위치하고 있다. 안타깝게도 성탄절 휴일이라 박물관의 문은 굳게 닫혀 있었다. 박물관 앞 헤세 관련서적을 판매하는 서점의 문도 닫혀 있기는 마찬가지였다. '너희들이 나를 얼마나 알고들 있길래 이렇게 불쑥 찾아왔느냐?'는 헤세의 일갈이 귓전을 때리는 것 같았다.

우리들이 할 수 있는 일은 기껏해야 성당과 건물들을 배경으로 기념사진들을 찍는 것이 전부였다. 우산을 쓰고 찍어야 하는 것인지 비를 맞으면서 찍어야 하는 것인지조차도 분별이 되지 않을 만큼의 비가 헤세의 고향 땅에 내리고 있었다. 동화 속 마을같이 운치 있고 아기자기하고 또 고즈넉한 이런 고을 분위기에서라면, 헤르만 헤세 같은 대 작가도 충분히 배출해 낼 수 있었으리라는 생각이 들었다. 끝내 여운과 아쉬움을 떨구지 못한 채 295번 도로로 진입하여 슈투트가르트로 향했다.

달리던 길을 버리고 아우토반에 진입하여서는 한껏 가속하였다. 그 사이 비는 계속 오락가락하였고 숲과 작은 도시들, 그리고 설경이 빠른 속도로 스쳐 지나갔다. 울름도 지나고 아우크스부르크도 통과하였다. 5년 전인가 로만틱 가도를 따라 아우크스부르크를 북에서 남으로 관통한 적이 있었는데, 이번엔 서에서 동으로 지난다. 부지런히 달린 끝에 11시 조금 넘어 뮌헨에 입성할 수 있었다. 우선 시내 지도를 펴놓고 중앙역을 찾아갔다. 다시 그곳을 기점으로 하여 시립 렌바하 갤러리를 찾아 나섰다.

미술관은 생각보다 가까운 거리에서 우리 일행을 맞이하였다. 성탄절이라 혹시 휴관이 아닌가 걱정이 태산 같았으나, 천만다행으로 문을 연 것이었다. 넘쳐흐르는 기쁨에 8명의 입장료는 결코 아깝지가 않았다. 정원을 가운데 두고 디귿자의 2층 건물로 배치된 미술관은 칸딘스키 · 마르크 · 끌레의 작품들을 비롯한 다수의 명작들을 소장, 전시하고 있었다. 작품들 앞에 서 있는 시간 내내 나는 다리 아픈 줄도 모른 채 마냥 즐거웠다. 아니, 행복했다는 표현이 더 정확할 것이다.

오후 1시 30분경에 이르러 우리들은 미술관 밖 공터에 주차된 차 안에서 즉석비빔밥을 만들어, 어른아이 할 것 없이 꿀맛 같은 식사로 끼니때를 놓쳐 허기가 져 있던 배를 불리었다. 지나가는 사람들이 없지 않았으나, 고맙게도 차안 유리창에 김이 잔뜩 서려 제아무리 용을 쓴대도 밖에서 안을 들여다 볼 수는 없었다. 길 하나 건너 조각미술관과 고미술관이 석조건물로 제각각 그 위용을 뽐내고 있어 내 딴에는 속으로 쾌재를 불렀으나, 문제는 애들이었다. 미술관 관람이 재미가 없다는 얘기였다. 싫다는 애들 억지로 데리고 들어간다 하더라도 관람효과가 없을 것은 뻔하겠고, 다른 한편으로는 애들 비위도 맞춰 줄 필요도 있겠다 싶어 큰맘 먹고 내가 양보하였다. 하지만 아쉬움과 미련의 꼬리가 남아 허공에 긴긴 선을 긋는 것은 나로서도 어쩔 수 없었다.

일행은 서둘러 님펜부르크 궁전을 찾아 나섰다. 지금도 바이에른 왕가의 후예들이 살고 있다는 궁전은, 건물들이 시원시원하니 널찍하게 자리잡고 있어서 겉보기부터 좋았다. 중앙부엔 사각형의 꽤나 큰 인공연못이 있는데, 백조와 오리들 수백 마리가 진을 치고 있었다. 성탄절이라 궁전 역시 휴관이다. 건물 내로는 들어가지 못하고 궁전 안 정원만 둘러보았다. 건물입구 벽면에 바이에른왕국의 왕 루드비히 1세가 사랑했다는 대표적인 여성 16명의 초상화가 번호 매김과 함께 1장에 빽빽하니 그려져 있었다. 하나하나의 초상이 엽서로 만들어져 관광상품으로 판매되는 듯했다.

　왕은 초상화 속의 미녀들 중에서도, 특히 무용수였던 롤라 몬테츠에게 홀딱 반했다. 사랑하는 여인을 위해서라면 무슨 일이든 하다보니 왕실소유 재산을 회복 불가능할 정도로 탕진했고, 그로 인해 결국 퇴위라는 쓰라린 운명을 감수해야만 했다. 동서고금을 막론하고, 한 여성은 한 남성을 파멸시킬 수 있을 뿐 아니라 한 나라를 망하게 할 수도 있다는 사실을 다시 한 번 확인하는 순간이었다.

　오후 4시가 가까워 일행은 호프브로이하우스를 찾아나섰다. 바이에른 왕실의 궁정 맥주 양조장이라면 이해가 쉬울 것이다. 1919년 나치스의 전신인 독일 노동자당의 최초 집회가 개최되었고, 거기에다 히틀러가 많은 사람들이 모인 이곳에서 연설하곤 했다 해서 더욱 유명해진 주점이다. 뮌헨의 맥주축제인 「10월 축제」철은 이미 지나가 버렸지만, 이제라도 호프브로이하우스를 찾아감은 그것 나름대로 의미가 있다고 여겨졌다. 시내지도에 의지해 찾아갔는데, 왕궁 박물관과 국립 오페라극장 부근이었다. 오페라극장 건너편 골목에 차를 주차시키고 걸어가면서 행인에게 물었더니, 우리가 찾는 주점은 바로 코앞이었다. 그 행인일행도 호프브로이하우스에서 한 잔씩 하고 나오는 길인지, 다들 양쪽 볼들이 불콰하였다.

　1층의 넓은 공간이 손님들로 가득한데, 1,000명을 동시에 수용할 수 있다는 말이 과언만은 아닌 듯 했다. 생맥주 1,000cc 짜리 4개와 치킨 2개, 그리고 쏘시지를 주문하였다. 남자여자 어른아이 할 것 없이 능력껏 맥주들을 마셨다. 아이들은 맥주를 마시는 폼을 한껏 잡아가면서 사진 찍는 데 더 열중하였다. 짧은 일정을 끝내고 뮌헨을 떠난다는 사실 앞에 아쉬움이 남기에, 나는 아들녀석을 데리고 조명 속에 노출된 왕궁박물관과 오페라극장 앞으로 다가가 게슴츠레한 눈으로 건물들을 올려다보았다. 낮에 찾아왔어도 휴관이라, 어차피 내부는 구경하지 못했을 것이라는 지레짐작이 그나마 위안이었다.

슈바빙 거리를 헤매며 전혜린의 흔적을 찾아보는 시도는 엄두도 내지 못한 채 나는 벌써 뮌헨을 향해 작별의 손짓을 하고 있었다. 뭐가 그리 바쁘다고 마냥 서둘러대는 것인지 나 자신조차도 모르겠다. 운전석에 앉은 J형도 어느 새 차를 시 외곽으로 급히 몰아나가고 있었다.

IV.

어둠이 짙게 내린 뮌헨시내를 벗어난 일행은 오스트리아의 잘츠부르크로 이동하다가 적당한 곳에서 숙박하기로 하고, 오후 5시 30분경 고속도로에 진입하였다. 기온이 내려감에 따라 비는 진눈깨비로 바뀌었고, 얼마 지나지 아니하여 또 눈으로 바뀌었다. 종국에는 그야말로 하늘이 뚫린 듯 마구 퍼부어대니, 차량들이 제 속도를 내지 못하고 설설 기는 것이었다. 길이 막히든 말든 당장은 화이트 크리스마스가 실감되었다.

인스부르크 분기점인 로젠하임으로부터 네 번째 인터체인지에서 고속도로를 벗어나 휴양지인 아샤우를 찾았다. 괜찮아 보이는 호텔에 들어가 4인용 객실 2개를 요구하니, 프런트의 여직원 대답이 요금이 400여 마르크쯤 된단다. 잠시 무엇인가를 확인하더니 510마르크로 정정하는 것이었다. J형과 상의한 후 투숙하겠다는 의사를 표시하였다. 그 사이에 프런트 안쪽에서 지배인쯤으로 보이는 남자가 나타나더니 여직원을 안으로 불러들이는 것이었다. 뭔가 소곤소곤 귓속말을 나누고 프런트에 다시 앉은 여직원은 또다시 말을 바꿨다. 방 2개에 560마르크란다. 아니, 이것들이 누구에게 바가지 씌우려고 환장들을 했나. 그렇지 않아도 호텔 측에 밉(?)보이지 않으려고 나머지 가족들은 모두 차안에 가둬둔 채 J형의 둘째딸만을 뽑아 데리고 가서 쌩글쌩글 재롱을 떨게까지 하였는데, 이럴 수가 있는가 싶었다. 씁쓰레하고 또 허탈했다. 나쁜 자식들 같으니라고.

휙 돌아서서 뒤도 보지 않고 그곳을 나온 J형과 나는, J형의 작은딸을 차 안으로 밀어 넣고는 한 단계 수준이 낮은 듯한 다른 호텔을 찾아 안으로 들어갔다. 1층은 식당이었는데, 대여섯 명이 빙 둘러 앉아 잡담들을 나누고 있었다. 방이 있느냐고 물으니, 주방 쪽에서 주인인지 종업원인지 알 수 없는 자가 밖으로 나와 J형과 나를 위아래로 훑어보더니 대뜸 방이 없단다. 호텔 밖에서 올려다보았을 때 불꺼진 방들이 많았는데, 방이 없다니 말이 되나. 하지만 칼 쥔 놈이 빈방이 없다는데 일일이 확인해 보자고 할 수도 없는 노릇이었다. 호텔을 나온 J형이 하는 말이, 그 녀석이 필경 우리 둘을 동성연애자로 보았을 것이란다. 게이들이 사랑놀음 하기 위해 투숙하는 것을 마뜩찮게 여겨 일부러 빈방이 없다고 둘러댔다? 그럴듯한 얘기였다. 이번엔 내가 남고, J형이 그 부인과 함께 다른 호텔을 알아보기로 했다. 그로부터 얼마 후 J형 부부는 축 처진 어깨들을 한 채 내 앞에 나타났다. 나 또한 어깨가 처지게 된 이유를 묻지도 않았다. '나쁜 놈들'이라는 욕설만이 입 안 가득 씹힐 뿐이었다.

아샤우에서의 투숙을 포기한 우리들은, 다소 무리이긴 하나 잘츠부르크까지 가기로 했다. 남은 거리 80여 킬로미터. 가는 도중에 유겐트게스테하우스에 전화예약을 해두는 걸 빠뜨리지 않았다. 한참을 달린 끝에 막상 잘츠부르크에 도착은 하였으나, 정한 숙소를 제대로 찾아간다는 것이 보통 일은 아니었다. 도시는 생각보다 넓은 것 같았고, 지리에 밝지 못한데다 밤이라 방향감각도 희미했다. 시내 지도상으로 보아도 숙소는 시내반대편 외곽인 것 같았다. 지도에 의지하여 찾아가는 방법이 거의 불가능하다고 판단한 일행은, 마침 부근에 세워져 있는 빈 택시를 발견하고는 괜찮은 아이디어를 이끌어낼 수 있었다.

택시 안에서 잠자고 있는 운전기사를 깨워 목적지를 일러주고는 미터기요금을 지불하기로 하고 앞장을 세웠다. 택시운전사는 빈 택시를 몰았고, 8명씩이나 태운 우리의 차는 택시를 뒤따랐다. 처음엔 행여 빠른 속도로 질주해 나가는 택시를 놓칠세라 우리 일행이 계속 안달이었는데, 나중에는 우리 차가 중간에 새버리는 것은 아닌가 하여 택시기사가 자꾸만 속도를 늦추며 안달복달이었다. 왼쪽으로 강을 끼고 5킬로미터 이상 달린 두 대의 차량은, 밤 10시도 넘은 늦은 시각에 유겐트게스테하우스 주차장에 도착할 수 있었다. 택시운전사는 저 혼자 드라이브를 즐기면서 잠기운을 쫓아버리고도, 우리들로부터는 독일 돈 20마르크까지 챙겨갔다. 분명 돌아가면서 살다보니 별 희한한 놈들도 다 보겠다고 혼자 너털웃음을 웃어댔을 것이다. 6인용 방 2개를 나와 J형 가족들이 하나씩 나눠 가졌다. 239마르크. 옷장과 침대도 깨끗하고 또 화장실과 샤워장도 방에 일일이 딸려 있었다. 알고 보니 두 달간의 내부수리를 끝내고 오늘부터 새로이 손님들을 받기 시작했단다. 메리 크리스마스! 늦은 저녁을 먹으면서 맥주 건배로써 조촐하나마 성탄을 축복하였다. 나는 가족들에게 침대의 매트리스에 시트 씌우는 시범을 보여주고, 또 일일이 바로잡아 주었다. 침대 하나씩 차지하고도 두 개가 남아돈다. 내부공간에 여유가 있어서 좋다. 멀리 집을 떠나 있던 사람도 다들 집으로 돌아와 가족들과 오붓한 시간을 보내는 크리스마스날, 우리들은 밤 늦도록 피곤에 지친 몸을 뉠 곳을 찾아 눈길을 헤매며 고생을 사서 한 것이다. 침대 하나씩을 차지하고 자리에 누우니, 일순간에 천근만근 같은 몸이 잠의 나락으로 빠져들어가는 것이었다. 하지만 그 와중에서 일행들 중 그 누구도, 다음 날의 훨씬 더 큰 고생거리가 아가리를 떠억하니 벌린 채 우리들을 기다리고 있다는 사실만은 전혀 예상하지 못하고 있었다.

12월 26일, 새벽 5시 30분경 기상하여 샤워도 하고 또 속옷도 빨아 히터 위에 널어놓았다. 어제의 일정을 메모로 정리하고도 식사시각까지는 시간이 꽤 남는다. 8시 30분에 1층 식당으로 내려가 두 가족이 빙 둘러앉아 기분좋게 식사를 했다. 식사 후 사운드 오브 뮤직 투어를 알아봤으나 출발시각이 오후 2시여서 우리 일정과는 맞지를 않고, 게다가 영어나 독일어 청취능력도 시원찮은 판이라 기분좋게 포기하였다. 여덟 명이 차를 타고 시내를 벗어나 에이원(A1) 고속도로에 진입하니, 잘츠부르크 외곽 눈 덮인 산들의 수려한 풍광이 한눈에 들어온다.

영화 속에 나오는 호수들을 보기로 했다. 먼저 찾아 나선 곳이 몬트 제(Mond See). 길을 잘못 드는 바람에 빙판을 이룬 고갯길을, 다른 차들을 피해가며 후진하여 빠져 나오느라 J형은 또 애를 먹었다. 겨울인데도 호수는 얼지 않은 채였다. 주변의 눈 덮인 산들과 호수가 조화를 이뤄 멋진 풍경화를 그려내고 있었다. 일행은 아쉬움을 뒤로 하고 볼프강 제(Wolfgang See)로 향했다. 얼마 지나지 아니하여 우리들은 영화 「사운드 오브 뮤직」의 도입부에 나오는 마을 쌩 길겐(S.Gilgen)을 호수의 초입에서 만날 수 있었다. 주변 산엔 스키장과 전망대까지 있어, 마을은 차량과 사람들로 북적거렸다. 성당을 비롯하여 마을의 이곳저곳을 둘러보고, 호숫가에 서서 멀리 호수건너편 설산들을 배경으로 사진도 찍었다.

우리가 마을을 떠날 무렵, 눈 속에 파묻힌 영화 속 호수마을에 성당의 종소리가 은은하게 울려퍼졌다. 차는 호수의 경계를 따라 계속 달렸다. 호수는 줄곧 차의 좌측창가에 그 모습을 나타냈다. 호수를 빙 돌아 한참만에 도착한 곳이 휴양지로 유명한 마을. 마을 이름도 호수 이름과 같은 볼프강 제이다. 통일을 일구어낸 전 독일수상 헬뮤트 콜이 주 수상으로 재직할 당시부터 휴가 때마다 빼놓지 않고 꼬박꼬박 찾아와서 휴식과 사색을 즐겼대서 세상 사람들에게 더 잘 알려지게 되었단다. 아기자기한 건물들과 깜찍한 모양의 기념품들을 판매하는 상점, 그리고 좁은 골목사이를 삼삼오오 짝을 지어 누비며 눈요기를 하거나 쇼핑을 즐기는 관광객들의 모습이, 마치 나폴리 앞

바다에 떠 있는 카프리 섬을 닮았다. 호숫가에는 한 떼의 고니와 오리들이 먹이사냥이라도 하는지 유영을 하거나 자맥질로 분주하고, 호수건너 눈을 머리에 가득 인 산봉우리들은 우뚝우뚝 그 위세를 자랑하고 있다. 짙푸른 호수는 제법 높은 물결로 부서지며 이방인들을 환영하고 있다. 갔던 길을 되돌아 나와 몬트 제로 방향을 잡았다.

영화 속에서 대령과 수습 수녀가 결혼식을 올렸던 성당은 몬트 제 마을 중심부에 4층 높이로 우뚝 서 있었다. 성당입구에는 양쪽으로 나란히 나무들이 심어져 있는 길다란 길이 있다. 이 역시 영화 속에 등장했던 길이다. 그 동안 세월이 흘렀다는 사실을, 양쪽 길가의 나무들은 그 굵기로 증명하고 있었다. 교회는 좌우대칭으로 동방교회 양식을 취하고 있다. 성당의 중앙철제문을 여니, 내부장식의 화려함이 일제히 현란하게 쏟아져 나온다. 나는 제단 앞까지의 긴긴 통로를 결코 서두르지 않고 한 발짝 한 발짝 숨을 골라가며 걸어나가 보았다. 성당의 지붕은 추적추적 겨울비에 젖고 있었다. 차의 윈도부러시가 규칙적으로 작동하는 가운데, 일행은 다시 잘츠부르크 시내로 회향하였다.

시내가 가까워오자 고속도로의 표고가 꽤나 높은지 좌측 아래로 시내전체가 손에 잡힐 듯 들어왔다. 잘츠부르크 주위를, 뾰족뾰족 설산들이 마치 병풍을 둘러친 듯 빙 둘러 감싸안고 있었다. 잘츠부르크 하면 우선 떠오르는 것이 음악의 도시, 더 압축한다면 모차르트의 도시일 것이다. 일행은 모차르트를 찾아가기로 했다. 어른이고 아이이고 간에 이에 반대하는 사람은 한 명도 없었다. 시내지도로 위치를 확인하고 또 행인들에게 묻고 하여 모차르트의 생가를 찾아갔다. 시내를 가로질러 흐르는 아담한 크기의 강인 잘자하 부근이었다. 차량통행이 금지된 넓지 않은 도로를 사이에 두고 4층, 5층 규모의 건물들이 고풍스런 모습으로 도열해 있었다. 꽤나 걸었다 싶은 순간, 모차르트의 생가는 우측에서 예고도 없이 불쑥 나타났다. 음악의 신동이라는 닉네임에 걸맞게, 모차르트의 생가는 많은 인파로 붐비고 있었다. 전체 5층 중 4층까지만 일반에게 공개하고, 맨 위층은 개인이 사적인 용도로 사용하고 있었다.

　각층의 전시실에는 모차르트 가족들의 초상화와 가구, 악기, 각종 집기와 악보, 편지들이 진열되어 있었다. 음악을 그림으로 표현한 회화작품들도 관람객들의 눈길을 끌었다. 기념품 상점에서는 컴팩트 디스크와 책자, 엽서와 초콜릿을 판매하고 있다. 누군가 모차르트 초콜릿을 사서 일행에게 나눠주었다. 초콜릿 속에는 술이 들어 있느니, 애들이 너무 많이 먹다가 본의 아니게 술 취할라. 생가를 나와 도로 건너가 바로 잘자하다. 폭 50미터에서 60미터, 모차르트 교를 위시해서 서너 개의 다리가 눈에 들어온다. 철교라 운치는 별로 없고, 보면 볼수록 어딘가 모르게 좀 엉성하다는 느낌이 들었다. 뒤돌아보니 언덕 위 잘츠부르크 성이 바로 코앞이다.

　벌써 오후 3시 30분. 다들 허기가 졌다. 하지만 식사준비만은 완벽했다. 아침에 해 가지고 나온 따끈따끈한 밥에 된장찌개를 데우고 나물들을 섞고, 또 고추장과 참기름까지 넣어서 비빔밥을 만들었다. 어른아이 할 것 없이 걸신들린 사람들처럼 양푼 속으로 고개들을 쑤셔 박고 분주히 숟가락들을 놀리고 있는 사이, 지나가는 행인들마다 호기심에 목을 길게 빼고는 차 안을 들여다보았다. 그리고는 웃음들을 짓는 것이었다. 집 나와서 고생해 봐라. 너희들이라고 별 수 있겠니? 급히 먹은 식사 뒤에 마시는 한잔의 커피는 좋은 소화제였다. 육신에 다시 생기가 돌았다. 다들 눈들이 맑은 빛을 되찾았다. 오후 4시가 지나서 우리들은 오스트리아의 서부인 티롤 지방을 향해 출발하였다. 잘츠부르크여, 안녕….

V.

뮌헨으로 연결되는 고속도로를 달리던 일행은, 얼마 지나지 아니하여 고속도로를 버리고 21번 국도로 길을 꺾었다. 한참을 달려도 지도상의 312번 도로가 나오질 않았다. 어느 새 어둠은 까맣게 몰려와 산악지방을 동서남북 가리지 않고 뒤덮었고, 운전석과 조수석에 앉은 사람들의 마음은 조급해지기 시작했다. 지도상의 로퍼라는 도시가 군데군데 이정표 상에 표기되어 있으므로 계속 진행하였다. 독일 쪽으로 국경을 넘자, 비로소 312번 도로가 이정표 상에 나타나기 시작한다. 얼마를 달렸을까.

도로는 다시 우리 일행이 탄 차를 오스트리아 영토로 끌고 들어간다. 쌩 요한이라는 지역에서 갈라져, 겨울휴양지 겸 스키마을인 키츠뷔엘로 향했다. 스키장이 있는 동네의 근사한 호텔에서 잠을 자고, 기회가 된다면 스키도 타보자는 말에 뒷자리에서 머리를 무릎에 박고 코를 골던 애들까지 일제히 잠에서 깨어나 박수를 쳤다. 환호성을 질렀다. 마을 전체가 호텔이다. 휘황찬란한 조명과 불빛에 산동네가 온통 삐까번쩍이요, 흥청망청이다. 어른들도 근사한 식사와 화려한 잠자리에 대한 기대에 덩달아 마음들이 설레었고 또 달떴다.

　몇 군데 조용하고 괜찮아 보이는 호텔에 들어가 알아보니, 예약된 방 외에는 방이 없단다. 몇 번의 허탕 끝에 이번에는 스키장에서 좀 멀리 떨어진 호텔을 찾아가 봤다. 빈 방이 아예 없거나 또는 부르는 요금이 터무니없이 비쌌다. 심지어 방 2개에 1800마르크를 제시하는 곳도 있었다. 우리 돈으로 환산하면 무려 백만 원 이쪽저쪽이다. 어제 우리에게 바가지를 씌우려던 독일놈들은 이놈들에 비하면 그래도 한참이나 양반일세. 그곳에서 방 구하기를 아예 단념하고 나서, 얼굴표정이 한껏 굳어져 버린 애들을 이끌고 되돌아 나왔다. 중간에 길가에 위치한 몇 개의 호텔을 발견하고는, 혹시나 해서 차를 세웠다. 남아 있는 방이 딱 1개밖에 없단다. 직원은 친절하게도 돌아서 나가는 우리들을 불러 세우고는 전화상으로 인근호텔들을 알아봐 줬으나, 빈 방이 없다는 전화 속 대답뿐이었다. 그 사이 상당한 시간이 허비되었다.

　J형과 나는 예정에 없던 인스부르크로 가기로 즉석에서 결정을 하고는, 미리 전화를 걸어 유겐트게스테하우스에 인원 수 대로의 잠자리를 예약하였다. 이번에는 애들뿐만 아니라 부인들까지도 불평이 대단하였다. 시계바늘은 벌써 밤 8시도 훨씬 넘긴 자판을 가리키고 있었다. 차창 밖은 알프스의 눈 덮인 험한 산들의 연속이었다. 엔진소리 외에는 차안이 쥐죽은 듯 조용했다. 뒷좌석의 애들과 부인들이 다들 실망해서 뾰로통해 있는 것인지, 아니면 히터의 열기에 노곤해져 아예 잠들이 들어버린 것인지조차도 알 수가 없었다.

나는 어둠 속에서도 하늘을 타고 오르는 험산들의 허리윤곽을 훑고 있었다. 차가 독일의 로젠하임에서 인스부르크로 이어지는 고속도로를 찾아 끼어든 이후에는 그 속도가 엄청 빨라졌다. 한시라도 빨리 가족들을 편히 쉬게 하겠다는 J형의 자상한 마음에서 우러나온 행동의 결과였다. 나도 모르는 사이에 찾아온 졸음과 씨름하는 사이에, 어느덧 우측으로 북쪽의 우뚝우뚝 치솟은 설산을 배경으로 불빛 속에 빛나는 인스부르크 시내의 야경이 내려다보이기 시작했다. 얼마 후 도시의 남쪽으로 진입하여 시내지도에 의지하여 유겐트게스테하우스를 찾아 나섰다.

숙소는 인강을 끼고 있는 지역에 위치하고 있었다. 차를 길가에 대충 세워 주차시키고는 마당을 가로질러 안으로 들어가 보니, 장년의 주인은 콧수염까지 기르고 얼굴엔 이렇다 할 표정 하나 없다. 독일어 발음은 그를 더 무뚝뚝해 보이게 했다. 유겐트하우스 회원권을 확인하고 나서도 다른 신분증을 보자고 트집을 잡는 것이었다. 2층 특실을 내준다며 한껏 생색을 내는 주인의 말을 그대로 믿고 배정된 방을 찾아가 보니, 좁은 공간에 덩그라니 2층 침대가 네 개씩이나 놓여 있고 방에 붙은 화장실도 없다. 대뜸 옛날 고시 공부하면서 전전하던 서울시내 고시원 같다는 느낌이 들었다. 아니, 심지어는 유태인수용소가 연상되기까지 하였다. 방 벽 한 모퉁이에 달랑 붙어 있는 수도꼭지 하나가 눈길을 주고 있다.

우선 여독을 추스르느라 캔맥주부터 따서 벌컥벌컥 들이켜고는, 저녁밥을 준비하여 창문을 활짝 열어 놓고 식사하였다. 원래 객실에서의 취사는 금지되어 있었지만, 이러한 규정이 가뜩이나 허기져 있는 우리 일행을 규제하기에는 어느 모로 보나 적절하지 않았다. 자고로 집 떠나면 고생이라지만, 고생치고는 너무 심한 것 같았다. 애들 눈초리를 살피니, 황당하기는 녀석들도 마찬가지인가 보다. 오밤중의 이상한 모습의 저녁식사를 끝마치자마자, J형 가족들은 잘 자라는 말도 없이 한꺼번에 옆방으로 몰려갔다. 나의 가족들도 되는대로 자리를 정돈하고 나서 네 개의 이층침대 하나씩을 차지하고는 일층에 둥지들을 틀었다. 애들도 기력이 없는 것인지, 아니면 흥이 나지 않는 것인지 침대의 이층을 그대로 비워 놓았다.

12월 27일, 눈 떠보니 6시 30분. 방 안에 손바닥만한 탁자 하나 없으니 전날의 행적을 메모할 수도 없다. 샤워는커녕 화장실 사용도 마땅찮다. 2층만 하더라도 투숙한 젊은이들이 꽤나 많은데 공동 화장실은 3개에 불과하니, 아무리 좋게 봐주려 해도 주인이 너무 돈만 밝히는 것 같다. 결국 더부룩한 배를 그대로 유지하기로 한다. 1층의 식당은 정확히 8시에 문을 열었다. 그 이전에 내려갔던 사람들은 도로 2층으로 올라오거나, 잠긴 문 앞에서 문이 열리기를 기다리며 계속 서성거려야만 했다. 몰려든 인원수에 비해 내놓는 식사량까지도 극히 인색했다. 빵과 커피가 미처 나의 차례가 되기도 전에 동이 났다. 주인은 한참을 뜸들이다가 조금씩조금씩 음식을 내놓는다. 돈 독이 올랐어도 보통 오른 게 아닌가 보다. 이런 곳이라면 단 1분이라도 빨리 벗어나야 마음 편하겠다는 생각이 들었다. 짐을 챙겨 밖으로 나오니, J형 가족들은 벌써 나와 양손에 짐들을 든 채 나의 가족을 기다리고 있다.

6년 전엔가 인스부르크에 왔을 땐 도시의 북쪽에 있는 산을 올라가 본 경험이 있는지라, 이번에는 남쪽에 있는 산들의 스키장에 가보기로 했다. 밤새 고생들 했으니 오늘 하루는 우아하고 고상하게 지내보자꾸나, 애들아 힘들 내거라. 우리들은 우선 가까이에 있는 스키점프대를 구경갔다. 점프대부근의 눈이 부족한지라, 트럭들을 이용하여 다른 지역에서 실어온 눈을 채우는 작업이 한창이었다. 관람석은 마치 그리스의 원형경기장을 두개 포개놓은 형태였다. 여름에는 음악공연을 위한 야외무대로도 사용된단다. 아닌 게 아니라 어느 해 여름엔가 플라시도 도밍고가 이곳에서 공연하였다는 얘기를 들은 적이 있었다.

여유 있게 사진촬영도 하고 주변공원의 숲 속을 산책도 하고는, 그곳을 내려와 이탈리아로 연결되는 고속도로에 진입하였다. 얼마를 달렸을까. 유로파브뤼케, 즉 유럽다리가 눈앞에 나타났다. 주변은 온통 흰눈을 뒤집어쓰고 있었다. 유럽에서 교각의 높이가 제일 높은 다리란다. 눈을 헤치고 걸어가 다리 위에 서 보니, 골짜기 아래가 까마득하니 순간적으로 아찔하다. 다리 밑에는 강물도 냇물도 없다. 골짜기를 따라 마을도 있고 또 도로도 있다. 차를 돌려 다시 인스부르크 시내 쪽으로 향하다가, 고속도로 우측 산중턱에 자리잡고 있는 팟슈와 엘베렌 마을을 방문하였다.

주민들은 주로 목축업에 종사하는 것 같았다. 표고가 꽤나 높아 그 덕에 여름과 겨울엔 휴양지로서 각광받는단다. 조그만 마을에 어울리지 않게 호텔도 두세 개 눈에 띈다. 주택의 벽을 따라 나란하게 쌓아 놓은 벽난로용 장작더미가 인상적이다. 천지간에 하얀 눈이 흩날리고, 마을은 온통 눈의 세계다. 우리 차량이 팟슈마을에 정차하니, 외출복차림의 한 노파가 잔잔한 미소를 머금은 채 도와줄 일이 있느냐며 먼저 말을 걸어왔다. 주변의 설경과 눈에 파묻힌 마을을 배경으로 사진을 찍고 차 돌릴 곳을 찾아가다 보니, 마땅한 곳을 찾지 못하고 내처 엘베렌마을까지 가게 되었다. 우측은 낭떠러지요 뱀처럼 굽은 좁은 길에 빙판이니, 시종 조심조심이었다. 마을 한켠에 위치한 비잔틴양식의 자그마한 교회와 그 앞뜰에 누워 있는 무덤들이 많은 것들을 침묵으로써 말해주고 있었다. 마을의 역사가 그곳에 집결되어 있는 것 같았다.

어느 새 아들녀석은 힘겹게 눈을 이고 있는 파란색의 폭스바겐 딱정벌레차를 눈 속에서 발견해 내고는, 바싹 다가가 카메라렌즈의 초점을 맞추고 있었다. 길가를 따라 눈 높이를 측정하기 위해 세워진 막대들의 눈금이 2미터짜리인 것으로 보아, 눈이 많이 내리는 지역임을 단박에 알 수 있었다. 설령 외부와의 교통이 두절된다 해도, 이에 아랑곳하지 않고 벽난로를 옆에 두고 독서나 담소를 하면서 따끈한 차라도 마실 수 있다면 온 세상이 다 내 것이 될 것이다. 분수를 알고 또 부질없는 욕심일랑 부리질 말자고 다짐해 본다. 눈을 치우고 있는 마을 주민들의 모습 또한 마냥 평안스러워 보였다.

일행은 마을을 빠져 나와 비케산의 스키장으로 방향을 틀었다. 산 높이 2,247미터에 케이블카로 4킬로미터 이동해야 하는 거리였다. 40명 정도 탈 수 있는 케이블카엔 우리 일행 빼고는 전부 스키어들 일색이다. 중간에 한 번 케이블카를 바꿔탔다. 밑으로 봅슬레이 시설이 스쳐 지나갔다. 가문비나무 외에 다른 수종은 보이지도 않는다. 빽빽하니 그야말로 울울창창이다. 높이가 최소한 40에서 50미터는 될 듯싶은 나무들이 하늘을 향해 쭉쭉 뻗어올라 하얀 눈을 뒤집어 쓰고 있다. 겨울엔 스키장이지만, 여름철엔 이곳에 소들을 방목한단다. 케이블카에 함께 탄 앳되어 보이는 소녀들 셋이 우리들에게 연신 미소를 보내며 자기들끼리 재잘거린다. 까르르 웃기도 한다. 세 마리 제비새끼들 같다. 쟤네들 눈엔 우리 일행이 어떻게 보였을까 궁금했다. 케이블카 종착점 위로는 다시 스키어들을 위한 리프트가 설치되어 있다. 사방천지가 다 눈의 세계였다. 눈은 또 쌓인 눈 위로 계속 퍼붓고 있었다. 그 바람에 인스부르크 시내와 그 뒤편의 험준한 산들이 시야에 들어오지 않아 아쉬움이 남았으나, 이대로도 좋았다.

다들 휴게소로 몰려갔다. 그 사이에 몸에 하얗게 내려쌓인 눈들을 대충 털어내고는 안으로 들어갔다. 따스한 온기가 일시에 밀려오면서 안경에 하얗게 김이 서렸다. 각자 취향대로 맥주와 음료수, 쏘시지와 감자튀김을 주문해서 마시고 먹었다. 빙 둘러앉아 오손도손 담소를 나누니 마냥 좋았다. 이런 여유가 있다고 생각하니 좋고, 아이들이 오랜만에 너무 좋은 표정들을 지으니 그것이 또 좋았다. 어른이고 애들이고 자리에서 일어날 생각들을 하지 않았다. 밖에는 눈이 계속 쏟아져 내리고 있었고, 안에서는 사람들이 마냥 행복에 겨워했다. 엉덩이 무겁게 죽치고 눌러 앉아 있어도 주변에 누구하나 싫은 눈치를 주는 이 없었다.

눈 내리는 휴게소를 출발하여 우리 일행은 케이블카를 전세내어 타고 내려왔다. 스키장에서는 통상적으로 사람들이 스키를 타고 신나게 내려오므로, 내려오는 케이블카는 텅텅 비게 마련이다. 우리가 올라갔던 산의 뒤쪽, 즉 도시 남쪽에 있는 산들은 보통 해발

3,300에서 3,400미터이고 또 인스부르크시내 주변에만도 스키장이 십여 군데나 된다니, 오스트리아가 세계 어느 나라와 견주어도 스키 종목에서 두각을 나타낼 수밖에 없겠다. 한껏 기분이 고양된 우리들은 독일과 오스트리아, 그리고 스위스에 면해 있으면서 독일에서 가장 큰 호수로도 널리 알려져 있는 보덴 제, 즉 보덴호를 목표로 기분 좋게 악셀러레이터를 밟았다.

VI.

　　알프스산맥의 줄기에 해당하는 험산들의 웅장함 앞에서 인간은 한낱 초라한 미물이었다. 차창의 양옆으로도 우뚝우뚝 산이요, 앞에도 산이고 고개를 돌려 뒤를 돌아봐도 거기엔 영락없이 산이 있었다. 눈 덮인 산들이 일제히 하늘을 향해 치달리고 있었다. 란데크에 이르기까지, 인강이 도로와 앞서거니 뒤서거니 나란히 달린다. 터널이 즐비하다. 우리는 터널의 아가리 속으로 들어갔다 나왔다를 반복하였다. 쌩 안톤과 랑겐 사이에 뚫려 있는 알베르크 터널은 길이가 13.9킬로미터에 달한다. 길어서 그런지 유료다. 독일 돈으로 15마르크 정도. 오후 3시 가까운 시각에 도로 옆에 차를 주차시키고는 설경을 만끽해 가며 고추장을 섞어 만든 비빔밥으로 때늦은 식사를 한다. 식사시간이 늦은 만큼 밥맛은 더욱 꿀맛이다.

　　온통 눈의 세상이다. 마음은 한없이 즐겁고 또 편안하다. 엔진의 휴식으로 힘을 만회한 차는 다시 힘차게 앞으로 달려나갔다. 긴 터널 짧은 터널 가릴 것 없이 터널만 빠져 나오면 온통 새하얀 눈의 세계다. 햇빛이 구름 속으로 숨고 또 눈이 퍼붓는데도 눈이 부시다. '국경의 길다란 터널을 빠져 나오자 설국이었다' 하는 어느 소설 속의 가슴 벅찬 상황을 우리는 반복해서 온몸으로 체험하고 있다. 양 길가에 세워진 눈높이 측정용 막대기가 무려 2.5미터까지 눈금을 표시하고 있다. 6.7킬로미터의 비교적 짧은 팬데르 터널을 통과하니 독일과 오스트리아의 국경이었다. 오스트리아 쪽 국경도시가 브레겐츠, 독일 쪽의 그것은 린다우.

국경을 빠져 나와 31번 도로로 좌회전을 해야 하는데, J형은 엉뚱하게도 급하게 우회전하여 12번 도로로 접어드는 것이었다. 내가 영문을 몰라 하자, J형은 빙그레 웃으면서 상황설명에 돌입한다. 독일에서는 고속도로까지도 무료통행이지만, 오스트리아에서는 운전자라면 누구나 1주일간의 주행료에 해당하는 돈을 내고 통행증을 발급받아야 한단다. 통행증의 유효기간은 1년. 통행증을 제시 못하면 꼼짝없이 독일 돈으로 200마르크 정도를 벌금으로 내야 한다는 것이다. 이러한 규정을 잘 모르는 외국인들이 단속에 쉽게 걸려들 것은 뻔한 이치였다. J형은 앞서 주행하던 차들 몇 대가 오스트리아 경찰관들로부터 통행증 제시를 요구받고 있는 사이, 잽싸게 샛길로 빠진 것이었다. 나는 실웃음을 웃었다. 그러면서도 끝내 통행증을 소지하고 있는지 여부를 묻지 않았다. 물어보았댔자, 다 알면서 왜 묻느냐는 퉁명스런 대답이 나올 것임이 뻔했기 때문이었다. J형은 몇 분간 12번 도로를 달리는 시늉을 하다가, 이내 차를 되돌려선 31번 도로로 마치 도둑고양이 숨어들 듯 슬쩍 끼어들었다. 꽁지 빠지듯

달려나가는 차 안에서 언뜻 보니, 경찰관들은 여전히 고속도로 출구에 지켜서서 나오는 차들을 세우고 있었다.

보텐 호수와 숨바꼭질을 해 가면서 린다우를 거쳐 프리드리히로, 다시 메르스부르크로 달렸다. 그 사이 주변 풍광도 완전히 바뀌었다. 그 많던 험산과 눈들도 어느 새 다 밀려나 버리고 호수와 푸른 풀밭, 과수나무들이 대거 등장하였다. 이러한 풍광이 호수너머 스위스 쪽 뾰족산들의 설경과 묘한 대조를 이루고 있었다. 우리들은 지도상에서 보텐호수에 면해 있는 위버링겐이라는 도시를 어렵지 않게 찾아내고는, 그곳에서 하룻밤 쉬어가기로 의견의 일치를 보았다. 위버링겐은 크지도 않고, 그렇다고 또 작지도 않은 아담한 크기의 도시였다. 우리들은 저속으로 차량을 주행시키면서, 교회의 첨탑을 목표로 삼아 시내의 중심부로 접근해 갔다. 차 안의 많은 눈동자들은 도로의 양쪽을 주욱 훑어나가면서 호텔을 찾았다.

지난밤의 생각조차 하기 싫은 고생을 되풀이하지 않기 위해서라도, 우선은 호텔방부터 구해놓아야만 했다. 양쪽 건물들을 사이에 두고 도로를 따라 공중에 연이어 길게 설치된 크리스마스장식에 불이 켜져 도시의 운치를 한결 더해주고 있었다. 시내를 한바퀴 빙 돌며 몇 개의 호텔을 봐 둔 일행은, 그 중에서도 가장 괜찮아 보이는 호텔 앞에 차를 세웠다. 별이 네 개짜리인 바드호텔. J형과 나는 호텔 문을 밀치고 들어가 프런트를 찾았다. 금발의 미녀가 미소로 손님을 맞았고, 한동안 대화가 오간 끝에 방 세 개를 계약했다. 우리들은 방 하나 값을 아끼기 위해, 부득불 아이들 숫자를 하나 줄여 그녀에게 얘기했다. 2인용 침대에 셋이 끼어 자도 우리는 하등의 불편함을 느끼지 못하니, 굳이 방 네 개를 얻을 필요까지는 없었다. 요금은 565마르크. 방 세 개가 모두 호수가 내려다보이는 전망 좋은 방들로 정해졌다.

너무 수월하게 호텔 방을 잡고 나니, 이제부터는 서두를 일이 하나도 없었다. 차는 호텔 앞에 그대로 주차시켜 놓고 생활용품을 파는 상점으로 가서 면도기와 음료수, 그리고 그 밖의 필요한 용품들을 구입했다. 본을 출발하면서 면도기를 빠뜨리는 바람에, 며칠 새 나의 수염은 덥수룩하니 웃자라 있었다. 그 덕분에 얼굴까지 꺼벙했다.

일행은 중국식으로 저녁식사를 하기로 하였고, 곧 부근에서 중국식당을 찾을 수 있었다. 우리들은 서서히 내리기 시작하는 이내를 털어내고는, 계단을 통해 2층 식당으로 올라갔다. 식당이름은 「리틀 사이공」. 베트남출신 부부가 식당을 운영하고 있었다. 외모로 보아 둘 다 인텔리계층인 것 같았는데, 무엇인가 사연들을 가지고 있을 것이란 느낌을 받았다. 모두가 배부르게 먹으면서 이런저런 얘기들을 나눴다. 맥주가 빠지지 않았음은 물론이다. 식사대 148마르크. 가외로 팁을 지불했다. 누군가가 디저트를 달라고 요구하였으나, 디저트가격까지 일일이 요금에 추가된다는 사실을 뒤늦게 알고는 디저트 주문을 포기했다. 그 대신 물이나 달라고 내뱉었다. 하지만 물 값도 내야 한다는 대답이었다. 물을 달랑 한 병 시켜 몇 명이 나눠 마시고는 씁쓰레한 표정으로 물값을 지불하였다. 먹은 음식이 소화가 안 될 것이라는 투덜거림이 이어졌다.

배정받은 호텔객실로 들어가자마자, 애들이 일제히 환호성이었다. 어둠에 파묻힌 호수는 객실 발코니의 커튼을 젖혀 봐도 눈에 잘

들어오지 않았다. 호숫가까지 이어진 정원만이 가로등 아래 그 윤곽을 드러내고 있을 뿐이었다. 샤워를 하고 또 새로 산 면도기로 며칠씩이나 밀린 면도를 말끔하게 끝내고 나니, 몸이 가뿐해져 옴을 저절로 느낄 수 있었다. 저녁 9시에 J형과 호텔 라운지에서 만나기로 한 약속에 따라 시간에 맞춰 내려가니, J형은 벌써 내려와 기다리고 있었다. 빠로 장소를 옮기면서 프런트 쪽을 곁눈질하니, 다정히 미소 짓던 금발의 미녀가 어딜 갔는지 보이질 않는다. 멋지게 보이려고 말끔하게 면도까지 하고 내려왔는데, 이 아가씨가 대체 어디로 가버렸나.

적포도주 한 잔씩으로 입안을 헹구고 또 위장을 부드럽게 적셔 놓고는 생맥주를 마시기 시작했다. 빠 안에는 우리말고도 단체관광객들로 보이는 장년, 또는 노년의 남녀 손님들이 열댓 명 정도 삼삼오오 짝을 지어 술을 마시거나 잡담들을 나누고 있었다. 바텐더 아가씨가 생맥주를 단박에 뽑아내는 것을 보고 생맥주는 숙성시켜가면서 천천히 뽑아내야 제 맛이 난다고 우리들끼리 얘기하였는데, 이 여자가 눈치가 어찌나 빠른지 그 다음 잔부터는 5분 정도씩 뜸을 들여가면서 정성껏 맥주를 뽑아내는 것이었다.

제법 마셔 취기가 올라옴을 느낄 무렵, 뜻밖에도 금발의 미녀가 빠의 입구에 그 모습을 나타냈다. 반가운 마음이 앞선 나머지 보란 듯이 면도한 얼굴을 앞으로 쭈욱 내밀며 미소를 지어 보였으나, 미녀는 우리들을 빤히 쳐다보면서도 얼굴엔 어떤 종류의 웃음도 만들어 보이지 않았다. 시종 백지장같이 싸늘한 모습일 뿐이었다. 무정한 자여, 그대의 이름이 여자였던가. 알량한 자여, 자네는 이름이 남자라 했지. 투숙절차를 다 끝내고 객실까지 배정받아서 주저앉은 마당에, 금발로부터의 계속적인 호의를 기대했던 우리들이 순진해도 너무 순진했던 것이다. 꿩 대신 닭이라고, 우리들은 내친 김에 인터폰을 통해 객실에 머무르고 있는 아내들을 호출하였다.

기다렸다는 듯이 빠로 내려온 부인들은 전후 사정은 모른 채, 자기들을 진작 부르지 왜 이제서야 불렀느냐면서 불평들이 대단하였다. 하지만 곧바로 화기애애한 분위기를 되찾았고, 넷이서 환한 표정들을 지어가며 연거푸 생맥주잔을 부딪쳤다. 그로부터 얼마나 지났을까. 가슴도 크고 히프도 큰 바텐더 아가씨가 조심스런 표정으로 영업 마감시각이 되었다고 말했다. 시계를 보니 어느 새 밤 11시 30분. 문을 닫고 친구생일 축하해 주러 가야 한다는 아가씨에게 술값 65마르크를 지불하고, 5마르크를 팁으로 건네줬다. 얼떨결에 팁을 두 손에 받아 쥐면서도 아가씨는 놀란 표정이 역력하다. 여자는 예상 밖의 팁에 마음이 흔들렸다. 상냥한 미소까지 지어 보이면서 시간에 구애받지 말고 더 마시란다. 다른 손님들이 다들 자리를 털고 일어나 우리 넷만 남은 빠에서 한 시간 정도를 더 머물렀다.

취기가 올라 그 기운이 몸을 덥혔고, 그에 따라 기분도 점점 더 고조되어 갔다. 비틀거리는 몸을 가누며 객실로 올라가니, 아들녀석은 그 새 혼자서 잠들어 있었다. 쌔근쌔근 숨소리가 객실의 텅 빈 공간을 차곡차곡 채우고 있었다. 커튼을 열고 호수 쪽으로 눈길을 주니, 밖에는 펄펄 함박눈이 내리고 있었다. 바람불고 눈 내리는 이 밤에 가족들과 함께 포근히 잠들 수 있다는 것만으로도 나는 행복했다. 나그네가 무슨 까닭으로 술을 즐겨 찾는지, 술 취한 나그네의 심정이 어떻게 변화하는지를 어렴풋하게나마 알 수 있을 것 같았다. 나는 하늘아래 축복받은 나그네가 되어 꿈길로의 여행을 시작하였다. 창 밖 가로등 아래에는 여전히 하얀 눈이 바람에 흩날려 빠른 템포의 춤을 추고 있었다.

12월 28일, 7시 30분경에 느긋하게 기상하여 밀린 이틀치의 일정을 메모로 정리하였다. 8시 30분에 1층 식당으로 내려가니 풍성한 식사가 준비되어 있었다. 둥근 테이블에 여덟 명이 빙 둘러앉아 식사를 즐겼다. 그리고 애기꽃을 피웠다. 테이블에 앉아서도 내다볼 수 있을 정도로 호수가 지척에 있었다. 밤새 내리던 눈은 어느 새 비로 바뀌어 차가운 대지를 적시고 있다. 식당의 분위기가 좋고 또 먹을 것도 많으니, 그만 일어나자고 재촉하는 사람이 없다. 하기사 당장 오늘저녁 잠자리를 쉽게 구할 수 있을는지 조차도 장담하기 어려운 상황이니, 당장 주어진 안락에 집착함은 인지상정이라 하겠다. 객실로 올라가 짐을 챙긴 일행은 9시 30분 체크아웃 하였다.

짐을 호텔 앞 길가에 주차된 차에 다 싣고 난 우리들은, 호텔의 뒤편으로 몰려가 보덴호숫가에 나란히 섰다. 비바람이 몹시도 거센지라 우산을 제대로 가눌 수도 없을 지경이었다. 짙푸른 색깔의 호수는 끝이 보이지 않을 정도로 넓었다. 물결이 이는 것이 마치 바다의 파도 같았다. 여름철에는 호텔에 투숙한 사람들이 요트를 타거나 수영을 하기도 하고, 또 호텔과 호수 사이에 넓게 펼쳐진 잔디밭에 누워 일광욕을 즐길 것이다. 뜨거운 태양이 내리쏟아지는 푸른 잔디 위에 벌렁벌렁 알몸으로 드러누워 호수와 그 건너편 알프스의 눈 덮인 영봉들을 감상할 수 있는 자들의 행복은 어느 정도나 될까 상상해 보았다. 쫓기듯 차로 돌아온 우리들은 도나우에슁겐을 목표로 차를 출발시켰다.

위버링겐 시내를 벗어나자마자 온통 눈의 세계다. 밤새 내린 눈이 온 세상을 새하얗게 단장한 것이었다. 앞으로 가면 갈수록 쌓인 눈의 양이 자꾸만 많아져 간다. 중간에 진입해야 할 인터체인지를 놓치는 바람에, 빙 돌아오느라 시간이 다소 지체되었다. 게다가 도로상에 쌓인 눈이 녹지 않은 채 그대로 얼어붙어 있는지라 차량들이 약속이나 한 듯 일제히 거북이 걸음이다. 도로주변에 위치한 마을들에서는, 어른아이 할 것 없이 쌓인 눈을 치우느라 분주하다. 도로 위에 쌓인 눈을 치우는 제설차들의 부산한 모습도 자주 눈에 띄지만, 도로상에 쌓인 채 그대로 남아 있는 눈들이 아직도 많다. 밤새 기습적으로 많은 눈이 내렸기 때문이리라. 운전석에 앉은 J형은 차가 눈길에 미끄러지거나 빠지지 않게 잔뜩 긴장한 채 조심조심 운전하느라 무던히도 애를 쓰고 있건만, 조수석의 나는 이에 아랑곳하지 않고 유유자적, 설경의 감상에만 여념이 없었다. J형에게 눈치가 보일까봐 속으로만 살짝살짝 휘파람을 불었다.

VII.

눈 속에 파묻힌 도나우에슁겐에 겨우겨우 도착한 것이 정오 조금 못 미친 시각이었다. 시내지도의 표시를 따라 성 요한교회 앞에 이르니 교회의 종소리가 힘차게 울려퍼진다. 마치 멀리서 눈길을 마다하지 않고 찾아온 이방인들을 환영하는 것처럼 느껴졌다. 30센티미터 이상 쌓인 눈길을 헤치고 교회와 그 옆의 궁전을 둘러보았다. 발을 옮길 때마다 푹푹 눈 속으로 빠졌다. 일행은 성 요한교회와 궁전 사이의 교회 언덕 아래에서 신기한 샘물을 찾아냈다. 도나우퀼레란 이름을 가지고 있는 샘이다. 지름이 10미터는 될 듯한 둥근 샘의 밑바닥 여기저기에서 물이 솟아오르는 모습이 선명하게 잡혔다. 바로 이 샘이 도나우강의 발원지인 것이다.

샘이 위치한 지점이 해발 678미터요, 샘으로부터 바다까지의 하천길이가 2,840킬로미터란다. 이 샘은 로마시대 때 이 지역을 점령한 로마군인들이 발견하여 세상에 그 존재가 알려지게 되었고, 5세기 무렵부터는 샘 주변에 사람들이 거주하기 시작하였단다. 도나우에슁겐이라는 지명도 이 샘으로부터 연유한 것이란다. 시내를 쏘다니며 더 구경하고 싶어도, 무릎까지 눈에 빠지는 바람에 더 이상 어쩔 도리가 없었다. 방랑객이 신발 속까지 흠뻑 젖어버리면, 아무리 방랑이 낭만이라고는 하지만 방랑의 길을 계속할 의욕을 송두리째 상실해 버리게 마련이다. 우리들은 눈 속의 인상깊은 도시를 벗어나서도 블룸베르크까지 27번 도로의 눈길을 엉금엉금 기었다.

그곳을 통과하여 다시 314번 도로로 방향을 틀어 티겐과 발트슈트를 잇따라 지났다. 삼림지역인 슈바르츠발트의 남동쪽 초입으로 접근해 가고 있는 중이었다. 눈길을 달리다 보니 차량의 진행속도가 더딜 수밖에 없었고, 그러다 보니 또 점심식사 할 시간을 놓쳤다. 오후 3시가 되어서야 일행은 도로 한켠 적당한 공터의 눈밭 위에 차를 멈춰 세우고는 점심상을 펼칠 수 있었다. 준비해 온 나물과 김치가 거의 동이 나는 바람에 두 집의 가장들만 비빔밥으로 식사를 하고, 나머지는 가스버너에 라면을 끓여 국물에 밥을 말아먹었다. J형은 밥의 양이 부족했던지 애들 차지인 라면 코펠 안으로 열심히 젓가락을 들이밀었다. 식사 후 잠시 휴식을 취한 끝에 차는 다시 움직였다.

달리던 도로를 버리고 500번 도로로 진입하였다. 그로부터 멀지 않아 펠트베르크를 지나 티티 제, 즉 티티 호수에 도착하였다. 유원지인지라 상점과 호텔들이 밀집해 있다. 마을 전체가 눈 속에 파묻혀 있다. 차를 주차장에 세워 놓고 호수까지 미끄러운 눈길을 조심조심 걸었다. 잔뜩 찌푸린 하늘에다 울창한 숲으로 인해 호수주변엔 벌써 때 이른 어둠이 깃들이고 있었다. 크리스마스를 맞이하여 설치한 것으로 보이는 장식과 조명들이 하얀 눈 속에서 반짝거리니, 분위기가 한층 부드러웠다.

유원지를 찾은 많은 사람들이 오가느라, 거리는 꽤나 분주하였다. 어린아이를 썰매에 태워 이를 끌고 가는 어른들도 군데군데 눈에 띄는 걸 보니, 눈이 많이 내리는 지역임에 틀림없겠다. 호수는 숲 속에 낮게 엎드려 있었다. 크기가 그리 큰 편은 아니었지만 고즈넉하니 운치가 있었다. 호숫가에서 헤엄을 치던 오리들이 일제히 눈 위로 기어올랐다. 알고 보니 한 노인이 눈 위에 먹이를 던져주고 있었다. 어린 꼬마 한 녀석이 땅 위로 올라온 오리들을 잡으려고 두 팔을 펼친 채 하얀 발자국을 찍어가며 뱅뱅 맴을 돈다. 그런다고 오리들이 달아나지도 않는다. 그만큼 인간과 자연이 친숙하다는 얘기일 것이다.

지상에 내린 어둠은 그 농도를 서서히 더해가고, 그에 따라 장식들의 조명 불은 점점 더 환하게 살아나고 있었다. 다시 차에 오른 일행은 500번 도로로 올라서서는 북쪽으로 달렸다. 울창한 숲과 들과 마을이 연이어 나타났다 사라지곤 했다. 숲이고 들이고 또 마을이건 불문하고 이 세상 모든 것들이 눈 속에 파묻혀 있다. 오로지 눈의 세계다. 앞으로 나아갈수록 표고도 자꾸만 높아만 간다. 분지 속에 웅크리고 있는 자그마한 도시 푸르트방겐에 도착하여 마땅한 숙소를 찾아봤으나, 눈에 띄는 호텔이 도무지 없다.

현재 주행하고 있는 도로가 관광도로이기 때문에 시내가 아니더라도 도로가에 조그만 호텔정도는 있을 것이라는 J형의 말에 희망을 얻고 또 다시 눈길을 헤쳐나갔다. 트리베르크를 목표로 산을 따라 눈 덮인 오르막길을 한동안 올라가다 보니, 좌측으로 반가운 불빛이 비쳤다. 가스트호프였다. 호텔보다는 다소 격이 떨어지는, 말하자면 여관이었다. 2층과 3층의 방을 올라가 보니 객실이 생각했던 것보다 넓고 또 깨끗했다. 방 네 개에 412마르크란다. 나와 J형은 일단 그곳을 나와 200미터정도 떨어져 위치한 또 다른 가스트호프까지 걸어갔다. 똑같은 시설이라면 내친 김에 요금이 낮은 곳에 짐을 풀어야겠다는 욕심에서 비롯된 행동이었다. 하지만 눈길을 푹푹 빠지면서까지 찾아간 보람도 없이, 정작 우리들은 객실의 요금에 대해 얘기를 꺼내보지도 못했다. 빈 방이 없다는 데야 그냥 돌아 나오는 것 외에 달리 해볼 일이란 우리에게 없었다.

그 사이에 물어본 방이 나간 것은 아닌가 걱정되어, 나와 J형은 부리나케 원위치로 되돌아왔다. 다행스럽게도 그 사이에 방 네 개 중 어느 하나라도 낚아채 간 사람은 아무도 없었다. 가스트호프의 이름은 줌 크로이츠. 해발 1,000미터상에 자리잡은 여관에서의 하룻밤, 그리 크게 기대할 것은 없겠지만 그 나름대로 색다른 맛이 있을 것이다. 기대가 컸고 따라서 가슴이 뛰었다. 우리들은 느긋하니 만찬을 즐겼다. 눈 내리는 밤 이국에서의 만찬, 그것도 소란스런 도회지에서의 그것이 아니라 깊은 산 속에서의 만찬인지라 더 더욱 감회가 깊었다. 목젖을 타고 싸르르 흘러내리는 한잔의 맥주는 삶의 희열을 느끼게 해주었다.

나는 졸리운 눈모양을 하고 있는 아들녀석을 데리고 3층 객실로 올라갔다. 아내와 딸은 J형 가족들과 함께 2층의 객실들을 차지하였다. 3층 객실은 남쪽을 향해 큰 창이 나 있어, 도로와 그 건너편 숲이 빤히 내려다 보였다. 다리를 뻗고 자리에 누우니 나 자신도 눈 속에 파묻힌 것 같은 착각이 들었다. 내려 쌓인 눈도 많은데, 긴긴 겨울밤 하염없이 눈은 내리고 또 내렸다. 그렇게 소리없이 산 속에서의 겨울밤은 깊어만 갔다.

12월 29일, 7시에 눈을 떴다. 창밖엔 아직 지난밤의 어둠이 채 가시지 않았으나, 눈의 윤곽만은 벌거벗은 여인의 허벅지처럼 허옇게 드러나고 있다. 욕조에 뜨거운 물을 가득 받아 전신을 푹 담그고 나니 쌓였던 여독이 말끔히 풀리는 것 같았다. 창문의 커튼을 열어젖히고 발코니로 통하는 문을 여니, 찬 기운이 한꺼번에 쏴아 밀려들어온다. 온통 눈의 세상이다. 천지간에 오직 눈뿐이다. 흩날리는 눈이 객실에까지 소용돌이쳐 마구 밀려들어온다. 슈바르츠발트, 즉 흑림이 아니라 바이스발트, 즉 백림이라 명칭을 붙여야 타당할 것 같다. 어제의 일정을 대충 메모형식으로 정리한 연후에 2층 객실로 내려갔다. 아내와 딸은 뽀얀 얼굴모습으로 나와 아들을 반갑게 맞이하였다.

　9시에 1층 식당으로 내려갔다. 서양인 투숙객들이 삼삼오오 짝을 지어 아침식사들을 하고 있었다. 동양인이 신기한지 힐끔힐끔 훔쳐보는 치들을 정면으로 쳐다보면서 환하게 웃어주었다. 테이블에 앉아 잠시 기다리노라니, J형 가족들이 밝은 표정을 지은 채 식당입구에 모습을 드러냈다. 메뉴도 다양하고 양 또한 풍성했다. 갓 구운 빵이 맛있어 세 개씩이나 먹었다. 남쪽을 향해 설치된 탁 트인 창을 통해 드러나는 장엄한 설경을 만끽해 가면서 식사와 대화를 즐겼다. 이렇게 좋은 분위기에서 쉽사리 벗어남은 누가 보아도 어리석은 짓이었다. 우리는 서두를 일이 전혀 없었다. 따로 일정이 잡혀 있는 것도 아니요, 꼭 가야만 할 목적지가 정해져 있는 것도 아니었다. 나그네 되어 그저 구름따라 바람따라 떠돌면 그 뿐이었다. 10시 10분에 체크아웃 하였다.

　주차된 차 위에 밤새 내린 눈이 소복이 쌓여 있어 이를 치우느라 애를 먹었다. 기분이 좋은지, 애들도 가만히 서 있질 않고 다들 차에 달라붙어 눈을 쓸어내린다. 500번 도로를 따라 북쪽으로 방향을 잡아나간다. 트리베르크, 호른베르크, 구탁스를 통과한다. 눈 쌓인 산골도시에 오전부터 사람들의 발길이 분주하다. 이곳에도 한국의 시골처럼 장날이란 게 있는 것일까. 눈썰매에 아이를 태우거나 짐을 싣고는 이를 끌고 다니는 모습이 이채롭다. 집 앞에서 눈을 치우는 사람들의 모습도 심심찮게 눈에 띈다. 볼팍스에 이르러서는 294번 도로로 길을 바꾼다. 산중턱 위로는 흰눈이 뒤덮였고, 그 아래쪽으로는 푸른 풀밭과 과수나무들이 자리를 잡고 있다. 좋은 대조요 멋진 조화다. 겨울비를 맞아가며 풀밭에서 풀을 뜯고 있는 양들의 모습이 지극히 목가적이다. 마냥 평화스러워 보인다.

푸로이덴슈타트부터는 또 다시 온통 눈의 세계다. 배이에르스브론과 포르바하를 지난다. 어디서부턴가 도로를 따라 라인강의 지류 중 하나인 머그천이 나란히 흐른다. 포르바하를 지나면서부터 눈의 기세가 점차 수그러들더니, 이내 설경이 사라져 간다. 내를 따라 흐르는 물의 양과 내의 폭을 가늠해 보니 평지 쪽으로 많이 내려와 있음을 알겠다. 도로의 좌측으로 멀리 산이 높게 솟아 있고, 눈 쌓인 정상에 마을이 위치하고 있는 모습이 눈에 들어왔다. 어떤 마을인지 한번 가보기로 했다. 호기심은 인간으로 하여금 무엇이든 맹목적으로 도발케 하는 법이다. 산꼭대기를 향해 굽이굽이 돌아 올라가니 꽤나 큰 동네가 위치하고 있다.

마을입구엔 제법 커다란 규모의 공동묘지가 자리잡고 있는데, 십자가와 비석이 즐비하다. 누구의 무덤인지, 꽃을 바치고 그 앞에 서서 두런두런 얘기를 나누고 있는 노인들 셋의 모습을 보고 있노라니 인생무상의 감회가 새롭기만 하다. 마을은 언덕을 따라 집들이 빼곡 들어서 있어 경사가 심했다. 마을 안 길은 좁고 또 가팔랐다. 이곳에서도 예외 없이 동네의 정 중앙에 교회가 위치하고 있다. 주민들의 모습도 이따금 눈에 띄었다. 이런 동네에서라면 어느 집의 누가 대처로 나갔다든지, 어느 집 유부녀와 어느 집 총각이 눈이 맞았다든지 하는 소문이 손금 보듯 빤할 것이다.

차에 탄 채 마을을 한바퀴 휘 둘러보았다. 막상 가다보면 곳곳

이 막다른 골목들이라서, 차를 돌려나오기도 결코 쉬운 일이 아니었
다. 다시 산 아래로 내려왔다. 어디 근사한데 가서 점심을 먹을 것인
가를 궁리하던 일행은, 기왕이면 눈 속에 파묻혀 식사해 보기로 했
다. 결국 차를 되돌려 남쪽으로 내려가다가 서쪽 슈바르츠발트의 안
쪽 깊숙이 들어가 보기로 하였다. 다들 원이 없을 정도로 눈을 실컷
보았으니 더 이상 눈에 대한 미련이 없을 법도 하건만, 실제로는 그
렇지도 않은가 보다.

VIII.

　눈의 세계를 찾아, 오던 길을 되돌아가는 일행들의 기대는 그만
큼 컸다. 294번 도로를 따라 계속 남쪽으로 달리니, 우측으로 도로
표지판과 함께 도로가 나타났다. 우측으로 방향을 꺾어 462번 도로
를 탔다. 얼마나 달렸을까. 빽빽하게 들어찬 가문비나무들과 그 위를
뒤덮은 눈의 세계가 다시 우리들을 반긴다. 떠돌이는 외롭다. 그 대
신 방랑자는 낭만이 적잖아서 골라가며 발을 밟는다. 또다시 눈의
세상이다. 흥이 절로 났다. 경사진 도로를 올라가다 보니 도로바닥에
붉은 스프레이 글씨가 확 눈에 들어온다. 글씨는 네 줄로 씌어 있었
다. 맨 앞줄엔 하트표시요, 둘째 줄엔 '나는', 셋째 줄엔 '사랑해', 넷
째 줄엔 '너를'이었다. 하트모양 빼고는 독일어로 씌어 있었음은 물
론이다. 어느 녀석인가 애인을 옆자리에 태우고 이곳을 통과하다가
차를 세우고는, 얼른 차 앞으로 달려나가 스프레이로 하트모양을 그

리고, 조금 더 앞으로 나가선 다음글자를 쓰고 또 쓰고 하였을 것이다. 어느 녀석의 사랑표현 방식인가, 꽤나 멋진 녀석일 것이라는 생각이 들었다. 차의 조수석에 앉아 있었을 계집애는 멋들어진 설경에 취하고 또 녀석의 희한한 짓거리에 취했을 것이 뻔하니, 그 날은 술 한 방울 마시지 않고서도 제법 취했을 것이다.

지도상에 도로우측으로 미인의 눈썹이랄까 초승달이랄까 할 모양의 호수가 그려져 있어 주의를 기울이니, 정말 눈앞에 호수가 나타났다. 좌측언덕에는 호수를 내려다보며 근사한 호텔과 레스토랑이 고즈넉하게 자리잡고 있었다. 반대방향에서 진행해오는 차들이 있고, 또 길이 좁은데다 빙판이라 곧바로 차를 돌릴 수는 없었다. 차를 돌릴 만한 공간을 찾아 서행하였으나 마땅한 공간이 없어서 한참을 더 주행해 나갔다. 호수는 도로를 따라 길고도 좁았다. 단아한 동양 여인의 고운 눈썹을 쏙 빼어 닮은 호수가 왠지 모르게 가슴에 살포시 와 닿았다. 여기저기 쌓인 눈의 무게를 이기지 못하고 나자빠진 아름드리 가문비나무들이 뒤엉켜 있었다. 반대 차로에 통행차량이 없는 틈을 타서 가까스로 차를 돌린 일행은, 이번에는 차창 왼쪽으로 호수를 내려다보면서 눈길을 뚫고 나갔다..

슈바르첸바하 호텔과 레스토랑 브리기테. 우리들은 다들 가슴을 앞으로 쑥 내밀고 레스토랑 안으로 들어갔다. 그리고는 벽 한 켠에 설치되어 있는 옷걸이에 겉옷과 모자를 벗어서 나란히 걸었다. 레스토랑은 분위기도 근사하고 또 고급스러웠다. 오후 2시가 지나고 있었지만, 우리일행 말고도 손님들이 꽤나 됐다. 각자 취향에 따라 정통 독일식 쇠고기와 양고기를 주문했다. 어른들은 적포도주도 한 잔씩 시켰다. 눈은 소리도 없이 새록새록 내리고, 호수는 코앞으로 빤히 내려다 보였다. 레스토랑 전면 정원에 설치된 장식등들은, 쌓인 눈 속에 거의 파묻힌 상태에서도 따뜻한 느낌의 불빛을 토해내고 있었다.

　누군가가 옆자리의 아들에게 포도주를 권하니, 이 녀석이 사양하지 않고 덥석 받아 마셨다. 몇 번 홀짝거리더니 결국 양 볼이 새빨개졌다. 술 마셨으니 흔적이 남는 것은 당연한 일이었다. 나는 적어도 오늘만큼은 아들녀석의 짓거리를 다 눈감아 주기로 했다. 어른들이 품위 있게 식사하니 애들도 이를 흉내내려고 제들 딴에는 애들을 썼다. 너희들도 이제 다들 컸구나, 기특하기도 하지. 자리에서 일어난 일행은 어른아이 할 것 없이 옷걸이에 걸린 겉옷들을 차례대로 내려 챙겨 입고는, 배부른 표정들을 지어가며 밖으로 나왔다. 식사비 277마르크. 우리들은 내리는 눈을 맞아가며 호텔과 레스토랑, 그리고 호수를 배경으로 사진들을 찍었다.

　5만분의 1 지도상에도 호수만 덩그러니 그려져 있을 뿐, 그 어디에도 호수의 이름은 표기되어 있지 않았다. 어느 여인의 어여쁜 눈썹을 옮겨다가 이렇게도 예쁘게 박아 놓았을까. 나로서는 굳이 호수의 이름을 알아낼 필요가 없었다. 설령 알아낼 수 있다 하더라도, 그 후의 호수에 대한 매력이 지금만은 못할 것이라는 생각 때문에 묻기를 단념했다. 그 대신 나는 호수의 이름을 즉석에서 지어냈다. 아미 호. 다들 멋진 이름이라고 한 마디씩 내뱉으며 나를 추켜세웠다. 그래서 이제부터는 그 호수를 아미 호라 부르기로, 만장일치로 결정하였다.

　　싸락싸락 내리는 눈을 맞으며 한 사람 한 사람 차에 올라탄 일
행은 본으로의 귀가를 위해 서둘러 출발하였다. 차는 울울창창 눈을
가뜩가뜩 이고 서 있는 가문비나무숲을 가로질러 난 눈길을 따라 조
심조심 앞으로 나아갔다. 그리고는 꼬불꼬불 산길을 따라 계속 아래
로 내려왔다. 산악지방을 벗어나 테니스의 여제 슈테피 그라프의 고
향인 뷜에 이르니, 그 많던 눈의 자취는 이제 거의 찾아볼 수도 없게
되었다. 아우토반에 진입하여 칼스루에 부근에 다다르니, 그곳에서
는 아무리 눈 씻고 둘러봐도 단 한줌의 눈조차도 볼 수가 없었다. 마
치 모두가 한바탕 꿈속을 지나온 것만 같았다.

청춘의 덫

강물따라 세월은 흐른다. 세월따라 사람들의 생활패턴도 바뀌어 간다.

불과 한 세대 전만 하더라도, 전화는 당연히 실내 벽 코드에 연결된 붙박이로만 존재의미를 드러낼 수 있었다. 집을 나서 이것저것 물건을 사고 또 먹고 마시며 즐기기 위해서는 지갑 속 두툼한 현금이 뒷받침되어야 했다. 세월이 강물따라 흘러간 끝에 휴대전화와 신용카드를 만들어 냈다. 이들 문명의 이기는 정보화 시대의 화려한 꽃이 만개한 오늘날, 이 사회의 구석구석에까지 파고들었다.

인간들의 자유와 편의를 위해 등장한 휴대전화와 신용카드는 기하급수적으로 퍼져나갔고, 급기야 한국사회를 장악해 버렸다. 그 와중에 인간들은 어처구니없게도 이들의 노예가 되어 버리고 말았다.

휴대전화는 장소에 구애받지 않고 마음대로 통화할 수 있다는 기능에서 출발했다. 하지만 이 같은 통화기능은 고전이 된 지 오래다. 휴대전화는 모바일게임·무선인터넷·문자채팅 등의 부가적 서비스를 쏟아냈다. 휴대전화만 손에 쥐고 있으면, 게임하고 채팅하고 또 음악 듣고 영화 보는 것이 무한정 가능하다. 최근에 이르러서 무선통신회사들은 휴대전화를 통한 교통이나 날씨정보제공 서비스나 영화관의 입장권예매 등 각종 예약서비스, 축의금 등 전달서비스들을 대대적으로 광고하고 있다. 요지경속이니, 턱이 매끈한 녀석이고 꺼칠한 놈이고를 가릴 것 없이 다들 휴대전화에 푹 빠져 있다.

그러니 애인은 하루이틀 안 봐도 괜찮지만, 휴대전화 없이는 잠시도 정상적인 생활을 할 수 없게 되었다.

우스개로 휴대전화가 애인보다 좋은 이유는 무엇인가?

손 안에 쏙 들어와 어디든 갖고 다닐 수 있다. 싫어지면 쉽게 바꿀 수 있다(업그레이드도 가능하다). 점점 똑똑해진다. 내가 주도권을 가질 수 있다. 얼마든지 바람피울 수 있다(바로 앞에 사람을 앉혀 놓고도 딴 사람과 내통하는 게 가능하다).

휴대전화가 그렇듯이, 신용카드의 합리적인 사용은 사람들에게 많은 편리함과 안전을 제공하고 또 보장한다.

신용카드가 신용사회의 형성과 유지 발전에 기여하기 위해서는 신용카드의 두 가지 기능, 즉 신용판매기능과 현금서비스기능 중 신용판매기능쪽에 훨씬 더 큰 비중이 두어져야 한다. 하지만 현재 우리나라의 실정은 정반대로, 현금서비스기능에 지나칠 정도로 치우쳐 있다. 이 같은 결코 바람직스럽지 않은 현상은 현금서비스에 따르는 과도한 이자수입을 통해 폭리를 취하고자 하는 카드사들이 의도적으로 조장한 측면이 크다 하겠다.

카드를 통한 현금서비스를 또 다른 카드를 통한 현금서비스로, 이른바 돌려막기를 하기 위해서는 매월 결제일자를 달리하는 다수의 카드를 필요로 한다. 그 결과 채 솜털도 벗겨지지 않은 10대들이 적어도 대여섯 장, 많게는 여남은 개의 카드를 지갑 속에 빽빽이 꽂고 다닌다.

너도나도 돌려막기들을 해 나가다가 막다른 골목에 몰리게 되고, 결국은 신세망치기 십상인 사실을 뻔히 알면서도 사채까지 빌려 쓰게 된다.

2002년 12월말 기준으로 전국 은행연합회에 등록된 20대 신용불량자는 무려 48만 8천명. 이들 20대 신용불량자는 주로 신용카드로 유료 온라인게임, 고가 유명브랜드 의류와 휴대전화 구입, 음주 등 유흥에 사용하고 갚지 못하는 바람에 신용불량자가 된 소위 과소비형이 대부분이라는 데 문제의 심각성이 있다 하겠다.

나는 휴대전화는 아예 없고, 신용카드는 딱 한 장 가지고 있다. 보나마나 많은 이들이 나에게 몇 살이냐고 나이를 물을 것이다.

나로부터 대답을 듣는 열 명 중 아홉이 고리타분하다느니 어쩔 수 없이 기성세대라느니, 아니면 보수주의자(?)라는 그럴듯한 평가들을 입 밖으로 마구 내뱉을 것이다. 이럴 땐 시류에 쉽사리 영합하지 않으면서 유행에는 한 템포 뒤지는 나의 게으르고 낙천적인 성격이 그 같은 난처한 상황을 쉽게 벗어나게 할 수 있을 것이다.

화이부동(和而不同)이라거나 낙이불음(樂而不淫)이라는 문구가 이런 장면에서 얼마나 적절한 탈출구가 될지는 잘 모르겠다.

2002년 11월, 12월 무렵의 10대 신용불량자가 6,981명이라는 전국은행연합회의 통계는 젊은이들의 신용불량이 개인적으로는 물론 사회경제적으로도 얼마나 심각한 문제로 대두될 수 있는지를 상징적으로 보여주고 있다 하겠다. 신용불량자로 낙인찍힌 젊은이들은 그로 인한 질곡에서 벗어날 수 있다는 단순한 생각 끝에 서슴없이 강도짓들을 하고, 또 사람을 마구 죽이고 있다.

이런 지경이면, 휴대전화와 신용카드는 어쩔 도리 없이 청춘의 덫이 되고 만다. 앞길이 구만리 같은 젊은이들이 이처럼 청춘의 덫에 걸려 피를 철철 흘리고 있는데도, 휴대전화회사와 카드사들은 아랑곳하지 않고 있다.

그러면서 어제와 다름없이 오늘도 새로운 형태의 요상한 부가서비스를 줄줄이 창출해 내고, 또 이를 대대적으로 광고해 대고 있다.

내로라하는 휴대전화회사와 카드사들이 이 나라에서 여러 모로 막강한 재벌들이라는 사실이 이 같은 문제의 심각성을 한껏 키우고 있다.

3 대통령과 경호원

대통령과 경호원

어느 나라를 막론하고 한 국가의 최고권력자에게는 불철주야 신변안전보장을 위한 고도의 경호시스템이 가동된다. 국가의 체계가 어느 정도 잡히고 국민들의 정치 문화적 수준이 비교적 높은 나라에서는, 경호원들의 행차가 요란스럽지도 않거니와 그들의 차림새나 표정 또한 평범하고 부드럽기 그지없다.

그들이 경호현장에 있는지 없는지조차도 눈치 채지 못할 정도로, 물 흐르듯 조용하면서도 경호본연의 목적은 완벽하게 이루어진다. 이런 국가의 지도자일수록 경호원들이 많이 따라붙는 것을 싫어한다. 그에 반하여 정부의 시스템이 엉망이고 국가권력이 특정인에게 집중되어 있으며 또 정통성이 결여되어 있는 국가 지도자가 활개치는 나라일수록, 경호원들도 상전을 빼닮아 액션이 크고 어깨엔 잔뜩 힘이 들어가 있으며, 또 목은 뻣뻣하기 이를 데 없다. 이런 국가의 지도자는 행차의 종류를 구분하지 않고, 자신을 에워싸는 경호원들 숫자가 적은 것 같다 싶으면 어김없이 벌컥 화를 낸다.

내가 기억하기로, 미국의 아이젠하워 대통령은 손수 운전하여 백악관을 슬그머니 빠져나와 역시 자동차로 뒤따라붙는 경호원들과

워싱턴 시내를 마구 휘저으며 쫓고 쫓기는 추격전(?) 끝에, 결국 경호원들을 보기 좋게 따돌려놓고 바람을 쐬고는 유유히 백악관으로 되돌아오곤 했다 한다. 경호원들은 매번 괴팍한 취미를 가진 대통령으로부터 번번이 일격을 당했고, 또 자기들 딴에는 혼쭐이 나기 일쑤였다. 국민들로부터 「우리들의 아이크」라는 애칭으로 불릴 정도로 존경을 받고 있었던 대통령은, 경호책임자들을 질책하기는커녕 그 일로 인해 그들을 면전으로 부른 적도 없었고, 주변 사람들에게도 그런 일이 있었다는 내색조차 전혀 하지 않았단다.

변장한 채 역시 변장한 경호원 한 명만을 달랑 대동하고는, 말단행정관서에 잠입하여 민원인을 가장하고는 공무원들의 일반 국민들에 대한 성실도 내지 친절도, 청렴도 등을 몸소 확인하기를 즐기는 요르단의 젊은 국왕이 있다. 국왕의 변장술이 어찌나 뛰어나고 또 그때 그때 능청(?)을 얼마나 잘 떨었는지, 민원담당 공무원들 중 어느 누구도 자신을 상대하고 있는 민원인이 국왕이라는 사실을 짚어내지 못하였단다. 그때마다 수행한 경호원의 변장술과 능청도 국왕 못지않았을 것이다.

누구의 권력이 더 센가는 직위나 직급의 고하에 따라 결정되지 않는다는 것이, 선뜻 납득할 수는 없지만 엄연한 사실이다. 그것은 최고권력자와 얼마나 가까운 거리에 위치하고 있느냐에 의해 결정된다. 왕조시대에 환관들의 전횡이 반복되었던 역사가 이를 명징하게 증명하고 있다. 로마제국사를 보더라도 군단장 출신들이 연이어 황제에 등극했던 시대가 있었고, 당시에 황제경호대의 수장으로서 황제를 늘 그림자처럼 수행했던 경호대장의 권력은 가히 하늘을 찌를 정도였다. 우리들도 한때, 권력의 크기가 대통령의 그것에 비견될 정도로 막강한 권세를 휘두르던 대통령 경호실장을 경험한 적이 있다.

　이른바 유신이 종말을 향해 가쁜 숨을 몰아쉬며 치달려갈 무렵, 한 달에 한번씩인가 한 주일에 한번씩인가 청와대 경내에서 정기적으로 행해졌던 국기강하식은, 그가 무소불위의 권력을 맘껏 과시할 수 있었던 행사였다. 행사의 주관자는 경호실장이었고, 그는 행사 때마다 외부인사들을 정중하게 초청했다. 초청받은 인사들은 감히 이를 사양할 수 없었고, 일단 행사에 참석하여 최정예 부대로부터 일사불란하게 사열을 받는 경호실장의 막강한 위세를 두 눈으로 직접 확인하는 순간, 다들 입을 쩍 벌리고는 나도 저 자에게 붙어야만 살아남을 수 있겠다는 절망감과 비애에 부르르 몸을 떨 수밖에 없었다.

　2003년 10월 1일, 건군 55주년 국군의 날 기념식이 대통령을 비롯한 삼부요인 및 외교사절이 참석한 가운데 성남소재 서울비행장에서 성대하게 거행되었다. 유별나게 비가 잦았던 해라서 그랬던지, 행사시각을 전후하여 비가 내렸다. 노 대통령이 행사참가 부대들에 대한 열병을 하기 위해 무개차 뒷자리 좌측에 섰고, 국방장관이 우측에 섰다. 15분이 소요된 열병식 내내 63세의 국방장관은 옆자리의 대통령이 비에 맞지 않도록 계속 움직이는 차 위에 서서 우산을 받쳐들고 벌(?)을 서야 했다. 마땅히 국방부가 청와대 측에 건의한 대로, 대통령이 우의를 입고 대통령을 상징하는 봉황이 그려진 모자를 쓰고 열병을 했어야 했다. 아니, 그 날이 국군의 날로서 사람으로 말하면 뜻깊은 생일이고, 또 수천 명의 군인들이 그 날 행사를 위해 최소한 서너 시간은 비를 맞고 꼿꼿이 서서 자리를 지킨 것을 조금만이라도 염두에 두었다면, 대통령으로서는 10여 분이 아니라 한 시간 동안이라도 국군장병들과 함께 내리는 비를 온몸으로 맞았어야 했다. 가정이란 늘 부질없는 짓거리이기는 하지만, 만일 당시 우리의 젊은 대통령이 국군최고통수권자로서 우산을 뿌리치고 행사참가 군인들과 똑같이 단 15분 동안만 묵묵히 비를 맞았다면, 대한민국 국군뿐만 아니라 국민 전체를 감동시켰을 것이다.

열병식 직전, 청와대 경호관이 국방장관에게 우산을 건네주면서 대통령이 비에 맞지 않도록 옆에 서서 씌워 주라고 말한 것으로 보인다. 국방장관은 갑작스런 상황에서 얼떨결에 이를 건네받고는, 무심코 시키는(?) 대로 한 것으로 보여진다.

장관도 그 며칠 후 국회본회의장에서 이를 질책하는 의원들의 질의에 대해 이 같은 취지로 해명하면서, 당시 좀더 신중히 판단하여 경호관의 요구를 거절했어야 마땅했다고 소회를 피력한 바 있다. 대통령과의 거리가 더 가깝다는 이유 하나만으로, 일개 경호원이 졸지에 60만 대군을 호령하는 국방장관의 상전이 되어 버리고 말았다. 그러니 이를 지켜본 국군장병들의 속마음은 얼마나 쓰렸을 것이며, 당시 행사에 참석한 외교사절들은 이 나라를 또 얼마나 한심한 나라로 보았을까를 생각하니 영 심기가 편치를 않다. 이래저래 또 쐬주 한잔 카~아.

대통령의 말·말·말

　　인간은 말로써 내면의 생각과 느낌을 밖으로 표현한다. 그리고 말로써 자신의 사고와 의사를 상대방에게 전달한다.

　　「한 마디 말로 천냥 빚을 갚는다」는 우리의 속담이 있듯, 좋은 말은 가족과 이웃, 더 나아가 사회에 활력소가 되고 또 평화와 행복을 안겨다 준다.

　　그러나 유감스럽게도, 인간세계의 현실은 말로써 복을 가져오는 경우보다는 말로써 화를 불러일으키는 경우가 훨씬 더 많은 것 같다.

　　기독교에서는 인간들이 바벨탑을 쌓아 하늘에까지 닿으려 시도하다가 끝내 신의 노여움을 샀다고 얘기한다. 신은 궁리 끝에 인간들이 다시 작당하여 자기에게 도전하지 못하도록 튼튼한 안전장치를 고안해 냈다. 이 동네 저 동네 인간들이 서로 의사소통을 할 수 없도록 다양한 언어를 인간세상에 쏟아냈고, 그 결과 서로 말이 통하지 않는 바람에 그 이후 인간들은 신에 대한 모반이나 도전을 더 이상 획책할 수 없었다는 것이다.

　　우스갯소리로 신이 인간을 창조할 때 가능한 한 많이 듣고 또

보라고 귀와 눈은 두개씩 붙여 놓은 반면에, 될 수 있으면 적게 말하라고 입은 달랑 하나만 매달아 놓았다 한다.

자고로 「남아일언 중천금」이라 했다. 동서고금을 막론하고, 사나이들의 세계에서는 스스로 뱉어낸 말에 대해서는 설사 목숨을 내놓는 지경을 당하더라도 끝까지 책임을 져야 마땅하다.

동쪽동네 가서 하는 말 다르고 서쪽마을 가서 하는 말 다르면, 누구도 더 이상 그를 신뢰하지 않는다. 스스로의 언변을 과신한 나머지 하고많은 날 좌충우돌하면서 논쟁에 휩싸이는 자는, 자신도 모르는 사이에 쓸데없이 많은 적을 만들고 또 독선과 아집에 빠지기 십상이다.

철딱서니 없는 부랑아나 시정잡배가 분수도 모르고 입에 게거품을 물고 수다를 떨거나, 연신 쓰잘데없는 입방아를 찧어댄다 해도, 주변에 있는 사람들이 다소 피곤할 수는 있겠으나 달리 별 문제가 되지는 않을 것이다. 현실적으로 사회구성원 전체를 도덕군자로 만들 수도 없으려니와, 설령 그것이 가능하다 해도 그렇게 되면 인간세상이 살 재미가 없어질 것이다. 밥벌이가 끊겨 생계걱정에 직면할 이들도 많이 생겨날 것이다.

제 멋에 겨워 제 방식대로 살아가는 부랑아나 시정잡배의 흥을 깨뜨려 그들에게 피로감을 줄 필요도, 그들을 주눅들게 할 하등의 이유도 없다 하겠다. 하지만 가족들을 이끄는 가장의 지위에 선다면, 의당 말을 신중히 하고 스스로 한 말에 대해 책임을 져야 한다. 이같은 이치는 크고 작은 사회조직의 대표자들에게도 다르지 않다 할 것이고, 한 국가의 최고통수권자의 지위에 있다면 이를 백 번 강조

해도 지나치지 않을 것이다.

노무현 정부가 출범한 지 어느 새 백일도 훌쩍 지나갔다. 요즘 우리의 대통령이 틈만 나면 입을 열고, 또 그때마다 많은 말들을 쏟아내고 있다. 언론에 대해 노골적으로 불만을 드러내고, 또 서운한 감정을 굳이 숨기려 하지도 않는다.

공식적인 자리에서조차 감정을 추스르지 못하고 쉽게 흥분한다. 그 정도가 다소 지나친 나머지, 되레 지켜보는 사람을 민망하게 만들기까지 한다. 이런저런 명분으로 여기저기 공무원들을 비롯한 각계각층의 사람들을 모아놓고 자신의 평소 생각이나 구상·정책을 설명하고, 또 한 걸음 더 나아가 토론하려 한다.

그러나 그때그때 쏟아내는 말들이 많은 사람들의 입에 오르내리고, 또 토론은 논쟁으로 비약하여 상호 핏대와 얼굴 붉힘으로 끝내기 일쑤다. 대통령은 말을 몰고 다니고 있고, 대통령의 말은 새로운 논쟁의 씨앗이 되어 사회 전체가 그에 관한 말들로 가득 차 가히 폭발 일보직전이다.

대통령 후보로서의 노무현과 대통령으로서의 노무현이 달라졌음을 나무라거나 비난하는 것은 옳지 않다 하겠다. 어쩌면 대통령의 화려한 변신이 대한민국과 국민들에게 평화와 안정, 그리고 행복을 약속할 수도 있기 때문이다.

그러나 대통령의 변신에는 나름대로의 일관성과 합리성, 예측가능성이 담보되어야 한다.

　　노 대통령은 취임 후 첫 해외 나들이인 미국방문을 계기로, 북핵문제를 포함한 남북관계 및 대미외교관계에 대한 종전의 시각과 입장을 바꾸는 말들을 쏟아냈다. 많은 사람들이 벌어진 입을 다물지 못했다. 한·미정상회담 결과 도출된 북핵문제 해결방안은 최근 있었던 한·일정상회담에서도 그대로 유지되었다. 위 두 회담 중간에 있었던 일·미정상회담에서의 북핵해법도 당연히 동일한 논조였다.

　　세 나라 사이의 일련의 정상회담을 통해 도출한 결론은 북핵문제를 한·미·일 공조를 통해 평화적으로 해결하고, 해결되지 않을 경우 「추가적 조치」 또는 「보다 강경한 조치」가 있을 것이란 거였다. 노 대통령은 일본방문을 마치고 귀국한 자리에서 뒤늦게 북핵문제 해결에 대화 이외의 방법은 거부하겠다는 취지의 발언을 함으로써 미국과 일본에게 괜한 오해를 심어 주고, 또 정상 간 합의내용에 혼란을 초래케 하는 자충수를 두고 말았다. 종전 김대중 정부의 햇볕정책을 계승한 것도 아니고, 그렇다고 한·미·일 상호협력과 공조를 통한 북핵문제 해결도 아닌, 어정쩡하고 애매모호한 현 정부의 외교자세는 결국 북한과의 화해 내지 평화교류도 그르치고, 미국·일본 등으로부터의 불신과 배척까지도 초래하고 말 것이다.

　　새로운 정부가 들어서서 나름대로 추구하는 이념과 정책에 기초한 사회개혁을 할 수 있는 기간은 집권 후 1년 동안이라는 것이 대다수 학자들이 피력하는 견해이다. 노 대통령은 최근 정부부처 3급 이상 공무원들을 상대로 한 인터넷 조회에서, "총리와 장관들에게 자율과 책임을 넘기는 분권의 과정에서 생기는 혼선은 아무리 빨라도 1년 정도 계속되지 않을까 짐작한다"며 "저도 공무원 엉터리라고 뒷소리 하지 않을 테니 공무원들도 뒷소리 하지 말고 나를 직접 비판해 달라"고 말했다 한다.

나의 존경하는 노무현 대통령! 일국의 대통령에 대해 호의적이지 않다는 이유만으로 언론에 대해 일일이 대꾸하거나 적대감을 갖지는 마십시오. 언론이 뭐라 보도하든, 그저 묵묵히 직무에만 전념하고 또 충실하세요.

고작 언론에 잘 보이거나 귀여움 받기 위해 대통령 되었습니까? 한눈팔지 마시고 당장 개혁에 착수하십시오. 대통령후보로서 제시했던 정책이 꽤나 많았던 것 같은데, 이를 빠른 시일 내에 실행에 옮기십시오. 개혁의 실행은 말이나 토론으로써 하는 것이 아닙니다. 대다수 국민들이 갈구하는 개혁의 실현, 그것은 행동을 통해서만이 이루어질 수 있습니다.

대통령이 국가지도자로서 개혁에 어느 정도 성공하고 나면, 누가 시키지 않아도 국민들이 자발적으로 나서서 대통령을 비웃거나 조롱하는 언론을 벌떼처럼 공격해 쓰러뜨릴 것입니다.

링컨을 닮으려 애쓰고 있는 당신의 순수와 열정을 알 만한 사람은 다 압니다. 미주알고주알 일일이 따져 가며 감 놔라 대추 놔라 관여하지 말고, 권한과 책임을 총리와 장관들에게 지나치다 싶을 정도로 과감히 넘기십시오. 잘 안 맞는 얘기 같지만, 잃는 것이 곧 얻는 것입니다.

끝으로 제발 바라건대, 말씀 좀 줄이고 성질 좀 죽이세요. 침묵은 웅변보다 더 위대한 법입니다.

대한민국 교육의 현주소

당장 배고픔을 면해 보고자 하는 자나, 단지 눈앞의 이익만을 생각하는 자는 그 해 가을날의 수확을 기대하며 땅 위에 씨앗을 파종한다. 10년 20년 후를 내다보며 보다 많은 이익을 남기려 하는 자는 오늘 묵묵히 나무를 심는다. 30년, 더 멀리 100년 후를 내다보며 변화무쌍한 장래의 세계를 리드하고자 하는 자는 오늘 불문곡직하고 교육, 즉 인재육성에 노력과 자본을 전력 투입한다. 자고로 교육은 백년지대계(百年之大計)라 했다.

대한민국에서의 교육정책의 흐름을 살펴보면, 교육 평준화 시책은 1970년대 초반 군사 정권 하에서 전격적으로 시행되었다. 이른바 「교육망국론」의 온갖 폐해와 이의 타파를 내세우는 비등한 여론이 위와 같은 정책추진의 명분이었다. 그 결과 나 같은 58년생 개띠들이 흔히 말하는 「뺑뺑이」의 첫 케이스가 되었다. 당시 많은 사람들은 대통령의 아들이 입학시험을 거쳐 중학교에 진학하는데 애로(?)가 있었기 때문에, 그와 같은 제도가 영식의 중학교 입학 시점에 맞춰 시행된 것이라고 열심히 입방아들을 찧었다.

그 이후 우리나라의 교육정책은 5년이 멀다 하고, 좀더 정확히

표현하자면 교육부 장관이 바뀔 때마다 갈팡질팡하거나 또는 오락
가락해 온 것이 사실이다. 심지어는 1년 후 교육정책이 어떻게 바뀔
지 전혀 예측할 수 없을 정도라고 힐난하는 사람들도 적지 않은 것
같다.

현대 한국사회의 여건 하에서는 평준화론 만큼 대중의 정서에
쉽게 접근할 수 있는 주장과 논리를 찾기 어렵다 하겠다. 그 동안 이
땅에서 학연 내지 학벌의 폐해를 절절이 경험해 왔기 때문인지, 평
준화는 현재까지도 일반 국민들로부터 높은 지지를 받고 있다.

어느 기관이 2000년도 OECD국가를 포함한 32개국을 조사한
결과에 따르더라도, 평준화론자들이 주장하는 것처럼 32개국 중 한
국학생들의 평균학력이 높은 것은 엄연한 사실이다.

하지만 이 같은 통계만으로 만족할 수 있겠는가. 위 통계에서
우리들 대다수가 간과하고 있는 것은, 우리나라 상위권 학생들 성적
이 여타 국가들의 상위권 학생들의 그것에 비해 현저하게 낮다는 사
실이다.

평준화의 본래 취지는 좋았다손 치더라도, 시행과정에서의 착오
와 운용의 묘를 살리지 못함으로써 결국 하향 평준화라는 의도하지
않았던 결과물을 산출하고야 말았다.

국민의 정부의 그간의 공과를 평가함에 있어서 대표적인 실패
작으로, 이른바 교육개혁과 의료개혁을 거론하곤 한다. 의약분업으
로 대변되는 의료개혁의 무리한 추진이 소비자로서의 국민의 편의
와 복지를 위한 것인지, 아니면 의사와 약사 등 특정계층의 주머니

를 부풀리자는 것인지 조차도 분간할 수 없을 정도로 뒤죽박죽이 돼 버렸다. 이 같은 혼란의 초래에 대해 책임지겠다는 사람도 쉽사리 찾아볼 수 없고, 관계자들은 시종 변명에만 급급하다. 답답하기 이를 데 없으나, 여기는 교육을 논하는 자리이니 의료개혁에 대해서는 이쯤 해두기로 하자.

국민의 정부가 추진·시행해 온 교육개혁의 현실로 눈을 돌리더라도, 지루함과 답답함은 계속될 뿐이다. 교원정년 단축, 내신반영, 수능 난이도, 체벌부활, 보충수업 허용여부 등 거의 모든 것이 시행착오의 반복이요 혼돈의 연속이다. 현재의 대통령 재임 4년 동안 교육부 장관이 무려 7명씩이나 교체되었으니, 하루살이 장관이나 그 장관 아래의 간부들 중 과연 누가 소신 있게 정책을 입안·추진할 것이며, 또 과연 누가 그 실패의 책임을 지려 하겠는가?

급격한 시대의 발전추세에 부응하지 못하는 고령의 교사들을 도태시켜 학생들로 하여금 양질의 교육혜택을 맘껏 누리게 하겠다는 의욕이 앞선 나머지, 교육현장의 원로들을 카우보이 소몰이 하듯 단박에 밖으로 쫓아냈다. 설령 그 같은 조치가 불가피했다 하더라도, 신규교원의 연도별 충원계획을 입안하여 적어도 3·4년에 걸쳐 단계적으로 분산하여 퇴직케 함으로써 그로 인한 충격과 혼란을 최소화해야 했을 것이다. 이 정부의 전격적인 교원 퇴출조치는, 문민정부가 국립박물관의 신축 및 유물의 안전한 이전조차도 없이 성급하니 구 조선총독부 건물을 폭파시켜 때려부순 행태를 쏙 빼닮았다.

교원정년 단축 조치로 인해 교육현장에서 쫓겨난 교원들뿐 아니라 현직에 몸담고 있는 교원들의 사기도 땅에 떨어졌음은 물론이다. 한동안 퇴직의 물결이 꼬리에 꼬리를 물고 이어졌다. 당연한 결과로 교원 부족 사태가 벌어졌고, 신규교원의 충원은 뜻대로 이루어지지 않았다. 결국 편법이 동원됐다. 중등교원 자격 소지자들을 단기 연수시켜 초등교원으로 발령 내고, 정년단축으로 쫓겨난 분들을 초빙교사로 다시 교단에 세우려 했다.

수능시험 난이도 조절에 실패하여 온탕 냉탕을 왔다갔다 했다. 그로 인해 전국의 고3학생들과 학부모들을 혼란에 빠뜨리고 또 분노케 했다.

현직 대통령의 대통령 출마시 공약사업이라는 이유 하나만으로 학급당 35명 정원제가 이번 학기에 전격적으로 도입됐다. 하지만 정말 유감스럽게도 늘어난 학급 수를 수용할 교실도 없다. 현재 거의 모든 학교가 공사판이다. 기존의 체육관, 실험실습실 등 교내의 모든 공간에 새로이 편성된 학급이 들어차고, 운동장 등 교내 구석구석이 교사 신축공사로 마구 파헤쳐졌다. 교육환경은 그 어디에도 없다. 운동장 한켠에 콘테이너 박스를 이층으로 얼기설기 쌓아 임시로 마련된 교실에서 정상적인 수업이 과연 가능할까. 실내체육관이나 강당에 합판으로 사면을 대충 막아 설치된 교실의 뒷자리 학생은, 옆교실의 소음으로 인해 수업을 진행하는 선생님의 목소리를 제대로 알아들을 수도 없다. 전쟁 때도 아닌데 이 나라의 동량들을 이렇게 무시하고 고생시켜도 되는 것인지 거듭 묻고 싶다. 요 모양 요 꼴이 우리나라 새 천년 교육의 현주소이다.

임기 내 공약사업 실현의 약속이 못 지켜지는 사태로 인해 대통령의 체면이 다소 손상되는 결과가 초래된다 하더라도, 학생들을 수용할 정규교실의 확보 등 준비도 없이 우리들의 자녀들을 난장판 공간으로 무작정 몰아넣어 그들의 가슴을 멍들게 하는 야만보다는 낫다 하겠다. 현재의 대통령께서는 명실공히 국민의 정부를 출범시켜 IMF사태를 극복하고 금상첨화 격으로 노벨 평화상까지 수상하셨는데, 대통령으로서의 치적과 개인적인 영광으로서는 더 이상 부족할 것이 없다 할 것이다.

1980년대 이후 대통령직을 거쳐간 분들이 퇴임 후 돌아갈 사저를 헐고 다시 신축하는 공사를 대통령 임기 만료 전에 넉넉하게 끝마치고는, 퇴임식과 동시에 궁궐같이 단장한 사저로 돌아가는 장면을 반복하여 보여 주었다. 국민들은 머지않아 똑같은 장면을 또 다시 보게 될 것이다.

정부는 적어도 현직 대통령이 퇴임 후 돌아갈 사저를 신축하는 방식으로 모자라는 교실을 신축하고 나서, 대통령 공약사업인 학급당 35명 정원제를 시행했어야만 했다. 그런 이유로 해서 교육의 현실을 바라보는 나의 마음은 더욱 아플 수밖에 없다.

대~한민국?

2002년 한일월드컵대회는 전 세계인들에게 대한민국의 존재를 각인시키고, 또한 국가이미지와 국민들의 자부심을 유감없이 드높일 수 있는 절호의 기회였다. 대한민국 대표팀의 선전과 열두 번째 선수라는 응원단의 열렬한 응원에 힘입어, 대한민국은 세계 축구강호들을 연달아 격파하며 그야말로 파죽지세로 16강, 8강, 4강의 대망을 성취해 나갔다.

대한민국 국민들의 거리응원전의 규모와 열기에 놀란 세계언론들은 연일 이를 대대적으로 보도하였다. 거리응원전은 대한민국 국민들의 잠재된 에너지를 화산 폭발하듯 한 곳으로 집중 분출시켰다. 그리하여 한일월드컵은 대한민국 국민 한사람 한사람에게 잃어버렸던 정체성을 되찾고, 또 늘 주눅들어 있던 얼굴모습에서 탈피하여 한국인으로서의 자부심을 당당하게 내세울 수 있는 좋은 계기가 되었다.

「대~한민국, 짝짝 짝짝짝」
6월 한달 내내 축구경기 시청하느라 다들 일찍일찍 귀가하였고 그로 인해 유흥업소 출입횟수가 대폭 줄어들었겠지만, 나의 경우도 6월 한달 신용카드 사용액이 다른 달의 3분의 1 수준으로 뚝 떨어졌다. 그러고 보니 월드컵경기가 가계에도 상당한 도움을 준 것 같다.

줄곧 집에서 TV를 시청하다 우리 대표팀의 예상 밖의 선전에 한껏 고무된 나는, 뒤늦게 붉은 악마 셔츠를 사 입고 딸, 조카들과 함께 거리응원전에 뛰어들었다. 스페인과의 경기에서는 영 쑥스럽고 어색하던 응원구호의 외침과 몸짓이, 독일전에 와서는 많이 나아졌다. 누가 시킨 것도 아닌데, 시종 질서를 지켜가며 열렬히 응원하는 우리들의 모습 그 자체가 그렇게 대견할 수가 없었다. 두 번의 거리응원전을 통해 나는 우리 국민들의 순결과 열정을 보았다. 또 그 속에서 가능성과 희망을 찾을 수 있었다.

네덜란드인 감독 거스 히딩크는 한국사회의 고질병인 학연·지연·혈연에 결코 얽매이지 않았다. 시종일관 오직 능력을 기준으로 한 선수선발과 기용, 그리고 철저한 데이터분석을 거친 치밀하고도 과학적인 훈련과 전술운용을 통하여, 마침내 한국축구의 월드컵 4강 신화를 이룩하였다. 정상에 선 그 순간 미련없이 자리에서 물러설 줄 아는 그의 합리성과 여유는 모든 국민들로 하여금 그의 그릇을 더 커 보이게 하기에 충분했다.

당연히 히딩크 신드롬이 일어났고, 그의 선수관리와 경기에서의 전술 등 기법을 기업경영에 도입하자는 주장도 제기되었다. 한 걸음 더 나아가 그와 관련한 책도 출판되어 가볍게 베스트셀러 반열에까지 올라섰다.

히딩크 식의 인재등용과 전술운용을 상찬해 가면서도, 한국인들은 그 사이를 참아내지 못하고 고질병이 도졌다. 대표선수를 비롯한 히딩크 사단의 구성원을 배출한 대학들이 이들의 학연을 내세워 일제히 신문마다 연일 대문짝만하게 학교광고를 해대기에 여념이 없었던 것이다. 그 놈의 편가르기 식 고질병은 어느 세월에 고쳐지려는지….

우리 대표팀의 약진에 고무된 정부는, 고심 끝에 일부의 반대의견에도 불구하고 7월 1일을 임시공휴일로 지정했다.

6월 한 달을 내내 축구에 정신 팔려 놀았는데 7월의 첫 날부터 또 노느냐는 울상 섞인 반대론자들의 의견을 차치하고라도, 정부의 임시공휴일 지정은 몇 가지 측면에서 부적절했던 것으로 보인다.

축제의 하이라이트는 한껏 흥이 올라 최고조에 달했을 때에 포커스가 맞춰져야 한다. 파장 뒤의 때늦은 축제는 김빠진 맥주보다도 못한 법이다. 원님 행차 후의 나팔소리가 아무리 요란해도 그게 무슨 의미가 있으랴. 그런 측면에서 보면 임시공휴일은 스페인전 다음 날이 가장 무난했을 것이다. 더구나 7월 1일은 주민들의 손에 의해 선출된 지방자치단체장들의 집무 개시일이었다. 7월 1일 임시공휴일 지정은 이것만으로도 여러 사람들의 김을 빼기에 충분했는데, 일각에서는 지방선거에서 완패한 집권여당에 의한 의도적인 지정이었다는 설도 분분했다.

월드컵 경기 일정이 끝나갈 무렵 북측의 도발에 의해 기습적으로 벌어진 서해교전은 여러모로 대한민국 정부와 국민을 분노케 하고, 또 일대 충격에 빠뜨렸다. 복은 둘이 오는 법이 없고 화는 혼자 오는 법이 없다더니, 이 사건을 시발점으로 대한민국 정부와 최고통치권자는 줄줄이 국민을 실망시키는 모습을 드러내고 있다. 실로 답답하기만 한 2002년 7월이다.

회수불능의 공적 자금 중 국민들이 부담해야 할 금액이 100조 원(정부여당 주장)입네 200조 원(야당 주장)입네 한다. 러시아로부터 못 받은 경협차관 중 대한민국 정부가 지급 보증한 17억7400만 달러(2조850억원)를 내년부터 연차적으로 국민세금으로 갚는다는 얘기도 들린다. 2000년 7월 「한·중 마늘협상」 당시 금년 말로 끝나는 중국산 마늘에 대한 긴급수입제한(세이프 가드)조치를 연장하지 않기로 한 합의를 국민들에게 공개하지 않고 있다가 최근에야 알려졌는데, 정부당국자들마다 말이 다르고 청와대조차도 이에 대해 누구로부터도 보고받은 바가 없단다. 정직하지 못한 정부는 무능력한 정부보다 훨씬 더 나쁘고 또 위험하다.

서해교전 전사 장병들을 조문하지 않았을 뿐 아니라, 서해교전 직후 긴급 소집된 국가기관회의에서 빨간 넥타이 차림으로 고인들에 대한 묵념을 하여 구설수에 올랐던 대통령은 국민들의 부정적인 여론을 의식한 탓인지, 그들에 대한 장례식 후 20일도 더 지난 시점에서 전사장병 가족들을 청와대로 함께 불러 위로의 자리를 마련했다. TV화면 속에서의 대통령은 이번에는 빨간 넥타이를 피해 자주

색 계통의 넥타이를 매고 있었다.

하지만 우리의 대통령은 애사를 당한 경우에는 일국의 왕조차도 유족들을 몸소 찾아가 위로하지, 슬픔에 잠겨 있는 유족들을 어디로 오라 가라 하지는 않는다는 예법을 잊고 있는 것 같아 씁쓸하기 그지없었다.

서해교전 과정에서 용감히 싸우다, 승선하고 있던 고속정에서 바다로 떨어져 실종된 부사관이 있다. 실종된 현장이 엄연히 대한민국의 영해이고 수심이 고작 70내지 80미터에 불과한데, 대한민국 정부는 그 동안 시신인양이나 수색을 위한 어떠한 노력이라도 기울인 적이 있는가? 내가 과문한 탓인지는 몰라도, 예인 중 침몰한 고속정 인양에 대한 얘기는 몇 번 들어봤어도 희생된 용사의 시신 인양에 관련한 소문 비슷한 얘기조차도 들어보지 못했다. 수색 및 인양에 아무리 어려운 기술상의 문제가 있다 하더라도, 아무리 많은 비용이 들어간다손 치더라도, 끝끝내 시신을 인양하고 또 성대한 장례절차를 거쳐 국립묘지에 안장하기 위한 최대한의 노력을 경주해야 마땅하다. 대한민국 정부는 도대체 무슨 배짱으로 국민들에 대한 신성한 의무를 이행하지 않고 마냥 뒷짐 지고 있는가?

멀쩡한 집을 또 왜?

자고로 의식이 족해야 예절을 안다고 했다.

하루하루 세상을 살아가는 목적과 이유에 대해서 거창하고 또 화려한 수사가 즐비하다. 하지만 그것은 배부른 자들의 말장난이거나 세상물정을 미처 깨닫지 못한 치들의 허사에 다름 아니다.

오늘도 밤하늘엔 금방이라도 쏟아져 내릴 듯한 뭇별들이 총총하건만, 이 땅 위엔 생존을 위해 아둥바둥 고달픈 인생을 살아가야만 하는 부류의 딱한 이웃들이 너무나 많다. 가난한 자가 행복하다고 둘러대는 치들은 정작 배부른 자들이다. 그들은 자기들이 누리고 있는 풍요를 놓치고 싶어하지 않는다. 움켜쥔 것들 중 어느 하나라도 가난한 이웃들에게 떼어줄 의사가 없다. 오히려 주변사람들의 빈 호주머니를 긁어내어 자기의 새로운 주머니를 채우려 한다. 욕심은 또다른 욕심을 낳게 마련이다. 요즘처럼 주인 없는 눈먼 돈이 지천으로 깔려 있는 상황에선, 먼저 먹는 놈이 임자다. 큰 감투건 작은 감투건 감투 비슷한 거를 뒤집어쓴 자들은, 너도나도 한번 먹어보자면서 진흙밭을 개들처럼 뒹굴고 있다. 산 아래 동네의 모습도 다를 바 없고 강 복판 동네도 별 수 없이 그런 꼴이다.

우리의 다정한 이웃들은 다들 소박한 마음의 소유자들이다. 세 끼 굶지 않고 가족들 건강하기만 하면 그만이다. 아이들이 공부까지 잘 해주면 이도령이 춘향 만난 격이고, 월세집이나 전셋집 신세 면하고 내 집 마련할 정도 되면 그 기쁨이 심봉사 청이 만나 눈뜨는 장면에서의 부녀의 벅찬 감정 못지않다. 누가 가르쳐 주지 않더라도 분수를 알고 또 스스로 만족할 줄을 안다.

나와 나의 아내는 결혼을 하고, 또 애들 둘을 낳고도 13평 아파트 전세생활을 이어갔다. 이와 같은 궁박한 생활은 변호사개업 초창기에까지도 지리하게 이어졌다. 그 시절, 나의 아내는 재래식 연탄아궁이의 연탄을 갈 때마다 연탄가스에 노출된 채 마냥 콜록거려야만 했다. 가난의 굴레를 벗어나지 못하고 살아가던 어느 날, 아내가 정초에 어디 가서 가족들의 신수를 보고 오더니 그 해에 내가 집을 한 채도 아니고 두 채씩이나 가질 운을 가졌다는 것이었다. 도저히 실현될 것 같아 보이지 않는 신수풀이였지만, 그렇다고 기분이 나쁠 것까지는 없었다. 그것을 믿지 않으면 그만이었으니까.

그 해 어느 날 불쑥 찾아온 아파트 주인아주머니는, 자기의 아들내외가 들어와 살아야 하니 집을 비워달라고 요구하였다. 나는 새 집은 고사하고 전셋집에서도 쫓겨나게 됐다고, 죄 없는 아내에게 화풀이를 하였다. 그리고는 할 수 없이 10여 평 단독주택으로 전셋집을 구해 이사하였다. 집 없는 자의 서러움을 뼈저리게 느끼는 순간이었다. 고생 끝에 낙이라고 했던가, 조상님들의 보살핌이 있었던가. 그로부터 얼마 지나지 않아 아내의 정초 신수풀이는 하나도 틀리지 않고 그대로 맞아떨어졌다.

세상 살다 보니 참 묘한 일도 다 생기더구만.

나의 아내는 참 행복한 여자다.

비록 가난하게 결혼생활을 시작하긴 하였으나, 이것저것 살림을 하나씩 하나씩 차곡차곡 장만해 가는 아내로서의 즐거움을 맘껏 누려 왔지, 전셋집 평수를 늘려가고 마침내 내집을 마련했고 또 거기에다가 집평수까지 늘렸으니까.

내 일찍이 혈기방장했던 시절에는 세상 넓은 줄도 모른 채 낮과 밤을 불문하고 마이크 잡기로 세월을 보냈으나(낮에는 법정, 밤에는 주점), 이제는 그동안 마시고 마신 술이 나의 육신을 삭게 하기도 하였거니와, 결혼생활 17년째인 나의 아내가 집안분위기를 제법 근사하게 꾸며 놓았으므로, 하루의 업무를 끝내고 곧장 집으로 직행하는 빈도가 날로 높아만 가고 있다. 나의 집에는 안락과 웃음과 평온이 존재한다. 나는 집안에 머무를 때 비로소 마음의 안정을 찾게 되고, 또 사색과 독서를 맘껏 즐길 수 있게 된다. 내 인생 이 정도 수준의 즐거움이면 족하지, 더 이상 뭘 또 욕심내겠나.

그 동안 대한민국 대통령이 되겠다고 욕심을 부려, 때로는 천신만고 끝에 또 때로는 우연찮게 대통령에 당선된 분들이, 살던 집을 떠나 청와대로 들어갔다. 역대 대통령들의 대다수가 사후 무덤 앞에 화려한 비석을 세울 수 있는 개인적 영광과 가문의 명예를 빛낼 수 있는 호사를 맘껏 누렸을지는 몰라도, 국민들로부터의 존경과는 다들 거리가 멀다. 전직 대통령들이 퇴임을 앞두곤 사저를 헐고 궁궐 같은 새 집을 지어 국민들로부터 빈축을 샀는데도, 후임 대통령은 전임자들을 빼다박아 또 다시 자신의 집을 허물고 궁궐 같은 새 집을 짓는다. 다리동쪽 동네에 있는 집은 지은 지 채 십년도 안 된 신식집으로 알고 있는데, 멀쩡한 집을 또 왜 때려부수나?

여러분! 퇴임을 앞두고 사저를 때려부수고 화려한 궁전을 짓는 꼴불견을 아예 차단시키기 위해서라도, 대한민국의 차기 대통령은 꼭 아파트 사는 분으로 뽑읍시다. 뭐라구요, 선생께서 아파트 사신다구요? 미안하지만 나도 아파트 살고 있수다.

실패한 대통령이 되는 길

　대한민국과 대한민국의 국민들에게 2002년은 여러 모로 의미가 있는 중요한 한 해이다. 아울러 눈코 뜰 새 없이 분주한 한 해가 될 것이 틀림없다. 우선 정치적으로는 지방선거와 대통령선거가 치러지는 해이다.

　새해벽두부터 나름대로 한 가닥씩 한다는 출마희망자들의 호들갑과 아우성으로 정계가 시끌벅적하다. 이 같은 추세라면 일년 내내 선거열기로 온 나라가 뜨겁게 달아오를 것이 틀림없다. 다른 한편으로는 한·일 양국의 공동개최로 치러지는 월드컵이 올해의 국가행사로서 빠질 수 없을 것이다. 당연히 세계인의 이목이 집중될 수밖에 없고, 따라서 이 기회를 잘만 활용한다면 한국과 한국인의 좋은 이미지를 세계인의 가슴속에 심을 수 있을 것이다. 국민들은 시종 순수한 마음으로, 월드컵을 성공적으로 치르기 위해 각자 해야 할 일이 무엇인지를 곰곰 생각하고 있다. 거기에다 하나 더 욕심을 낸다면, 우리나라 대표팀이 16강에 진출하는 등 좋은 성적을 거둘 수 있기를 바라는 것 정도이다. 반면에 정치지도자라는 사람들은 삼삼오오 밀실에 모여, 우리나라 대표팀이 예상 밖의 좋은 성적을 거두게 되는 경우 이를 지방선거에 어떻게 활용할 수 있을지를 꼼꼼하게 계산하고 있다. 지방선거를 월드컵 경기 이후로 옮겨 치르자는 주장 뒤엔 이와 같은 무서운 음모가 숨어 있다. 그 과정에서 상징조작과 대중선동이라는 고전적이면서도 상투적인 수법이 동원될 것임은 불문가지라 하겠다.

새 천년의 첫해부터 꼬리에 꼬리를 물고 연속적으로 터져 나오고 있는 무슨무슨 게이트가 끝간 줄 모르고 계속되더니, 임오년으로 해가 바뀌면서도 진정될 줄을 모르고 오히려 날로 확대국면을 보이고 있다.

검찰총장 동생에 대한 특별검사의 구속영장 청구에 대해 법원은 영장발부로써 화답하였다. 법원은 영장발부의 사유로서 무거운 처벌이 예상된다는 점까지 열거하였고, 그에 따라 혐의 없음 처분을 내림으로써 사건을 종결하려 했던 대검 중앙수사부의 체면은 말이 아니게 되었다. 권위의 상실은 그보다 훨씬 이전의 단계에서 이루어졌으니, 「검찰이 바로 서야 나라가 바로 선다」는 구호는 빈껍데기의 신세를 면할 수 없게 되었다.

국회의 탄핵발의에도 끄떡없었던 막강한 파워의 검찰총장도, 이 지경에 이르러서는 더 이상 버틸 수 없었던 모양이다. 청와대도, 집권여당도, 권부 깊숙이 몸을 숨기고 있는 실세도, 깃털과 연결되어 있는 몸통도 어느 새 보호막의 역할을 방기한 상태로 상황은 급변해 있었다. 총장은 대통령의 신년 기자회견이 예정된 날의 전날 심야에 사의를 표명하였고, 이 같은 뉴스는 일요일 저녁 늦은 시각 느긋하게 TV를 시청하고 있던 나에게도 TV자막형식의 긴급뉴스로 전달되었다.

　신년 기자회견장에 모습을 드러낸 대통령의 얼굴표정은 창백한 정도를 넘어 초췌했다. 목소리까지 꽉 잠겨 있어 지켜보기에도 안쓰러울 지경이었다. 5년의 임기 중 지난 4년간 온갖 꾀와 끈, 아부와 과잉충성으로 과분한 감투를 얻어 쓰고, 그래서 이전에는 감히 엄두도 낼 수 없었던 호의호식과 가문의 광영을 맘껏 누리고, 또 남은 여생 먹고살기에 충분할 정도로 주머니들을 두둑하니 챙긴 약삭빠른 치들은 정권말기에 뜻하지 않게 유탄에 피습될 것을 대비하여 안전지대로 자리를 옮겨 잡은 지 벌써 오래다. 요즈음 우리들의 대통령은 외로울 것이다. 여러모로 답답하고, 또 끝없는 고민과 걱정으로 쉽게 잠들지 못하고 엎치락뒤치락 자리를 뒤척일 것이다. 정권출범 초창기부터 내리 잘 나가던 시절 온갖 미사여구로 대통령님을 칭송하느라 날 새는 줄도 모르던, 구름처럼 몰려들던 그 많던 무리들은 이제는 다 어디 갔나. 대통령님을 위해서는 기꺼이 한목숨 초개와 같이 버리겠노라고 맹세하던 그 많은 치들은, 정말 어려운 상황이 닥쳐왔는데도 왜 다들 꽁무니들을 슬금슬금 빼면서 꿀 먹은 벙어리들이란 말인가. 여러모로 답답할 뿐이겠으나, 그게 바로 권력의 속성인 걸 달리 어쩌겠나. 그걸 진작 알았더라면 좋았을 것이라고 이제 와서 한탄한다고 하나, 그게 바로 인생의 한계인 걸 또 어쩌겠나.

　1948년 대한민국의 역사가 시작된 이래 길지 않은 기간 동안, 불과 열 명 안쪽의 대통령이 거쳐갔을 뿐이다. 이같이 비교대상이 많지 않은 상황 하에서 역대 대통령들을 객관적으로 평가하는 일이 쉬운 일은 아닐 것이다. 일반국민들의 평가와 전문가들의 평가가 일치하지 않을 수도 있을 뿐 아니라, 평가의 기준이나 잣대, 평가항목의 비중이나 중요도 등도 달라질 수 있기 때문에 어려움은 가중된다. 그러함에도 불구하고 우리 국민들은 길지 않은 공화국의 역사 속에서 성공한 대통령, 존경할 만한 대통령을 꼽아보라고 하면, 열에 여덟아홉은 시원스레 입을 열지 못한 채 계속 코맹맹이 소리만 내뱉을 뿐이다.

집권 초창기에는, 앞서 자리를 거쳐간 전임자들이 결코 보여주지 못했던 위대한 업적을 기필코 이룩하여 대한민국 역사에 길이길이 남는 대통령이 되겠노라고 다들 각오들을 하고 다짐들을 했었다. 그리고는 이런 모습 저런 행태로 부지런들을 떨었다. 하지만 요란한 수레가 멀리 갈 수는 없는 법이다. 권력을 부리는 맛에 취하기 시작하면 도끼자루 썩는 줄 모른다. 끝이 안 보이게 늘어선 아부꾼들과 최고권력자 지근거리에서 세도를 부리면서 호가호위하는 자들의 농간 속에 대통령의 시력과 청력은 점점 떨어지고, 그 정도가 심해지면 결국 눈멀고 귀 먹게 된다. 칭송과 찬양의 말만을 좋아하고 직언과 충언에 짜증을 내거나 노여움을 보이면, 본격적인 실패의 길로 접어든 것이다. 정직하지 못하고 공과 사를 제대로 구분하지 못할 정도의 대통령이라면, 불행은 대통령 개인으로 끝나지 않고 국가의 장래와 후손들에게까지 확대된다.

아랫사람들을 장악 통솔하지 못하여 영이 서지 않거나, 휘하에 있는 국가기관과 그 구성원들이 국정을 오로지할 정도라면 대통령의 지위는 명목뿐이요, 직설적으로 표현하자면 허수아비 대통령일 뿐이다. 말로는 지연·학연에 구애받지 않는 인사의 공정을 입에 침이 마르도록 떠들면서도 실제로는 끼리끼리 해먹는 식의 편파적인 인사를 계속해 나간다면, 대통령은 국가통합과 국민화합이라는 대통령으로서의 직무를 유기하는 것이 되고, 그로 인한 후유증은 국가발전에 크나 큰 장애요소가 된다.

대통령에게는 자신감도 필요하지만 지나친 자신감은 십중팔구 독단과 독선으로 흘러가고, 결국 이는 국가의 장래에 부정적으로 작용할 수밖에 없다. 민정시찰이나 일반서민들의 생활상을 살펴보기 위해 나서는 길에 기자와 방송국 카메라를 대동하기를 즐기는 대통령은 뉴스의 중심에 설 수 있어 개인적으로는 즐겁겠지만, 자만과 타성에 빠질 가능성이 농후하고, 그 정도가 심해지면 역시 실패한 대통령으로 기록을 남길 위험성이 있다 하겠다. 외국어에 능통한 것도 아니고, 또 시급한 외교현안이 있는 것도 아닌데 집권말기 대규모의 수행원들을 거느린 채 외국순방을 뻔질나게 해대는 대통령, 시도 때도 없이 청와대에 사람들을 불러놓고 오찬·만찬 등 형식으로 밥먹는 행사를 계속하면서 대통령 말씀으로 시작하여 대통령 말씀으로 끝내고, 또 그 말씀이란 것이 대통령과 정권의 업적나열 등 자화자찬으로 일관하길 즐기는 대통령이라면, 실패한 대통령으로서 충분한 자격이 있다 하겠다.

원하든 원하지 않든, 금년 12월에는 대한민국의 차기 대통령이 국민들의 손에 의해 선출된다. 차기 대통령만이라도 성공한 대통령으로 기록될 수 있기를 온 국민은 바라고 있다. 이와 같은 국민들의 기대치를 충족시킬 수 있을 정도로 인품과 덕망, 지도력과 자질을 충분히 갖춘 인물이 꼭 차기 대통령으로 당선되어야 할 것이다.

끝으로 한 마디 덧붙인다면, 자신의 처로 하여금 안방정치의 길로 나아가는 것을 방관하거나 또는 그와 같은 여건을 부지불식간에 마련해 줄 정도로 공처가인 대통령은, 두 번 따져 볼 필요도 없이 실패한 대통령의 굴레를 결코 벗어날 수 없을 것이다.

이분법의 함정

"평안할 때 (미리) 위기를 생각하라. (위기를) 생각한다면 대비가 있을 것이요, 대비가 있으면 (아무런) 걱정이 없을 것이다."

현대전에서의 승패를 가르는 결정적인 요소는 적보다 월등한 정보수집능력을 바탕으로 한 첨단무기 시스템이라 할 것이다. 여기에 이 같은 무기체계를 종합적이고 또 임기응변적으로 운영할 수 있는 고도로 훈련된 인적 자원을 함께 꼽을 수 있을 것이다.

대한민국이 제3공화국 시절부터 현재까지 결코 짧지 않은 기간 내내 결코 적지 않은 국방비를 투입하고서도, 아직껏 자주국방과는 상당히 동떨어져 있는 수준을 맴돌고 있는 이유는 의외로 간단하다.

국방체계의 운용 축을 무기 시스템에 두지 않고 머리 숫자로 계산되는 병력의 집중에 두고 있기 때문이다. 이는 우리의 군사력이 북한을 견제하는 정도를 벗어나 동북아 지역의 군사적 균형을 허물 수도 있는 수준으로까지 확대 강화되는 것을 차단하기 위한, 미국을 위시한 주변강대국들의 전략에서 비롯된 일면도 무시할 수 없다 하겠다.

육군, 그것도 소총 등 개인화기 위주로 무장된 보병사단들을 전투력의 핵심 내지 주력으로 해서는 현대전에서 승리를 기약하기가 낙타가 바늘구멍 들어가기보다 더 어렵다 하겠다.

병력과 국방예산의 유지와 투입이 지나치게 육군 위주로 운용되고 있는 현재의 국가방위 시스템은 북한과의 통일 후를 대비해서라도 시급히 시정되어야 할 것이다. 국방부 쪽에서는 마땅찮아 하겠지만, 국방예산 중 인력운용비용 내지 인건비가 차지하는 비중이 지나치게 많은 모순점을 바로잡기 위해서라도 장군들의 숫자 또한 상당부분 줄여야 할 것이다.

문제의 복잡성은 한 국가의 군대가 첨단무기로 무장하고 있고, 또 이를 효율적으로 운용할 수 있을 정도로 군인들이 잘 훈련되어 있다고 하더라도 사기가 유지되고 뒷받침되지 않는 한, 정작 유사시 일거에 괴멸할 수도 있다는 데 있다.

평시 군대의 사기를 유지하고 또 유사시 하늘을 찌를 듯 사기를 고양시켜 전투력을 십분 발휘시키기 위해서는, 내가 왜 싸워야 하고 더 나아가 무엇 때문에 목숨까지 기꺼이 바쳐야 하는가에 대한 당위성을 확고하게 심어주어야 한다.

나와 나의 가족, 나의 국가를 부정하고 말살하려 하는 적을 차단하고 격퇴시키고, 또 필요에 따라서는 회복불능의 상태에 이르게 하는 결정적 타격을 가하는 단호함과 역량이 요구된다 하겠다.

그 연장선상에서 볼 때, 군대의 사기를 극대화시키기 위한 가장 보편적이고 고전적인 수단은 다름 아닌 적개심 고취이다. 최근에 현 정부 안보관계기관의 한 실세는, 군의 전투력 배양을 위해서 병사들에게 적개심 고취를 교육시킬 것이 아니라 조국애를 부각시켜야 한다는 견해를 공개적으로 피력하면서 군의 정훈분야 관계자와 논쟁을 벌인 일이 있었다.

　군대는 무력을 보유하고 또 필요시 이를 사용하는 속성을 가진 집단이다. 북한군대만이 대한민국 국군의 적일 수도 없다.

　또한 군인들보다는 오히려 이들보다 훨씬 어린 초등학생들의 나라사랑하는 마음이 더 깊고 진지하다.

　전시에는 평시에 유지되고 통용되던 체계와 질서가 일거에 수면 아래로 가라앉는다. 따라서 개인에게도 또 국가에게도 그야말로 일대 비상상황이 될 수밖에 없다.

　적개심에 가득 차 적을 많이 죽인 병사는 살인범이 아니라 전쟁영웅으로 불려진다. 교도소에 가는 대신 화려한 훈장들이 가슴에 주렁주렁 매달린다. 군대와 전쟁의 영역에서는 복잡한 논리가 필요 없다. 단순하고 명쾌할수록 좋다. 적 아니면 동지. 이곳에서 이분법은 살아 움직이는 생물이다.

　북방한계선(NLL)을 침범한 상태에서 우리 해군의 경고무전을 무시한 채 계속 남하하는 북한 경비정을 향해 경고사격을 한 해군당국의 대응조치에 대해, 상급부대에의 보고누락 여부와 연계하여 정부 내에서 갑론을박 말들이 많다. 쟁점은 북한 경비정이 우리측 함정에 무선송신을 몇 차례 했는데도 우리측이 이를 무시하고 북측함정에 대해 함포사격을 가했는지 여부와, 우리 해군이 상급부대에 보고하면서 북측의 이 같은 무선송신 사실을 고의로 은폐하였는지 여부이다. 분위기가 자못 험악하여, 군 수뇌부 및 해군 고위급지휘관들에 대한 문책까지도 거론되고 있다고 한다.

전장에서는 오로지 예스 아니면 노만 존재할 뿐이다. 그러니 군작전의 개념과 운용, 교전규칙에 관해 귀동냥 수준에 불과한 지식을 갖고 있는 정부 당국자들은 해군당국의 상황판단 및 이에 따른 대응조치에 대해 더 이상 왈가왈부해서는 아니 될 것이다.

그 대신 가슴에 손을 얹고 서해교전 2주기 행사에 참석한 전사 장병 유족들이 정부에 대해 서운한 감정을 여과 없이 쏟아내고, 끝내 이 나라를 떠나고 싶다며 절규한 이유가 무엇인가를 곰곰 새겨보아야 할 것이다.

유감스럽게도 현정부는 군과 국방에 대해서는 이분법을 외면하는 반면, 일반국민들을 상대로는 이분법의 잣대를 들이대는 중차대한 오류를 범하고 있다.

정부는 추진하고자 하는 정책과 관련하여 끊임없이 국민들의 입장을 찬반 두 패로 갈라왔다.

분열된 국론을 수습하고 통합시켜야 할 정부가, 오히려 가만히 있는 국민들의 여론을 둘로 나누고 서로 삿대질하며 싸우게끔 조장하고 있는 것은 아닌지 심히 우려하지 않을 수 없다. 대통령과 정부는 보수와 진보라는 이분법의 잣대를 연이어 들이대고, 일반국민들에게 양자택일을 요구하고 있는 것으로 보인다. 진보는 내편 보수는 저편이요, 진보는 대통령과 정부를 지지하고 협조하는 사람들이요 보수는 이를 반대하고 방해하는 자들이라는 논리에까지 나아가고 있는 듯하다.

민주주의는 개성과 다양성이 존중되는 정치제도요, 소수의 의견도 무시되지 않는다는 특성을 가진 시스템이라는 기본 원칙이 무색해질 정도이다.

보수와 진보는 상극의 관계가 결코 아니다. 적과 동지, 예스와 노의 이분법 논리를 보수와 진보는 둘 다 거부한다. 그럼에도 위정자들은 자신들의 자의와 편의에 따라 이분법의 잣대를 마구 들이대고, 국민들에 대해 양자택일을 강요하고 있으니 참으로 유감스러운 일이다. 보수도 진보도 자유민주주의의 울타리를 거부하지 않는다.

오십보 백보 앞서고 뒤섰을 뿐이지, 대치나 대결의 모습과는 거리가 멀다.

굳이 비유하자면 보수는 짐을 실은 수레를 뒤에서 밀면서 앞으로 나아가는 것이요, 진보는 짐 실린 수레를 앞에서 끌면서 앞으로 나아가는 것이다. 보수주의자가 비탈길을 올라갈 때 수레를 힘껏 밀지 않으면(개혁을 게을리 하거나 변화를 거부하면) 짐의 무게 때문에 자신의 수레에 깔려 죽거나 다칠 수 있다.

진보주의자가 비탈길을 내려갈 때 팔과 다리로써 버텨가면서 속도를 적당히 조절하지 못하면(대안 없이 기존의 체계와 질서를 일거에 허물려고 서두르다 보면) 역시 짐의 무게 때문에 자신이 수레에 깔려 죽거나 다칠 수 있다. 보수든 진보든 평지에서는 그럭저럭 힘들이지 않고 굴러간다. 그런 점에서 둘은 닮았다. 보수도 진보도 비탈길에서는 목숨을 담보할 정도로 힘들고 위험하다. 그런 점에서 둘은 또 닮았다. 대한민국의 오늘을 이끌어가고 있는 이들이여! 더 이상 이분법의 함정에 빠지지 말지어다.

인사청문회의 허(虛)와 실(實)

「서구화」가 곧 「선진화」를 의미하는 것은 아니다. 최근에 들어서는 「세계화」를 부르짖는 사람들이 부쩍 많아졌는데, 그들이 말하는 세계화란 것이 어쩔 수 없이 「미국화」의 범주를 벗어나지 못하는 것 같아 안타깝기 그지없다. 그래서 그런지는 몰라도, 세계화의 덫 내지는 세계화의 함정을 설파하는 유럽학자들의 냉철한 분석과 비판이 더욱 돋보인다.

2002년에 접어들면서 집권여당은 대통령후보를 선출하기 위한 제도적 장치로서 국민경선제를 과감하게 도입하였다. 평소 정치에 대해 무관심하거나 냉소적이었던 국민들의 관심을 불러일으키는 데 성공하였다. 또한 경선에 의해 선출된 여당의 대통령후보에 대한 일반국민들의 인기도 내지 지지도가 눈에 띄게 상승하였다.

하지만 그 이후 정치상황은 한바탕 크게 요동쳤다. 현재에 와서는, 국민경선에 의해 선출된 집권여당의 대통령후보로는 정권재창출이 불가능하다는 얘기가 들린다. 국민들의 지지를 다시 끌어내기 위해서는 대통령후보를 교체해야 된다느니, 새로이 신당을 창당해야 한다느니 하는 노골적인 얘기까지도 분분하다. 이 땅에서 제도와 현실 사이의 괴리는 아직도 크다.

2002년 6월에 이르러 「인사청문회법」이 새로이 제정되어 시행에 들어갔다.

이 법에 따른 인사청문대상은 국무총리·대법원장 및 대법관·헌법재판소장 및 헌법재판관·감사원장·중앙선거관리위원장이다. 정치권은 여기에다 권력핵심인 국가정보원장·검찰총장·국세청장·경찰청장 등 이른바 「빅4」를 청문대상에 추가로 포함시키는 데 의견접근을 보이고 있다. 여하튼 이 법 시행 이후 국무총리지명자에 대한 인사청문회가 지난 7월과 8월에 두 차례에 걸쳐 개최되었다. 헌정사상 최초의 여성총리지명자와 50세의 젊은(?) 총리지명자는 끝내 인사청문회의 늪을 뛰어넘지 못했다. 그 당연한 결과로 국회본회의에서의 의원들의 표결로써 국무총리 임명동의안은 부결되었고, 곧바로 총리지명자들은 풀죽은 얼굴들을 한 채 짐을 쌌다.

고위 공직자들에 대한 인사청문회의 도입은 고위공직을 염두에 두고 있는 공무원이나 학자, 재계와 언론계 인사 등 사회지도층에게 처신의 새로운 기준을 제시했다는 점에서는 나름대로 그 의의가 있다 하겠다. 한국사회에서는 그동안 하나를 가진 자는 그것을 바탕으로 나머지 것들까지도 쉽게 손에 넣을 수 있었다. 반면에 하나라도 제대로 손에 쥐지 못한 자는 아무리 노력하고 또 애를 써봐도 결국 평생 아무것도 손에 넣을 수 없었다.

그러면 현재는 어떨까? 그렇지 않다고 자신 있게 대답할 수 있는 이가 과연 몇 명이나 될까를 생각하니 시종 막막할 따름이다. 사회지도층의 도덕적 의무와 관련하여 누구나가 입에 올리는 「노블레스 오블리주」를 거론하지 않더라도, 남들보다 더 많이 배우고 더 많은 부와 명예를 누리고 또 더 많은 권력을 향유하고 있는 자들은 평범한 다수의 사람들과는 뭐가 달라도 달라야 한다.

로마제국의 귀족들은 평시에는 시민들에게 부여되지 않는 많은 특권을 누렸고, 시민들은 귀족들의 이와 같은 특권을 당연시하였다. 하지만 전시에는 귀족들은 기병이 되어 언제나 전선의 최선봉에 서서 용감히 싸웠다. 로마시민으로서 참전하여 전사하면 그 유족의 생계를 국가가 완벽하게 책임졌지만, 귀족에게는 이같은 혜택이 전혀 없었다. 그러니 평소에 귀족들이 특권을 누리는 데 대해 시민들이 불평불만을 표출할 이유가 없었던 것이다.

이번 총리지명자들에 대한 국회 인사청문특위의 인사청문회는, 우선 청문회 기간이 단 이틀로서 턱없이 부족했다.

원천적으로 수박겉핥기 식이 될 수밖에는 없게 되어 있다. 특위위원들의 준비부족과 관계기관들의 자료제출 거부 등 비협조, 핵심 증인들의 출석거부와 증인들의 무성의한 답변태도, 동문서답식의 겉도는 진행과 비논리성 등이 청문회의 맥을 끊고 또 김을 뺐다. 여당의원은 지명자를 감싸기에 급급한 반면 야당의원은 어떻게든 지명자를 흠집 내고 깎아내리기 위해 기를 쓰는 모습이, 청문회를 지켜보는 이들의 얼굴을 찌푸러들게 했다.

자녀들의 국적문제, 학력허위기재 여부, 자녀들의 특정지역 내

학교로의 전학과 농지취득을 위한 위장전입, 부동산투기의혹 등 재산 형성과정의 불투명성, 금융기관으로부터의 대출의혹과 탈세의혹, 등록재산의 고의누락 여부 등이 주요한 논쟁대상이 되었다. 재미있는 것은, 재산형성과정에서의 의혹과 관련하여 여성총리지명자는 불리한 사실이나 그로 인한 책임을 모두 병석에 누워 있는 시어머니에게 떠다민 반면에 남성총리지명자는 그것의 대부분을 장모에게 전가하였다는 점이다.

여성총리지명자는 장남의 국적문제와 관련하여, 자신이 총리가 될 줄 알았다면 큰아들의 한국국적을 포기하지는 않았을 것이라는 말을 했다. 듣기에 따라서는 묘한 뉘앙스를 풍기는 말이 될 수도 있는데, 그녀는 너무 쉽게 이 말을 내뱉었다. 이것이 빌미가 되어 궁지에 몰리자, 포기했던 아들의 한국국적을 재취득시켜 군대에도 보내기로 했다는 말을 하기도 했다. 남성총리지명자는 재산취득과정에서 증여세 등 탈루된 세금과 관련하여 세무당국으로부터의 세금부과가 있게 된다면, 이를 기꺼이 납부할 용의가 있음을 공개적으로 밝히기도 했다. 임명동의안이 부결되어 보따리들을 싸 총리실을 나온 현재도, 그 약속들이 유효한 것인지 분명히 묻고 싶다. 우리 모두는 그분들의 이 같은 약속의 이행여부를 끝까지 지켜보아야 할 것이다.

이제 갓 도입된 인사청문회 제도는 시간이 지남에 따라 이 땅에 정착되고, 또 운용의 묘를 어떻게 살려 가느냐에 따라서는, 대한민국의 정치풍토 자체를 근원적으로 개혁하는 기폭제가 될 수도 있을 것이다. 이번 인사청문회를 지켜보면서 아쉬운 점이 한두 가지가 아니겠으나, 가장 큰 문제는 국가관이나 국정운영능력 등 폭 넓고 다양한 부문에 관한 전반적인 검증은 도외시한 채, 재산형성과정 등 특정한 분야에만 외곬으로 매달린 것 아닌가 하는 점이다.

끝으로 한 마디 부가하자면, 선남선녀들이 혼인의 연을 맺으려 할 때에도 총각의 부모가 과거에 무엇을 했고, 또 처녀의 부모가 어떤 부류의 사람들인지 알아보고 따져 보는데, 일국의 국무총리에 대한 인사청문회에서 이에 대한 언급이 전혀 없었던 것은 심히 유감스럽다 하겠다.

총리지명자들의 부친이 과거에, 특히 일본제국주의자들이 이 땅을 강점하고 있었던 시절 무슨 일을 했는지를 분명히 밝혀 보았어야만 했다. 민족의 정기를 바로 세우기 위해서라도, 행여 민족반역자나 친일파의 후손이 이 나라의 운명에 영향을 끼치는 고위공직에 앉아서는 안 될 것이기 때문이다.

4 광복 60년, 패전 60년

광복 60년, 패전 60년 / 법대로 하자는데 / 아름다운 전쟁?
여성장관 목 떨어지다 / 이런 역사 저런 역사
일본의 역사교과서 왜곡에 부쳐 / 포로와 개
X파일 해법(解法)

광복 60년, 패전 60년

　4박5일간의 일본여행은 단출하면서도 오붓하니 여유가 있었다. 나고야에서 시작하여 게로온천·다카야마·다테야마 구로베 알파인 루트 횡단·우나즈키·가나자와를 거쳐 도야마에서 여행을 끝마치는 일정이었다. 5월 중순에 해발 2700m 높이에서, 사람 키 몇 배 높이로 쌓인 설벽 사이로 뚫은 도로를 걷거나 또는 차로 달릴 수 있다는 점이 나에게는 가장 큰 매력이었다.

　일본은 어느 지방을 가나 온천이 즐비하다. 그래서 일본여행 하면 으레 온천욕이 필수코스로 받아들여진다. 그래서 그런지 일본을 찾는 패키지 여행객들 중에는 연세 많으신 분들이 꽤 많다. 지난번 일본여행에서도 온천욕은 사흘내리 아침저녁으로 반복되었다. 게로·다카야마·우나즈키에서는 투숙한 호텔이나 여관마다 대중탕이 설치되어 있었다. 노천탕까지 딸려 있고 입욕객이래 봐야 서너 명에 불과하니, 느긋하기가 한이 없을 지경이다. 욕탕에 들어앉아 통유리를 통해 일출을 보기도 하고, 노천탕에서 음악을 들어가며 밤비를 맞기도 하니, 여로에 쌓인 피로가 안 풀릴 이유가 없다.

　하지만 그런 좋은 풍경 속에서도 고민이 딱 하나 있었다. 어쩌면 식자우환이었는지도 모른다. 목욕 나들이를 위한 옷이 객실마다 비치되어 있다. 일본말로 「유가타(浴衣)」라고 하는 것이다. 객실에서 목욕복으로 갈아입은 후, 그 위에 허리를 둘러 띠를 맨다. 그리고는 수건 하나를 손에 들고 나와 엘리베이터를 타고 건물 1층이나 지하 층에 있는 공중욕장까지 이동하게끔 되어 있다.

문제는 목욕복 속에 속옷, 그 중에서도 아랫도리를 걸쳐야 하느 냐 마느냐였다. 복도나 엘리베이터 안에서 얼마든지 목욕복장이 아 닌 사람들, 정장차림의 점잖은 신사숙녀와도 맞닥뜨릴 수 있다는 가 능성이 고민 아닌 고민을 만든 것이다.

첫날은 속에 아랫도리를 입은 채 욕장에 갔다. 욕장에서 옷 입 고 벗기가 좀 불편했다. 그래서 둘째 날 이후로는 벗은 채 아침저녁 으로 욕장을 오갔다. 처음엔 이동하는 도중 행여나 누구와 마주치지 않을까 삵쾡이처럼 살금살금이었는데, 얼마 지나지 않아 엘리베이터 안에서 성장 차림의 숙녀와 맞닥뜨렸는데도 어흥어흥이었다.

아내는 나와 따로 욕장을 오가며 목욕을 즐겼는데, 아내는 평소 무슨 문제가 생겼을 때 웬만하면 나의 의견을 존중하고 또 기꺼이 따른다.

문제가 그것으로 대략 끝난 줄 알았는데 정작 그게 아니었다.

목욕 후 아침식사를 하러 호텔 내 식당으로 내려갔는데, 메뉴는 일본 현지식이었다. 일행 중 나이 지긋하신 한 분이, 목욕복 차림으 로 독상으로 차려진 밥상 앞에 책상다리를 한 모습으로 비스듬히 앉 아 계시는 것이었다. 내가 정답을 잘못 골랐나? 아니면 어르신께서 유별나게 씩씩하신 것인가? 그 날 저녁식사 때는 유행의 바람인지

전염의 바람인지는 몰라도, 아무튼 한바탕 바람이 불어 유가타 차림이 대여섯은 족히 됐다. 여자 두 분도 유가타 차림을 하고는 대견해하는 것으로 보아, 바람이 꽤나 세었던 모양이다.

　　우나즈키는 주부(中部)지방의 산악지대에 위치한 조그마한 마을로서, 부근에 구로베 협곡이 있어 관광객들이 즐겨 찾는다. 일행이 투숙한 호텔의 객실은 다다미가 깔린 일본식 방이었는데, 실내 분위기가 낯설면서도 다른 한편으로는 묘한 기분을 불러일으켰다.

　　호텔 앞 도로건너 공원 내에 족탕이 있어, 저녁식사 후 발을 담그러 가게 되었다. 호텔로비 출입구 부근에 족욕 나들이용 신발이 비치되어 있는데, 나막신들이 주욱 눈에 들어오는 것이었다. 일본인들은 아마 이 신발을 '게다'라고 부르지. 아내는 나에게 양말까지 벗고 나막신으로 바꿔 신으라고 권한다. 하지만 대한의 남아가 어찌 체통 없이 발에 게다짝 나부랭이를 꿴단 말인가. 아내도 끝내 나의 고집을 꺾진 못했다. 나는 구두 차림으로 앞서고, 아내는 슬리퍼 차림으로 뒤에 붙어 서서 족탕으로 향하였다. 온몸으로 땀을 흘릴 정도로 충분히 족욕을 즐긴 우리는, 동네를 한바퀴 돌면서 기분 좋은 산책을 하였다. 음력 사월 열 이튿날의 달은 머리 위에서 파르라니 빛나고 있었다. 중간에 산 과일봉지를 손에 쥐고 호텔로 돌아오는데, 뒤쪽에서 '또각또각' 일정한 리듬으로 울리는 소리가 밤의 정적을 깨는 것이었다. 목탁 소리도 아니고 다듬이질 소리도 아니고, 도대체 저게 무슨 소리일까? 소리는 우리와의 거리를 점점 좁혀오고 있었다. 맞아, 바로 그거다. 다름 아닌 게다소리였던 것이다. 호텔로비로

들어와 뒤따라 들어온 소리의 주인공을 확인하니, 우리 일행을 위한 버스의 운전기사였다.

나는 멋쩍어 웃었고, 그도 어색했던지 따라 웃었다. 그리곤 아무 말 없이 각자의 객실을 찾아 돌아섰다.

여행 나흘째, 일행은 가나자와의 한 호텔에 투숙하였다. 호텔규모는 훨씬 큰데도 건물 내에 대중탕이 없단다.

다들 아쉬워한다. 더 이상 유가타를 입고 활보할 수 없게 된 사실이 무척이나 서운한가 보다. 일행들은 단 사흘 만에 일본의 목욕문화에 푹 빠져버렸던 것이다. 그 순간 나는 우국지사들이 일본군국주의자들에 의한 장장 30여 년의 지배기간 동안, 온갖 협박과 회유를 뿌리치고 조선의 혼을 꿋꿋하게 지키면서 끝까지 버텨낸다는 것이 실로 얼마나 어렵고 또 고통스러운 길이었는가를 새삼 상기하지 않을 수 없었다.

8 · 15 해방으로 우리 민족이 광복을 맞은 지 어언 60년이다. 대동아공영이니 영미구축이니, 그럴듯한 미명 하에 수많은 아시아인들에게 형언할 수 없는 온갖 고통과 치욕을 안겨준 일본군국주의자들이 패전한 지도 역시 60년이다.

일본은 히로시마 · 나가사키 원폭투하 60주년 행사를 근엄하게 치렀다. 일본인들의 엄청난 희생은 부각시키면서도, 자신들이 저지른 피침략국과 피압박민족들에 대한 무자비한 살육과 착취에 대해서는 말이 없다. 잘못에 대해 이전에 한번 사과했으면 됐지, 또 사과를 요구하느냐면서 짜증을 부리고 역정을 낸다.

　패전 60년, 일본과 일본인들은 맥아더 사령부의 지도와 통제 하에 만들어진 평화헌법에 대한 개정까지 들먹이면서, 핵무장화 내지 군사대국화의 길로 서슴없이 나아가고 있다. 이래저래 섬뜩하기만 한 패전 60년이다.

　광복 60년, 대한민국의 대통령은 여름휴가를 마치고 8·15 경축사 준비에 몰두하고 있다. 들리는 얘기로는 애초에 경축사에서 북한에 대한 파격적인 지원방안을 제시하려 하였는데, 뜻밖에도 북한 핵 폐기를 위한 베이징 6자회담이 난항을 거듭하는 바람에 이러지도 못하고 저러지도 못하는 입장이란다. 사실 북한관련 내용은 8·15 경축사로는 걸맞지 않아 보인다. 차라리 6월 25일에 읽는 것이 더 낫지 않을까.

　어련히 알아서 잘들 하겠지만, 북한에 대한 배려와 지원은 남북 간의 평화정착과 민족통일이라는 지상 목표의 실현을 위해 장기적이고 체계적인 프로젝트에 의해 이루어져야 한다.

　최고통치권자의 명예와 개인적인 영광을 위한 것이어서도 안 될 것이고, 특정 정치인을 가까운 장래에 집권여당의 유력한 대통령 후보로 부각시키기 위한 인기관리 차원에서 행해져서도 아니 될 것이다.

　8월 15일에는 대한민국과 일본의 과거와 현재, 그리고 미래의 상호관계에 관한 내용들을 읽어야 할 것이다. 그리고 친일잔재의 청산과 관련하여, 현재까지의 이행내역과 앞으로의 추진계획이 망라된

청사진을 제시하여야 한다. 참여정부는 과거 어느 정권보다도 강한 톤으로 왜곡된 역사를 바로 잡을 것을 내외적으로 천명한 바 있다.

과거청산은 사회지도층과 집권세력의 솔선수범과 자기희생을 전제로 한다. 오늘 우리 곁에는 부친의 만주국 경찰로서의 친일행위와, 독립군 색출과 고문 등 떳떳치 못한 과거 행적이 상당부분 드러났는데도 이에 아랑곳하지 않고, 광복군 장군의 손녀임을 자처해 가며 의연(?)하게 국회의원직을 수행하고 있는 분이 있다. 과연 이를 어떻게 받아들여야 좋을까?

감 놔라 대추 놔라 사사건건 훈수에 여념이 없고, 시도 때도 없이 온갖 말들을 쏟아내기에 겨를이 없는 양반들도 정작 이에 대해서는 일언반구 언급이 없다. 이래저래 답답하기만 한 광복 60년이다.

법대로 하자는데

어느 사회를 막론하고, 사회 전체가 막힘없이 제대로 돌아가기 위해서는 나름대로의 체계구성과 질서유지를 위한 규범이 필요하다. 사회의 형성과 유지과정에서 어떠한 사건이나 분쟁이 발생하였을 경우, 규범의 정확한 해석과 대입, 그리고 공평한 적용 내지 집행이 요구됨은 지극히 당연하다.

현재 우리 사회의 문제점들 중 하나는, 다들 말로는 법대로 하자고 떠들면서도 실제로는 그렇지 않다는 데 있다. 자신들의 잘못에 대해서는 일언반구 언급도 없으면서, 경쟁상대들에 대해서는 사정없이 법의 잣대를 들이대려 하기 일쑤이다. 한 마디로 남의 눈 속 티끌은 보면서도, 정작 자신의 눈 속 대들보는 보지 못하는 격이다.

국민들에 대해서, 특히 일반서민들에 대해서는 무조건 법을 지키라고 요구하고 이를 위반하면 인정사정 두지 않고 강력하게 응징하면서도, 정부나 최고권력자들은 「정치」니 「통치행위」니 하는 요술방망이를 내세우며, 법을 앞장서서 무시하거나 한 걸음 더 나아가 아예 뒤엎어 버리는 경우가 비일비재하다.

최고통치권자인 대통령의 말 한 마디면 아무리 좋은 취지의 법이라도 단박에 무시되거나 심지어 사장되고야 말 정도이니, 일반국민들이 이런 행태 앞에서 과연 무얼 배울 것인가.

법치주의가 제대로 정착되고 또 실현되지 않는 사회를 민주사회라 일컬을 수는 없다. 민주사회란 통치권자의 입에서 민주주의니 자유니 권리니 하는 따위의 말들이 자주 반복된다고 이루어지는 것이 결코 아니다. 정부가 앞장서서 법규범을 스스로 준수하고, 또 법의 적용과 집행을 공정하게 해 나가는 노력을 경주할 때 민주사회는 비로소 실현되는 것이다.

또한 이 사회의 상층계급에 속하는 자들이나 기득권층이 앞장서서 준법의식을 발휘하고, 스스로 자발적으로 법을 준수해 나가는 모범을 보일 때만이 일반국민들도 이와 같은 건전한 사회풍토를 진작시켜 나가는 데 발벗고 나설 것이다.

우리 국민들의 교육열은 지구상의 어느 민족 어느 국가의 국민들보다도 높기로 정평이 나 있다. 그와 아울러 이 땅에서의 기독교 열풍 또한 서양의 선진국가들도 깜짝 놀랄 정도로 가히 대단한 정도에까지 다다르고 있다. 상당한 기간에 걸쳐 이루어지는 학교교육과 기독교 신앙생활을 통한 부단한 학습, 특히 열성적인 목사님들의 설교에 충실하였다면 사회규범으로서의 법 정도는 당연히 지켜야 할 텐데, 현실적으로는 그런 부류의 사람들 중에 가장 기본적인 규범인 공중도덕 내지 공중질서조차도 지키지 않는 자들이 수두룩하니, 나로서는 그 이유를 도대체 알 도리가 없다.

수시로 교통법규 위반하는 뻔뻔함은 넥타이 맨 놈이나 작업복 차림의 녀석이나 똑같다. 담배꽁초 아무데나 버리거나, 서넛 정도 모이기만 하면 주변사람 전혀 의식하지 않고 와자지껄 떠들어대는 것 역시 배운 놈이나 못 배운 녀석이나 똑같다.

공연장이나 경기장에서의 무질서, 유원지나 해수욕장에서의 추태와 산더미같이 널려지는 온갖 쓰레기를 바라보노라면, 이 땅에서의 교육과 종교가 과연 무슨 의미가 있는 것인지 회의에 빠지지 않을 수 없다.

견우와 직녀가 만난다는 칠월 칠석. 2001년도의 그 날은 토요일이었다. 업무를 마치고 아파트인 집으로 퇴근을 해보니, 시끄러워서 정신을 차릴 수가 없었다. 아파트 경계 바로 옆 공터에서 앰프의 출력을 최대한 높여 음악을 틀어놓고, 술에 잔뜩 취한 30여 명의 남녀가 춤판을 벌이고 있는 것이었다. 소란이 잦아들기만을 기다리며 부화를 꾹꾹 눌러 참았으나, 한 시간이 가고 두 시간이 가도 광란은 좀처럼 그칠 기미가 보이지 않았다. 참다못한 나는 반바지 차림으로 현장을 찾아가, 모임의 대표자에게 음악의 볼륨을 줄여 줄 것을 정중히 요구했다. 그러나 돌아온 반응은 술 취한 사람들의 악다구니와 욕설뿐이었다. 술에 잔뜩 취해 있는 사람들을 상대하려 했던 것이 처음부터 무리였던 것은 사실이지만, 그들 모두가 한패가 되어 시종 그렇게 막무가내로 나올 줄은 몰랐다.

그들 중 몇 명이 그 자리에서 당당하게 법들을 거론하였는데, 법대로 해도 자기들이 위반될 게 하나도 없다는 논리(?)였다. 나는

꼼짝없이 그들로부터 법에 대한 희한한 논리의 강의를 듣지 않으면
안 되게까지 되었다.

한 아주머니가 나에게 도대체 뭐 하는 사람이냐고 물어왔으나,
대학에서 법과대학생들을 가르치는 사람이라고 대꾸를 할까 하다가
더 이상 상대할 필요가 없을 것 같아 그만두었다. 나는 그 날 주변사
람들이 어떠한 피해를 입든지 말든지 아랑곳하지 않고, 음악을 최대
한 크게 틀어놓고 아파트 단지에서 빤히 내려다보이는 공터에서 대
낮부터 벌겋게 취해 남녀가 뒤엉켜 춤판을 벌이는 것이 「법대로」란
새로운 사실을 사십사년 만에야 비로소 배울 수 있었다.

아름다운 전쟁?

　세계무역센터의 쌍둥이건물 붕괴와 그로 인한 수많은 희생자의 발생을 가져온 이른바 9·11 테러는, 미국인들뿐만 아니라 전 세계 인들에게 충격과 경악이었다. 20세기 들어서서 두 차례에 걸친 세계 대전을 겪으면서도 단 한번도 적국들에 의한 본토공격을 허용치 않았던 미국인들로서는, 자존심이 상할 정도를 훨씬 넘어서서 그야말로 치욕이었다.

　방심과 자만, 그리고 우월감에 한껏 빠져 있는 상태에서 느닷없이 뒤통수를 얻어맞은 나라는, 우연찮게 다혈질적이고 종교적 신념과 정의감으로 충만해 있는 사람을 최고지도자로 섬기고 있었다. 미국이 심혈을 기울인 끝에 나름대로 제시한 근거가 객관적으로 얼마나 정확하고 또 설득력이 있는지는 몰라도, 오사마 빈 라덴을 9·11 테러의 배후로 지목했다.

　그와 동시에 아프가니스탄의 탈레반 정권이 그를 비호하고 또 지원했다는 낙인을 일방적으로 찍었다. 테러리스트 오사마 빈 라덴의 신병을 미국정부 측에 넘기라는 등, 아프가니스탄 정부로서는 도저히 받아들이기 어려운 선결 조건을 걸었다. 결국 부시정부는 세계

최강의 첨단무기로 무장한 자국군으로 하여금 아프가니스탄을 전격적으로 침공케 명령하였다. 악의 세력을 비호하는 무리나 정부 또한 타도해야 할 대상이요, 미국은 정의를 실현하는 거룩한 신의 대리인이라는 논리를 내세웠다.

오사마 빈 라덴을 사살하거나 체포하지도 못하면서 아프가니스탄의 강토는 갈가리 찢겨 초토화되었고, 무고하게 희생된 사람들의 주검이 산을 만들고 또 그들이 흘린 피가 강을 이루었다. 아프가니스탄은 미군의 가공할 만한 화력에 녹아난 아픈 상처를 뒤로하고, 평온을 되찾은 듯 보인다. 포연이 멎은 후 미국은 새로운 지도자를 내세웠다. 그는 영어에도 능통할 뿐만 아니라 미국이라는 나라를 가장 잘 이해하는 아프가니스탄인으로 보여진다.

얼굴표정도 무척이나 밝고, 또 베스트 드레서라는 호칭에 걸맞게 옷차림도 세련되어 있다.

그의 늘 행복해 하는 모습을 보고 있노라면, 탈레반 정권의 정부군으로서 미군과 맞서 싸우다 포로가 되고, 급기야 쿠바부근에 위치한 미군기지에까지 끌려가 필설로써는 쉽사리 표현할 수 없는 온갖 수모와 곤욕을 치르고 있는 자국의 젊은이들이 안중에 없어 보인다.

미국의 적은 곧 자기에게도 적이라는 논리를 내세워 그가 마음이 마치 돼지같이 편하다면, 그는 한낱 꼭두각시에 불과할 것이다.

진정한 지도자는 스스로의 영달을 추구하지는 않는다. 그는 자신을 바라보고 있는 많은 사람들의 마음 속 근심을 덜어주고, 또 그들의 얼굴에 흘러내리는 눈물을 닦아 준다. 아프가니스탄과 또 그

땅에서 고난의 역사를 면면히 이어가고 있는 아프가니스탄인들이여,
앞날에 영광과 축복이 있으라.

부시정부는 아프가니스탄 하나를 때려부수고 뒤집어엎는 것으
로 9·11 테러에 대한 분풀이를 그치지 않았다.

미국에 대한 직접적인 테러나 테러집단에 대한 지원을 시도할
가능성이 있는 국가를 악으로 설정하고, 악의 싹이 자라날 여지가
있는 온상을 예방차원에서 아예 발본색원하겠다는 의지를 만천하에
공표하였다. 이라크와 이란, 그리고 북한 등 세 나라를 「악의 축」으
로 지목하고, 또 「불량국가」라는 낙인을 몇몇 국가에 대해 찍었다.
사실 이들 국가들과 그 정부 지도자들은 초강대국 미국이 미국 위주
의 세계질서를 형성하고 유지·발전시켜 나가고, 또 그 연장선상에
서 미국식 논리를 일방적으로 주입시켜 나가려는 데 대해 거부의 몸
짓을 하고, 또 독자적인 목소리를 내면서 고분고분하지 않은 측면이
많이 있다 하겠다.

여하튼 미국은 유엔을 통한 이라크 내 대량살상무기 문제의 해
결을 시도하는 듯했다. 1990년대부터 미국주도로 시행되어 온 이라
크에 대한 경제제재와, 이라크 영공의 남과 북에 각 그어진 비행금
지구역 설정 등으로 이라크인들은 특히 경제적으로 많은 고통에 시
달리던 참이었다. 몇 달간에 걸친 유엔산하 전문요원들에 의한 무기
사찰 결과 이라크 내에 대량살상무기가 존재하지 않는다는 결론에
이르렀고, 그에 따라 이라크에 대한 유엔의 군사력 사용방안도 명분

을 잃게 되었다. 이에 대한 유엔 안보리에서의 표결이 미국 측에 불리해질 것으로 예상되자 미국은 이라크 문제의 안보리 상정 및 표결을 포기하고, 영국과 합세하여 2003년 3월 19일 바그다드에 대한 공습을 시작으로 전격적으로 이라크에 대한 전쟁에 돌입하기에 이르렀다.

「이라크의 자유작전」 그리고 「충격과 공포」. 개전 20여일 째에 이른 현재 이라크의 도시들은 폭격과 포화에 그야말로 쑥대밭이 되어 버렸고, 무기를 든 젊은이들은 물론 무고한 시민들의 희생으로 온 나라가 아비규환의 울부짖음으로 가득 차 있다. 이런 와중에도 CNN을 비롯한 세계 각국의 방송들이 전투상황을 연일 생중계하고 있다. 텔레비전을 통해 전투장면을 지켜보는 사람들은 마치 컴퓨터 게임을 즐기듯 화면 속으로 몰입하고 있다. 얼굴표정 어디에서도 희생자들의 참혹함에 대한 연민의 정을 찾아볼 수 없고, 잘못된 전쟁에 대한 분노의 눈빛도 나타나지 않는다.

이라크전을 보도하는 국내방송들은 미군이나 영국군에게 유리한 전투장면을 보도하면서, 어찌된 일인지 미국과 영국의 방송사들보다 더 신이 나 마구 흥분하고 또 한껏 열을 올리고 있다. 최소한 열몇 개 국가의 군대가 한편으로 어울려 싸워야 연합군이라는 호칭이 별다른 거부감 없이 받아들여질 수 있을 터인데, 달랑 두 개 국가의 군대가 한편인데도 말끝마다 연합군 칭호를 매달고 있다. 어떤 명분을 내세우더라도 전쟁은 결코 아름다울 수 없다. 전쟁은 과거에도 그랬고, 현재도 그러하고, 또 미래에도 그럴 것이다. 전쟁은 단지 인간세계의 비극일 뿐이다. 딕 체니 부통령, 도널드 럼즈펠드 국방장관, 폴 월포위츠 국방부 부장관 등 부시행정부 내의 매파들의 전쟁 불가피성에 대한 그럴듯한 논리로도 이번 이라크침공은 정당화될 수 없다. 부시 대통령의 신념에 찬 눈빛과 결연한 어투, 그리고 단호한 제스처로도 이번 전쟁이 아름다워질 수는 없다.

사담 후세인과 이라크는, 아랍민중의 열망에 부응하여 이스라엘에 당당히 맞설 수 있는 아랍권 내 유일한 지도자와 국가로 부각되어 왔던 것이 사실이다. 후세인은 2,500년 전 바빌로니아의 나브 호드 나사르 제왕, 기독교 십자군을 물리치고 이슬람을 수호한 아랍세계의 영웅 살라하 딘, 범아랍 민족주의의 기수 나세르 등 세 영웅을 융합시킨 현대의 아랍영웅으로 거듭날 야망을 품고 있었다.

부시행정부의 이번 전쟁의 목표는 단순히 후세인 정부의 전복에 그치지 않는다는 데 문제의 복잡성과 심각성이 있다 하겠다.

미국은 원유매장량 세계 2위인 이라크를 접수하여 항구적인 원유공급을 스스로 보장하는 등 경제적 이권을 챙기고, 이를 바탕으로 기존 우방인 이집트·사우디아라비아와 피점령국 이라크를 한데 묶어 중동지역의 '친미3대축'을 구축할 계획을 세워놓고 있는 것으로 보인다. 다른 한편으로, 미국은 이같은 이라크에 대한 실질지배를 통해 중동지역에서 반미테러 진압과 이스라엘 보호 등 미국의 전략적 이익 확보까지도 관철할 수 있을 것으로 전망된다.

　　이번 전쟁 역시 미국의 승리로 귀결되어지면 미국의 국제사회
에서의 입김은 한층 더 거세질 것이고, 부시대통령의 콧대는 더욱
높아질 것이다. 미 국민들의 그에 대한 지지도 또한 덩달아 따라올
라 갈 것이다. 내년 대통령선거에서의 재선 가능성도 그만큼 높아질
것이다. 프랑스·독일·러시아 등 미국의 이라크침공을 견제했던
나라들 지도자들이, 전세가 미국 측에 유리하게 기울어지자 전후복
구 사업에의 참여 등 자국의 경제적 이익 확보를 기대하면서, 미국
지지입장으로 선회하고 만 꼴불견은 많은 사람들을 실망시킴과 아
울러 마음을 우울하게 한다. 전쟁이 끝나면, 보나마나 미국은 그동안
에 그들의 뜻에 따라 일방적으로 지출한 엄청난 규모의 전쟁비용을
몽땅 우방들에게 떠넘길 것이다. 백악관에 초대받은 대한민국의 대
통령에 대해 최상급의 의전행사로써 추켜세우면서 능력 이상의 전
비부담을 정중히 요구해 올 경우, 우리의 대통령과 정부는 어떻게
대응할 것인지가 벌써부터 걱정이다.
　　세월은 무심하여 벌써 벚꽃도 만개 시점을 지났고, 봄바람은 달
빛 아래서도 복숭아꽃과 배꽃을 피워 올리고 있다.

여성장관 목 떨어지다

　　독일 연방하원의원선거가 2002년 9월 22일 16개 주 299개 선거구에서 일제히 실시되었다. 예측불허의 혼전 끝에 게르하르트 슈뢰더 총리가 이끄는 집권사민당(SPD)과 요슈카 피셔 외무장관을 대표로 하는 녹색당의 적-녹(赤綠)연합이 에드문트 슈토이버 바이에른 주지사를 당 총재로 하는 기민-기사연합(CDU-CSU)과 귀도 베스테벨레 당수가 이끄는 자민당(FDP)의 흑-황(黑黃)연합에 힘겨운 승리를 거둠으로써 재집권에 성공했다. 이에 따라 최근의 서유럽 각국에서의 연이은 우파정권으로의 교체바람 속에서도 독일의 적-녹 연정은 서유럽 좌파정권의 보루로 한동안 남게 됐다.

　　독일총선을 불과 나흘 앞둔 9월 18일자 튀링겐 주 지역일간지인 「슈베비셰 탁스블라츠」는 헤르타 도이블러그멜린 독일법무장관이 이 날 금속노조원들과의 대화에서 미국의 이라크 공격에 대해 "부시 대통령이 국내정치문제에 대한 관심을 다른 곳으로 돌리기 위한 것"이라며 "이는 대중의 인기를 끌 수 있는 방식으로 히틀러도 마찬가지였다"고 말했다고 보도했다. 여성장관의 이 말 한 마디로 인해 미국은 물론 독일 전체가 발칵 뒤집혔다.

　문제가 일파만파로 확대되기에 이르자, 발언의 장본인은 "이라크전 방법에 대해 언급한 것일 뿐 히틀러라는 말을 사용한 적이 없다"고 곧바로 해명하였다. 슈뢰더 독일총리도 이 같은 기사가 보도된 이틀 후 몸소 부시 대통령에게 사과의 편지를 보내고 진화에 나섰으나, 들끓는 미국의 여론을 잠재우지는 못했다.

　미국의 이라크 공격에 정면으로 반대하는 등 그동안의 슈뢰더 정권의 잇따른 미국 때리기에 불편한 심기를 보여 오던 미국정부의 감정이 급기야 일거에 폭발하고 말았다.

　얼굴표정부터 굳이 다혈질임을 숨기지 않는 부시 대통령이 용수철 튀어 오르듯 분기탱천했고, 콜린 파월 미 국무장관도 발빠르게 요슈카 피셔 독일 외무장관에게 전화를 걸어 강력 항의했다. 콘돌리자 라이스 백악관 안보보좌관은 "독일에서 도저히 용납할 수 없는 발언이 이어졌으며 법무장관이 보도된 발언의 절반만 실제로 말했다 해도 수용할 수 없다"면서, 나이로 보면 큰 언니뻘인 독일법무장관을 서슴없이 질책했다. 그녀는 여기서 그치지 않고 한발 더 나아가 "현재 양국관계는 행복한 때가 아니며 독일이 해악적인 분위기를 만들고 있다"고 핏대를 올렸다.

　총선에서의 대접전 끝에 신승함으로써 재집권에 성공한 슈뢰더 총리는, 총선 바로 다음 날인 9월 23일자로 부시를 히틀러에 비유하여 물의를 빚었던 헤르타 도이블러그멜린 법무장관을 전격 경질하였다.

초강대국 미국의 심기를 불편하게 했다는 이유 하나만으로, 여성장관의 목은 동백꽃 뚝 떨어지듯 단박에 날아가고 말았다.

피서 외무장관은 "세계 최고 민주국가의 대통령을 히틀러에 비유한 것은 커다란 일탈행위"라며, 목 떨어진 여성장관을 가차없이 몰아세웠다. 그는 또 "독일이 나치로부터 해방된 것은 미국 덕분이며, 미국 없이는 통일도 불가능했다"며, 쓸개도 간도 다 빼놓은 채 미국의 비위를 맞추기 위해 맨땅 위를 양 무릎으로 설설 기었다.

여성장관의 가냘픈 목이 떨어지던 날, 덴마크의 코펜하겐에서 개최된 제4차 아시아·유럽정상회의(ASEM)에서는 각국 정상들간에 미국의 이라크 공격문제를 놓고 격론이 벌어졌다고 외신들이 보도했다.

자크 시라크 프랑스 대통령이 "이라크에 대한 어떤 일방적 행동도 반대한다"며, "미국의 일방적 공격이 전 세계에 끼칠 위험을 경고하는 성명을 내자"고 제안하는 등 반기의 선봉에 섰다.

중국 총리와 그리스 총리, 벨기에 총리가 시라크 대통령의 입장에 동조했다. 모하마드 마하티르 말레이시아 총리도 시라크 대통령을 거들었고, 고이즈미 준이치로 일본총리는 진주만 공습에 빗대 미국의 이라크 공격에 대해 사실상 반대의사를 표명하였다. 대한민국의 김대중 대통령이 토론장에서 찬성의사를 밝혔는지, 아니면 반대입장에 섰는지 여부에 관하여는 외신이 전하는 바가 없다. 모름지기 침묵은 금이라 했느니, 쓸데없는 설화(舌禍)를 피하기로는 역시 침묵이 최고라 하겠다.

　　미국의 부시 행정부는 이른바 9·11 테러 이후 「악의 축」이니 「불량국가」니 하는 용어를 거론하면서, 이라크·이란·북한을 이들 범주에 해당하는 국가로 지목하였다. 최근에 이르러 이들 국가 중 이란을 리스트에서 제외하긴 하였으나, 초강대국 미국의 콧대는 꺾일 기세가 없어 보이고 뽑아든 칼의 예리한 날은 냉기에 섬뜩하다. 부시행정부내 매파의 핵심 중 한사람인 콜돌리자 라이스 백악관 안보보좌관은 미국의 목표는 사담 후세인 정권을 축출한 뒤 민주국가로 재건시키는 것이라며, "미국은 이슬람권에서 자유와 민주화의 행진에 매진할 것이다"라고 공언하고 있다. 이 같은 미국의 논리 앞에서는 주권과 국제법규도 한낱 휴지조각으로 전락할 가능성이 없다고 장담할 수 없다. 국민의 정부선택권 정도는 아예 깡그리 무시될 여지도 없지 않아 보인다. 이러한 논리의 고수는 자칫 미국정부의 입장과 미국의 이익이 곧 법과 정의·선이요, 이에 고분고분 따르지 않는 무리는 예외 없이 불법과 악이라는 독단으로 치달을 가능성이 농후하다 하겠다.

　　콘돌리자 라이스의 위와 같은 언급에 대한 마르완 무아세르 요르단 외무장관의 "민주주의는 주삿바늘로 주입할 수 있는 것이 아니다"라는 훈계성 논평은, 그야말로 촌철살인이다.

　　대한민국의 외교부가 미국의 이라크 공격에 대한 논평이나 정부의 입장을 공식적으로 밝혔다는 애기를 들어본 적이 없다. 여차여차하여 목 떨어지는 수난을 당하는 것이 염려되어 장관이 직접 나서는 것이 망설여진다면, 아직까지는 젊음의 잔영이 꽤나 남아 있고 패기 또한 꺾이지 않았을 대변인이라도 한번 내세워 보라.

매들린 올브라이트 전 미국무장관과의 미국식 인사과정에서 상대방의 특정신체부위에 관하여 받은 느낌을 주석에서 거론하여, 한때 장안의 화제가 되기도 했던 대한민국 전외교부장관의 호기나 당돌함까지도 때에 따라서는 필요하다 하겠다.

이런 역사 저런 역사

왕조 시대 나라의 역사를 기록하는 직무를 전담하던 관원이 있었다. 우리들은 그들을 사관(史官)이라 부른다. 조선왕조를 예로 들자면, 우선 국왕과 신료들 사이의 국사와 관련된 일거수일투족이 「승정원 일기」의 형식으로 낱낱이 기록되었다.

이를 바탕으로 사관들에 의해 사기의 초고, 즉 사초(史草)가 작성되었는데, 국왕도 사관들에 대해 이를 보자는 요구를 함부로 할 수 없었다. 국왕이 자신의 행적에 대해 잘 써 달란다고 해서 사관들의 붓놀림이 마치 말이 허공을 달리듯 빨라지지도 않았고, 국왕이 자신의 과오나 치부를 부각시키지 말아 달란다고 해서 사관들의 붓놀림이 마치 등 양쪽에 매달린 솜뭉치 짐이 흠뻑 물먹어 버린 노새의 발걸음 마냥 둔해지거나 머뭇거려지지도 않았다.

사관들은 자신들이 평가하여 기록한 국왕의 행적과 당대에 일어났던 역사적인 사실들에 대한 기록들과 관련하여 본인의 의사와는 전혀 상관없이, 수시로 명멸하는 정치세력들에 의해 필화에 휩싸일 가능성이 많았다.

그로 인해 화가 정통으로 미치는 경우 멸문지화를 당하기도 했고, 또 때로는 부관참시를 당하기도 했다.

투철한 직업의식과 당대의 파수꾼이라는 나름대로의 자부심은, 이들이 목숨을 초개와 같이 여기면서 시종일관 소신과 기개를 꼿꼿이 세워나갈 수 있는 터전이요 원천이었다.

현재의 입장에서 보면 당시의 사관을 만날 수도 없고, 또 역사적 사건들을 직접 접할 수도 없다.

국왕을 비롯한 당대의 인물들과의 접촉도 불가능하다. 하지만 남겨진 옷을 통해 재단사와 옷감, 그리고 그 옷 주인의 체격 등과 관련된 각종 자료의 유추분석이 가능하듯이, 역사의 기록을 통해 우리는 시간적·공간적 제약을 뛰어넘어 사관과 역사적 사건, 그리고 등장인물들에 관한 분석과 구체적 묘사의 단계에까지도 능히 나아갈 수 있다. 그 결과 얻은 지식 내지 데이터를 현재에 대입할 수도 있고, 지혜로운 자는 이를 통해 현실의 어려움을 타개해 나갈 수 있는 오묘한 방책을 이끌어 낼 수도 있다. 자고로 역사는 현재를 비추는 거울이라 했다.

한때「역사 바로세우기」를 정권중반 느닷없이 범정부적으로 거창하게 내세워, 온 나라가 시끌벅적할 정도로 선전해 대며 호들갑을 떤 시절이 있었다.「세계화」라는 구호가 유행한 지 얼마 지나지 않아서였다.

12·12 및 5·18에 대한 책임을 물어 두 전직 대통령을 구속하여 법정에 세우고, 그들의 일련의 집권과정을 군사쿠테타로 규정한 게 전부인 것 같다. 그 결과 과연 역사가 얼마나 바로 세워졌는지 나로서는 알 도리가 없다. 그 무렵 전직 대통령을 포함한 5공 세력이

정치세력화를 시도하였었다는 풍문은 단지 오비이락이었나.

「제2건국운동」을 캐치프레이즈로 내걸어 중앙조직뿐 아니라 전국 일선 시·군 단위에까지 빠짐없이 지부를 설치하고는, 정부예산까지 대대적으로 지원해 가면서 요란법석을 떨던 것도 그리 오래되지는 않은 때의 일이다.

그 결과 과연 제2건국이 되었는지도 모르겠거니와, 누가 무엇을 어떻게 해야 제2건국이 되는 것인지조차 일반국민들로서는 감을 잡을 수 없는 지경이었다. 모이라면 모이고, 깃발을 흔들라면 흔들고….

최근에 이르러 과거사진상규명을 위한 일련의 움직임으로 사회전체가 또 시끌벅적이다.

100년 전의 일까지도 낱낱이 파헤친단다. 그럼으로써 아직껏 청산하지 못한 친일의 유산을 깨끗이 정리하고, 이념대립 및 그로 인한 한국전쟁과정에서 우익이 저지른 만행들까지도 깡그리 파헤치잔다. 집권여당이 이 같은 사업을 정권의 명운을 걸고 밀어붙이는 데는 건전하지 못한 정치적인 목적이 숨어 있다는 비판의 목소리도 들린다.

왜곡된 과거역사를 바로잡는 것은 어느 모로 보나 백번 옳은 일이다. 하지만 이는 객관성과 공정성을 구비한 전문가집단이나 기관에 의해, 충분한 시간을 갖고 구체성 있는 역사적 자료에 입각해 신중하게 이루어져야 한다.

선무당이 병의 치료는 고사하고 생사람 잡듯이, 충분한 준비와 신중한 접근이 결여된 얼렁뚱땅식 작업은 1980년대 이후 그나마 정립되어 가고 있는 우리의 근대사를 뒤죽박죽으로 만들 위험성이 농후하다 하겠다. 100년의 역사와 그 속에서의 숱한 등장인물들에 대한 검증과 재평가, 그 결과로서의 역사 새로쓰기는 노 대통령의 잔여임기 전부의 투입으로도 턱없이 부족하다 하겠다. 더구나 조국이 통일되면, 어떤 식으로든 우리의 근대사는 다시 씌어질 수밖에 없다.

대통령이 재임기간 중 이것저것 다 하려 과욕을 부리다가는, 결국 한 가지도 못하게 마련이다. 한 가지만이라도 집중하여 임기 중 제대로 마무리하는 편이, 통수권자로서도 국민들에게도 훨씬 낫다 하겠다.

혹시 노 대통령이 스스로를 사관으로 알고 있거나, 또는 직접 사관의 역할까지 수행하겠다는 것은 아닌지 적이 걱정이다.

일본의 역사교과서 왜곡에 부쳐

2001년 4월 3일 일본의 후소샤(扶桑社)판 중학교 역사교과서가 일본국 문부과학성의 최종검정을 통과하자마자, 잠시의 쉴 틈도 없이 이에 대한 논쟁과 상호 공방이 한·중·일을 비롯한 동남아국가들을 중심으로 치열하게 전개되었다. 특히 과거 일본제국주의자들에 의한 식민통치를 거치며 온갖 치욕과 수탈을 몸소 겪어야만 했던 국가와 그 국민들이 느끼는 소회는 착잡하기 그지없는 것이었다. 일말의 양심이라도 가진 사람이라면 누구라도 명명백백한 역사적 사실을 감추고, 또 왜곡하고자 시도하는 저들의 뻔뻔스런 행태에 대해 분노하지 않을 수 없을 것이다. 역사왜곡을 시도하는 일본 내 우익 세력의 현금의 작태는, 마치 손바닥으로 하늘을 가리고자 시도하는 꼴과 다르지 않다 하겠다.

문제가 된 위 역사교과서는 그 본류를 거슬러 올라가 보면, 자민당우파, 우익단체인 「새로운 역사교과서를 만드는 모임(새역사 모임)」, 「산케이신문」을 비롯한 우익언론 등 삼두마차가 만들어 낸 합작품이라 할 것이다.

일본의 집권여당인 자민당 내 「일본의 전도와 역사교육을 생각하는 젊은 의원모임」(회원 100여 명)이 지난 4월 5일 자민당 본부에서 총회를 열어, 한국과 중국의 반발에도 불구하고 문제의 역사교과서가 무사히 최종검정을 통과한 데 대해 쾌재를 불렀다는 대목에서는 아연실색하지 않을 수 없다.

자신들 또는 그 선배들이 짐승으로 표변하여 저지른 추악한 반인륜적 만행에 대해서는 일언반구 사죄의 표명조차 없이, 당돌하게도 교과서 내용 중 종군위안부 기술의 삭제를 기도하였다. 그들은 정신대 관련부분에 대한 삭제의 변으로 "딸이 마침 중학교에 들어가는 나이이다. 딸이 그런 역사교과서를 배운다는 것을 도저히 용납할 수 없다"라고 내뱉고 있다.

외신보도에 따르면, 자민당 우파·산케이신문·새 역사 모임은 검정통과의 여세를 몰아 앞으로 교과서 시장 10% 점유목표를 달성하기 위해 전력을 기울일 것이라고 한다. 보나마나 그들 우익연대세력은 내친 김에 천황제 국가로의 복귀, 헌법개정, 핵무장 등 군국주의에로의 회귀를 획책하려 할 것이다. 일본사회의 전반적 우경화 경향은 근본적으로는 「만세일계의 황국」이라는 민족우월의식에 기초하고 있다 하겠다. 비근한 예로 임나일본부설의 날조, 임진왜란, 태평양전쟁시의 동아시아 국가침략, 이른바 대동아 공영권의 제창 등도 일본군국주의자들의 근거 없는 민족우월의식의 표출이라 할 것이다. 일본우익세력의 역사교과서 왜곡시도는 왜곡관철이라는 당면한 목표가 달성됨으로써 끝날 성질의 것이 아니라는 데 문제의 심각성이 있다 하겠다. 과거 군국주의시절에 대한 향수는 일본 내 우익

세력들로 하여금 천황제 국가로의 복귀와 핵보유를 포함한 재무장, 국제분쟁에의 개입 및 주변국에 대한 도발과 침략의 길로 줄달음치게 할 것이다. 최근의 일본경제의 침체에 따른 사회적 불안을 타개하기 위해서라도, 1930년대의 역사가 보여주었듯이 정·경 야합에 따른 군국주의 내지 파쇼정권이 또 다시 탄생하지 않으리라는 보장이 없다 하겠다.

그렇다면, 일본에서 한창 벌어지고 있는 역사교과서 왜곡과 우익연합세력의 호전적이고 시대착오적인 일련의 작태에 대해 대한민국 정부와 국민은 어떻게 대응해야 할 것인가. 현재 이에 대해 대한민국 정부가 연이어 취하고 있는 조치들이 과연 적정한 것인가.

우선 대한민국 정부는 여러 가지 정황으로 미루어 보건대, 일본 측의 역사교과서 왜곡에 대해 정면으로 대응하지 않고 소극적인 태도로 일관해 나가기로 계획했었던 것으로 보여진다. 당연한 결론으로서 중국정부로부터의 공동대응제안을 일거에 거절하였다. 대한민국 정부로서는 최근에 이르러 미국정부와의 관계가 소원해진 터에 일본과의 관계마저 악화되는 것을 여러모로 바라지 않았고, 더구나 2002년 월드컵 공동개최를 앞두고 일본과의 우호협력을 무엇보다도 절실히 필요로 하였는지 모른다. 하지만 국민들의 비난여론이 비등하자, 뒤늦게 강경 자세로 선회하였다. 비난성명을 발표한다, 상대국 대사를 불러 엄중 항의한다 하더니, 급기야 덜커덕 주일한국대사를 소환하기까지에 이르렀다. 정부는 일관성을 유지하지 못한 채 대사 소환한 지 며칠 지나지 아니하여, 귀임의 명분과 시간을 부지런히 저울질하는 저자세를 드러냈다. 주권국가로서의 자존심과 권위 따위는 안중에 없어 보이니 시종 답답할 뿐이다.

식민지상태에서 벗어나 어엿하게 독립국가를 세운 지도 반세기 이상의 세월이 흘렀으니, 이제쯤은 정부나 국민이나 성숙해질 때도 되지 않았나.

꼴뚜기 뛰니까 망둥이도 덩달아 뛰듯이, 즉흥적으로 주먹구구식으로 처신하지도 말지어다. 오도방정 떨 듯 시끌벅적 마냥 뛰다가, 제풀에 지쳐 이내 돌아서서 까맣게 잊어버리지도 말지어다. 일관성을 유지하고, 논리적·체계적이면서 또 집요하면서도 나름대로의 품위는 지켜가면서 하나하나 문제를 풀어가야 할 것이다.

일본측의 역사왜곡에 대해 분기탱천해 있는 대한민국의 시민 여러분!

여러분들은 왜 우리 선조들의 살아 있는 역사인 고조선의 역사와 발해의 역사를 무시하거나, 심지어 부정하려 하시는가. 불철주야 하느님과 예수를 부르짖으면서도 국조 단군을 경배하지 아니하고, 심지어 그 존재조차 부정하려 하시는가. 초등학교 교정에 세워진 단군상의 목을 잘라내고, 또 동네어귀에 서 있는 장승의 하반신을 마구 베어내시는가. 그대는 조상 없이 오로지 신의 섭리에 의해, 어느 날 불쑥 이 땅에 뚝 떨어져 내린 진귀한 존재란 말씀인가요.

남의 나라 역사왜곡을 탓하기 앞서, 우선 우리의 역사부터 제대로 알아야 할 것이다. 집안에 들어와 물건을 훔쳐 가는 도둑을 원망

한다고 해서 도둑이 발길을 끊지는 않는 법이다. 도둑을 막기 위해서는, 집안의 사람들이 늘 깨어 있어야 하거나 방범시설을 설치하여야 한다. 두 가지 조건이 겸비된다면, 도둑은 결코 발을 붙이지 못할 것이다. 이와 같은 방식으로 대한민국 정부와 국민은 일본측 교과서 왜곡에 대응해 나가야 할 것이다.

포로와 개

인간세계에서 일어날 수 있는 극적인 상황이나 사태를 보통은 말이나 글로써 묘사한다. 때로는 객관적인 사실이나 모습을 제3자적인 입장에서, 있는 그대로 물 흐르듯 자연스럽게 전달하는 형태를 띠기도 한다. 때로는 관찰자의 주관이나 감정을 한껏 가미하고 또 각색하여, 실제 모습과는 상당히 동떨어진 모습으로 다가오기도 한다. 두 점 사이의 간극에 여론조작이나 군중선동의 피묻은 이빨이 숨겨져 있기가 십상이다.

온갖 말과 글 앞에 인간은 웃고 또 운다. 독한 마음이 일시에 와르르 무너지기도 하고, 반대로 철천지 원수지간이 되기도 한다.

한 마디 말이나 글로 인해 일순간에 흥하기도 하고, 패가망신하기도 한다. 인간세상에서 말과 글의 위력은 개인 사이에서만 발휘되는 것이 아니다. 집단과 집단, 국가와 국가 사이에서의 그것은 개인 간의 그것에 비해 훨씬 커질 수밖에 없다 하겠다. 모름지기 언변과 문장력이 남들보다 조금 낫다고 해서 이를 자랑하거나 까불 일이 아니다.

그런데 경우에 따라서는 달랑 한 장의 사진이 극적인 장면을 장황한 말이나 글보다 훨씬 더 적확하게 포착하고, 또 한결 더 실감나게 전달하기도 한다. 베트남전쟁에서 네이팜탄을 피해 벌거벗은 채 울부짖으며 달아나고 있는 소녀의 모습이 들어 있는 한 장의 사진이나, 아프가니스탄 내전에서 온갖 시련을 몸소 겪고 난 젊은 여인의 잔뜩 겁에 질려 있는 두 눈이 클로즈업된 얼굴사진이 바로 그런 경우라 하겠다.

이라크 주둔 미국 여군이 벌거벗겨진 채 시멘트바닥에 모로 나자빠진 이라크인 포로의 목에 묶인 길다란 끈을 한 손으로 잡아끌고 있는 모습의 사진은, 말이나 글로써는 도저히 전달할 수 없는 충격과 분노와 전율을 적나라하게 꽂아 넣고 있다. 사진 속에서의 한 남자는 더 이상 사람이 아니다. 그는 단지 한 마리 불쌍한 개일 뿐이다.

또 한 장의 사진. 이라크 아부 그라이브 교도소 내에서 한 이라크인 남성이 벌거벗겨져 잔뜩 겁에 질린 모습으로, 철창 앞에 어정쩡하게 서서 미군 군견인 세퍼드 두 마리로부터 위협받고 있다. 사진 속 포로 정면에 위치한 미군의 오른쪽 손은, 포로에게 좀더 앞으로 나와 서라는 지시의 손가락질을 보여주고 있다. 이 사진 속의 이라크 남자 또한 더 이상 인간이 아니다. 그는 개보다도 못한, 단지 소모적인 물건에 불과할 뿐이다.

사진 한 장 속에 위선과 악마의 본성, 치욕과 모멸이 뒤죽박죽 엉클어져 있다.

개(?)의 목줄을 잡고 있는 미국 여군은 소녀티를 겨우 벗어난 앳된 얼굴이다. 시골 고향에서 고등학교를 졸업하고 닭 가공 공장 등에서 일하다가, 대학진학 등록금을 마련하고자 지원입대 하였다지.

사진 속의 학대받고 있는 이라크인들이 이라크 전쟁 중 미국군에 의해 포로로 잡힌 이라크 군인인지, 아니면 민간인인지조차도 우리들로서는 알 수가 없다. 그들이 민간인 신분이라면 문제는 더 복잡해지고, 파장은 더 커질 수밖에 없다. 포로에 관한 국제법규로서는 1907년의 「육전(陸戰)의 법규관례에 관한 규칙」과 제1차세계대전 이후에 체결된 「포로의 대우에 관한 조약」이 기초로 되어 있다. 제2차세계대전이 끝나고 1949년에 이르러, 제네바에서 개최된 외교관회의에서 포로에 관한 조약의 개정이 제안되어 앞서 본 두 조약을 통일한 좀더 상세한 조약이 체결되었다.

이것이 곧 현재까지도 국제사회에서 규범력을 유지해 오고 있는 「포로의 대우에 관한 조약」이다. 사람들은 통상 이를 「제네바 협약」이라고 칭하고 있다.

이번에 공개된 사진들은 인간의 존엄성과 가치를 최상의 이념으로 내세우고, 줄곧 자유민주주의의 파수꾼·세계의 경찰을 자부해 오고 있는 미국이라는 나라와 정부·군대가 국제법을 정면으로 어겼다는 사실을 여지없이 보여주고 있다. 인간의 존엄성은 고사하고 인간을 개로 만들거나 개만도 못한 존재로 전락시켰으니, 이런 경우라면 누구라도 열 개 입으로도 할 말이 없어야 한다.

미 중앙정보국(CIA)과 미군이 1993년 포로의 친척 협박·눈 가리기·옷 벗기기 등의 강압적인 방법이 포함된 「인적자원 착취 훈련 매뉴얼」을 개발하였음은 이미 언론을 통해 보도된 바 있다. 이 같은 지침에 따라 미 국방부는 2003년 4월 쿠바의 관타나모 미 해군기지에 수용된 600여 명의 아프가니스탄 포로들에게 강렬한 빛과 열, 굉음에 노출시키고 또 발가벗기기·수면박탈 등 강압적인 신문방법을 사용할 수 있도록 승인한 바 있다.

따라서 2003년 10월 말부터 같은 해 12월 초순 사이에 이라크 내 아부 그라이브 교도소에서 집중 발생한 포로학대는, 군 정보기관과 CIA의 신문 전 포로 길들이기 요청을 받은 현장미군들의 편법적인 협조에 따른 것일 가능성이 농후하다 하겠다. 포로학대 혐의로 군사재판에 회부된 미군병사들 본인과 그들의 동료·가족 친지·변호인들의 말에 의하더라도 이 같은 가능성을 쉽게 엿볼 수 있다.

문제는 2003년 5월부터 이미 국제사면위원회(Amnesty International)가 미·영국군의 이라크 포로 가혹행위를 계속 고발했었고, 국제적십자사도 2003년 3월 말부터 무려 스물아홉 차례나 포로수용소들을 방문하고, 수차에 걸쳐 미군 관리들에게 문제점을 지적해 왔음에도 이 같은 있을 수 없는 일들이 저질러졌다는 데 있다 하겠다.

미국의 부시 행정부는 이라크의 사담 후세인 정권에 대해 미국 정부의 이름으로, 또는 국제연합의 이름으로 핵사찰을 강요한 바 있다. 당시 국제사회에서는 명백한 주권침해라는 공감대가 폭넓게 형성되었었다. 후세인 정권이 9·11 테러와 연결되어 있고, 또 이라크 내에 WMD, 즉 대량살상무기가 존재한다는 단정 하에 대테러전쟁의 명분을 내세워, 전격적인 바그다드 공습을 시작으로 이라크 전쟁에 돌입하기에 이르렀던 것이다. 이 같은 명분을 바탕으로 부시행정부는 전 세계 국가들에 대해 참전을 요구하였던 것이나, 후세인 정권이 9·11 테러와 직접 관련되어 있다거나 이라크 내에 대량살상 무기를 비축하거나 은닉하였다는 사실을 인정할 증거를 끝내 찾아내지 못하였다. 이 같은 상황 하에서, 미국의 이라크 침공은 이라크 내의 막대한 양의 석유자원 확보를 위해 이루어졌다는 주장이 설득력을 얻어가고 있다.

이라크는 일찍이 티그리스강과 유프라테스강을 끼고 인류4대문명 중 하나인 메소포타미아 문명을 일으켰던 지역이다.

기원 수천년 전부터 흥망성쇠를 거듭하긴 하였으나, 일시적으로 타민족이나 타국에게 점령된 적이 있었을 뿐 완전히 망해 없어진 적은 단 한번도 없었다.

알렉산더 대왕의 동방정벌 이래 로마의 영토확장, 십자군 원정 등 서양세력의 부단한 침략 때마다, 두려워하지 않고 항상 꿋꿋하게 맞서 고난의 투쟁을 벌였고 그로써 동양을 지켜냈다.

미군들에 의한 이라크 포로 학대사건과 관련하여 아이로니컬한 것은, 이 같은 사건이 직접 피해당사자인 이라크 포로들에 의해 외부에 폭로된 것이 아니라, 가해자인 미군들이 평소 가까이하고 또 즐기는 디지털 카메라와 인터넷 동영상을 매개로 하여 급속하고도 또 전 세계적으로 퍼져나갔다는 사실이다.

조지 부시 대통령은 이번 사건에 대해 사과한다고 말했다지만, 구체적으로 무엇에 대해, 누구에게, 어떻게 사과하겠다는 것인지 애매모호하기 짝이 없다.

도널드 럼즈펠드 국방장관에 대한 교체요구에 대통령은 한술 더 떠서, 장관은 일 잘하고 있다면서 적극적으로 두둔하고 또 옹호하고 나섰다. 대통령의 오만함이 한껏 드러나는 장면이다. 후세인 정권의 전복과 이라크 점령으로써 승전가를 한껏 드높이고, 더불어 자신에 대한 국민들의 지지도를 하늘 높은 줄 모르게 끌어올렸던 부시 대통령은 역설적으로 너무 나아간 탓에, 아버지의 징크스를 물려받아 올해 당장 재선에 실패할 가능성이 커졌다는 우려를 불식시킬 수 없게 되었다.

민주당 대통령 후보인 존 케리 상원의원은 이 같은 절호의 기회를 놓치지 않고, 고기가 물 만났다는 듯 "우리는 단지 새로운 국방장관이 아니라 새 대통령을 필요로 하고 있다"면서 기염을 토하고 있다.

인생은 새옹지마요, 호사다마라.

애야! 여기 잔 비었다, 술 한잔 가득 따라 봐라.

X파일 해법(解法)

초(楚) 장왕(莊王)이 전투에서의 승리 직후에 신하들의 노고를 치하하기 위해 주연을 베풀었다. 분위기가 한창 무르익었을 무렵 느닷없이 돌풍이 불었다. 그 바람에 방 안의 불이 일시에 꺼져 버렸다. 장웅(蔣雄)이란 이름의 장수가 그 틈을 놓치지 않고, 왕이 총애하는 시녀의 입술을 덮쳤다. 시녀는 그의 갓끈을 끊어 움켜쥐고는, 왕에게 자초지종을 고했다. 당장 불만 켜면 왕의 권위와 존엄을 폄훼한 범인은 그 자리에서 뎅강 목이 날아갈 판이었다.

왕은 불을 켜지 못하게 조치했다. 큰 소리로 주연에 참석한 모든 신하들에게 갓끈을 떼어 집어던질 것을 명하였다. 그러고 나서야 불을 켜게 했다. 왕은 아무 일 없었다는 듯 연이어 신료들에게 술잔을 돌렸고, 밤이 이슥해서 잔치는 기분 좋게 끝났다.

장웅은 왕의 이 같은 관용과 아량에 감복하여, 훗날 초(楚)가 진(秦)과 격돌했을 때 왕의 은혜를 갚았다. 진군에게 패한 왕이 절체절명의 위기에 빠지자, 하나뿐인 목숨을 기꺼이 내던져 왕을 구해 낸 것이다. 여기서 절영지회(絶纓之會)란 고사성어가 비롯됐다.

한때 천하를 호령하던 원소가 그 막강한 군사력에도 불구하고

조조군에게 대패했다. 안하무인과 자만 끝에 스스로 불러들인 화였다. 원소는 제 한 몸 추슬러 달아나기에 급급했을 정도로 경황이 없었다. 그를 쫓아 강을 건너 목숨을 부지한 군사가 겨우 800기였다. 이때 죽은 원소의 군사가 무려 8만여 명, 조조군의 완승이었다. 조조는 원소가 버리고 간 산더미같이 쌓인 금은보화와 비단을, 공을 세운 군사들에게 골고루 상으로 나눠주었다. 전리품을 정리하는 과정에서, 서책과 문서들 더미 속에서 편지 한 묶음이 발견되었다.

모두가 허도에 있는 대신들이나 자신의 부하장수들이 원소와 내통하면서 주고받은 것들이었다. 좌우에 도열해 있던 막료들이 언성을 높였다. "모조리 밝혀내 죽여야 합니다. 이런 자들과 어떻게 하늘을 함께 일 수 있겠습니까?"

조조는 잠시 생각에 잠기고 나선 빙긋 웃어 보였다. "원소의 세력이 강할 때는 나조차도 마음이 흔들렸다. 내가 그랬을진대, 하물며 다른 사람들이야 말해 무엇 하겠느냐?"

그리고는 한 치의 망설임도 없이 추상 같은 명을 내려, 묶음도 풀지 않은 채 전부 태워 버리게 했다. 좌우를 천천히 둘러보면서 평소보다 톤을 낮춘 느릿느릿한 목소리로 단호하게 명령했다.

"앞으로 이 일은 두 번 다시 입밖에 내지 않도록 하라."

「독수의 과실(毒樹의 果實, fruit of the poisonous tree)」이론이 있다. 쉽게 말해 독이 있는 나무의 열매 역시 독이 들어 있을 수밖에 없다는 얘기다. 조금 어렵게 말하자면, 위법하게 수집된 증거에 의해 발견된 제2차 증거의 증거능력 자체를 부정하는, 형사소송법상의 증거법칙과 관련한 기초이론이다. 적법절차의 보장과 위법수사의 억제를 근거로 하고 있다. 위법수집증거가 배제되더라도, 과실의 증거능력이 인정되면 배제법칙이 무의미하게 되므로 이를 허용해선 안 된다는 것이다.

국가정보원의 전신인 국가안전기획부에 의해 저질러진 불법 도·감청과 그 결과물로서 대화내용 일부가 시중에 유포되거나, 또는 검찰에 의해 압수된 270여 개의 도청테이프로 인해 사회 전체가 시끌벅적이다. 이른바 X파일에는, 대통령 선거를 앞둔 시점에서의 각당 후보진영과 내로라하는 재벌간의 온갖 흑막과 뒷거래를 추정케 하는 내용들이 상당부분 포함되어 있다 해서 난리다. 시민사회단체들이 벌떼처럼 일어나 문제의 재벌과 관련자들을 집중 성토하더니, 급기야 확인되지 않은 추단을 근거로 재벌관련자들을 무더기로 검찰에 고발하기에 이르렀다. 이에 화답하기라도 하듯 검찰은 즉각 수사에 착수하였다.

국가기관이 언제, 어디서, 어떤 방법으로 국민의 대화를 불법 도청하였느냐가 당연히 사안의 핵심이 되어야 함에도 불구하고, 검찰의 벼린 칼날은 X파일의 내용까지도 겨냥해 들어가고 있다. 아이러니컬하게도, 형사소송법상 대표적인 기초원칙 중 하나인 「독수의 과실」이론이 이 나라의 법조엘리트들에 의해 흔들리고 있다.

작금의 사태와 관련하여 정부·여당은 특별법 제정을 주장함과 아울러, 국회에 법안을 제출해 놓고 있다. 수사는 검찰에서 전담하는 것을 전제로 미림팀장이었던 공운영 씨에게서 압수한 도청테이프 274개에 대해, 제3의 기구가 공개와 보존·폐기 여부를 결정토록 하자는 것이 골자다. 대통령까지도 국민의 70퍼센트가 공개를 원한다면서, 「국민의 알 권리」와 공공의 이익을 명분으로 내세우고 있다. 이에 반해 야4당은 특검법안을 공동 발의하였다. 이 법안에는 도청테이프의 공개 여부를 특검이 결정하자는 내용이 담겨 있다. 그 동안 정치적으로 민감한 사안에 관하여 검찰이 집권세력과 정치권의 압력과 영향력을 뿌리치고, 대다수의 국민들이 공감할 수 있을 정도로 소신껏 수사한 적이 없다는 현실론을 들고 있다.

특별법이든 특검법이든 수사의 주체만 달리할 뿐, 양자 공히 은연중 도청테이프의 공개와 그 내용에 대한 수사확대의 냄새를 물씬 풍기고 있다.

하늘이 두 쪽 나더라도, 법의 대원칙이 훼손되거나 무시되어서는 안 된다. 검찰이 수사를 계속하든 아니면 특검이 수사권을 부여받아 독자적으로 수사에 착수하든, 국가정보기관과 소속 기관원들의 국민들에 대한 불법 도·감청 및 유출행위만을 수사의 대상으로 삼아야 한다. 국가정보기관에 의해 만들어진 모든 도청테이프와 녹취록 등 일체의 자료는 하나도 남김없이 폐기되어야 하고, 그 내용에 관하여는 현재 일부 유포된 것까지 포함하여 모두 불문에 부쳐야 할 것이다. 아무리 여론이 무서운 세상이라 해도, 여론의 이름만으로는 법치주의의 근간과 각 개인의 인간으로서의 존엄과 가치, 국가로부터 보호받을 국민으로서의 기본적인 권리까지 침해할 수는 없다 하겠다.

　청와대의 패기만만한 참모들은 여태껏 삼국지도 안 읽어 봤나?
폼 나는 행정 각부의 장과 대통령직속 위원회의 신수 훤한 대표들은
윗분에게 언제, 무슨 말씀들을 올리시려고, 똑같은 모양새로 입들을
꽉 다물고 계시는가?
　변변치 못한 동탁에게도, 휘하에 이유(李儒)라는 이름의 현명한
모사 한 사람 정도는 있었다.

박상엽 에세이의 재미

송 하 섭 / 단국대 교수, 문학평론가

1.

　전공 분야가 달라서 비교적 늦게 사귀었지만 오랜 친구처럼 가까워진 박상엽 변호사, 아니 이미 세 권의 에세이집을 발간하니 박상엽 에세이스트, 그리고 글 속에 나타난 것처럼 여행가 박상엽 씨가 세 번째 수필집『이런들 어떠하리, 저런들 어떠하리』를 상재한다면서 해설을 부탁해 왔다. 아침 열시에 도착한 원고를 들고 읽기 시작했는데 초저녁까지 한 자리에서 다 읽어 버렸다.

　이는 나에게 있어서 확실히 이변이다. 평소에 잘 아는 분의 원고라는 것을 감안한다 하더라도 또 읽고 소감을 써야 한다는 의무감을 생각한다 하더라도 한 권의 원고를 앉은 자리에서 완독하다니. 지금까지 어떠한 수필집도 그렇게 한 자리에서 단번에 읽은 일이 없기 때문이다. 아무리 생각해도 신기한 일이어서 그 이유가 무엇일까를 곰곰이 생각해 보았다.

　그것은 아무래도 글이 재미있었기 때문이었다. 재미가 있다고 해서 무슨 코미디나 재담 같은 것이 아니요 그의 인격이 배어 있는 진지성이 물 흐르듯 거침없이 토로되고 있는 그 글 흐름의 재미에 있었던 것 같다. 그의 글을 읽노라면 가끔 주석에서나 공적인 자리에서 만나 대화를 나눌 때 느끼었던 그의 인간적인 정취가 새록새록 번져 나오면서 내면 깊숙이 감춰 놓았던 해박한 지식들이 번쩍번쩍 튀어나와 나를 감동시키는 것이 아닌가. 아마도 평소에 그를 아는 사람들은 대부분 이 책을 읽으면서 동감하리라 생각한다.

　아는 사람의 글이라고 해서 다 그렇게 재미있게 읽혀지는 것은 아니다. 거기에는 글이 지니는 특별한 매력이 있기 때문이다. 그 매력을 찾아 쓰는 것이 부탁에 대한 예의가 아닐까 생각하면서 일별해 보기로 한다.

　어차피 인생이란 하나의 여정이다. 이 여정은 사람마다 천차만별로 다르고 그 길을 가는 방법도 각양각색이며 가며 생각하고 느끼는 것도 누구 한 사람 다른 사람과 같을 수 없는 운명이기에 인간은 개성적일 수밖에 없다. 글은 바로 그 개성의 표현이다. 그래서 글은 곧 그 사람이다. 특히 수필의 경우에는 그 사람의 철학, 그 사람의 인격, 그 사람의 정서, 그 사람의 성격이 그대로 표출되어 있다고 할 수 있다. 이번 "이런들 어떠하리, 저런들 어떠하리"에도 인간 박상엽의 모든 것이 고스란히 투영되고 있다는 것을 확인하게 된다. 이는 이 글의 매력이 바로 에세이스트 박상엽의 매력이라는 것을 이야기하려는 것이고 이 글의 매력 찾기 역시 인간 박상엽의 매력을 찾는 길이 될 것이라는 것을 강조하려 하는 것이다.

2.

먼저 따뜻한 정서와 냉철한 이지가 아름답게 조화를 이루고 있다는 점이다. 우리는 항상 이 감성과 이성의 균형을 이야기 하면서도 그렇게 되기가 대단히 어렵다는 것을 체험한다. 자칫 사물을 지나치게 감성적으로 바라보다가 자아도취에 빠지는 경우가 있고, 반대로 너무 이성적으로 따지다가 인간성을 상실하는 경우가 있는데 그의 글 속에 나타난 이 두 요소의 조화는 참으로 신비로울 정도이다.

봄은 때가 되면 다 알아서 온다. 왜 더디 오느냐고 닦달하거나 군소리한다고 해서 걸음을 재촉하지도 않는다. 꽃 소식을 머리에 얹고 노랑나비 앞장세우고 나풀나풀 춤추면서 온다. 봄은 우선 훈훈한 바람으로 얼음을 녹이고, 또 대지에 온기를 불어넣는다. 그러면 아지랑이는 누가 시키지 않아도 저절로 피어오르게 마련이다. 봄이 북녘을 향한 여정을 계속하다가도 인심 좋은 동네 주막에서 주모의 눈웃음에 홀려 주흥이 무르익기라도 하면 사나흘씩 눌러 앉기는 예사렷다. 그러다 보면 여남은 날 늦을 수도 있는 게지.

— "겨울의 끝자락" 중에서

하늘이 두 쪽 나더라도 법의 대원칙이 훼손되거나 무시되어서는 안 된다. 검찰이 수사를 계속하든 아니면 특검이 수사권을 부여받아 독자적으로 수사에 착수하든 국가 정보기관과 소속 기관원들의 국민들에 대한 불법 도·감청 및 유출행위만을 수사의 대상으로 삼아야 한다. 국가 정보기관에 의해 만들어진 모든 도청 테이프와 녹취록 등 일체의 자료는 하나도 남김 없이 폐기되어야 하고 그 내용에 관하여는 현재 유포된 것까지 포함하여 모두 불문에 부쳐야 할 것이다. 아무리 여론이 무서운 세상이라 해도 여론의 이름만으로는 법치주의의 근간과 각 개인의 인간으로서의 존엄과 가치, 국가로부터 보호받을 국민으로서의 기본적인 권리까지 침해할 수는 없다 하겠다.

— "X파일 해법" 중에서

위의 두 글을 읽으면서 한 작가의 글인가 의심스럽지 않은가. 같은 작가이지만 자연을 대했을 때와 사회를 대했을 때 이렇게 다를 수가 있구나 하고 감탄하지 않을 수 없다. 봄을 의인화해서 자연의 순환을 묘사한 앞의 글은 우리나라 어느 서정시인의 시세계보다도 서정적이라 할 수 있는데 참여정부의 반환점에 돌출되어 나온 이른바 국정원의 X파일 문제에 관하여 그의 냉철한 판단과 주장은 이렇게 이지적이다. 이는 그의 삶이 정적이어야 할 자리와 이지적이어야 할 자리를 명확하게 구분되고 있다는 것을 말하여 주고 있다고 할 것이다.

여기서 지적하고 싶은 것은 비단 문체적인 것만을 이야기하는 것이 아니다. 사람들은 자신들의 힘으로는 도저히 어쩔 수 없는 자연의 이치에 대하여 조바심을 치고 안달하면서 불평들을 하고 있지만 그래서는 안 된다는 말하자면 자연에의 순응을, 자연과의 조화를 말하고 있는 것이다. 우리 인생은 순응하면서 행복을 추구해야 할 것과 우리의 의지로 극복하면서 살아가야 할 이중적 운명에 놓여 있다. 그런데 그것을 거꾸로 인식해서 불행을 자초하는 경우가 얼마나 많은가. 그는 이 같은 삶의 지혜를 글 속에 담고 있다고 하겠다. 그래서 그는 이따금씩 자기의 마음을 꺼내보기 위하여 기꺼이 개심사에 간다는 것이다. 일주문 앞 간이주점의 육자배기 잘할 것 같은 늙은 주모에게 들러 녹두전을 안주로 막걸리를 몇 사발 들이켜는 재미를 쏠쏠하게 느끼면서 산다는 것이다("개심사 가는 길"). 그는 이러한 사는 방법의 연장선상에서 수많은 산행을 하고 국내외 여행을 한다. 이 책의 많은 글들이 산행을 하고 여행을 하는 것으로 채워지고 있는데 우리는 그러한 그의 이성과 감성의 조화를 읽으면서 쉽게 책을 내려놓을 수가 없는 것이다.

이 책이 세상에 나올 무렵 우리 사회는 온통 도청 X파일 문제로 시끄럽다. 시민운동가라는 사람들은 물론이고 사회 정의를 말하는 대부분의 사람들이 아직 확실하지도 않은 일부 내용을 가지고 단죄를 부르짖고 있다. 여기에 반하는 이야기를 하면 마치 부정한 자들을 옹호하는 사람으로 비쳐서 이상한 사람 취급을 받을 것 같은 분위기인데 그는 용감하게 법의 원리를 내세워 외롭지만 자기의 주장을 올곧게 펼치고 있는 것이다. 도·감청의 불법을 단죄하는 것이 먼저이고 어떠한 경우에서라도 불법에 의하여 인간의 존엄과 가치가 훼손되어서는 안 된다는 것이다. 이 책의 후반부를 장식하고 있는 글들의 내용은 바로 우리 사회가 안고 있는 이 같은 문제점을 명료하게 지적하고 있다.

우리는 그의 글들을 읽으면서 사랑하는 가족들과 이웃에 대한 따뜻한 인간애를 통하여 그의 정적인 아름다움을 읽을 수 있고 변호사라는 공인으로서 현실을 분석하는 지적인 슬기를 아울러 찾아보는 재미를 느낄 수 있다 하겠다.

3.

그의 글이 주는 또 하나의 재미는 새로운 세계에 대한 안내이다. 이 책에는 두 편의 해외 여행기가 담겨 있다. 하나는 나폴리·카프리 섬의 여행기요, 또 하나는 남부 독일·오스트리아 여행기이다. 두 번의 여행 모두가 가족과의 여행이다. 여기에서 그의 가족애와 자녀들에 대한 교육관을 엿볼 수 있거니와 이 글들 속에서도 그의 정적인 면과 지적인 면을 함께 느낄 수 있는 재미가 있다.

우리는 수많은 여행기를 접하면서 살아가고 있다. 어떤 여행기는 일정을 중심으로 한 것이 있는가 하면 어떤 여행기는 지나치게 자기중심적인 해설로 채워지는 경우가 있다. 그러나 그의 여행기는 이 두 가지가 잘 조화되어 있을 뿐만 아니라 그의 개성이 뚜렷하게 살아 있어서 읽는 재미와 함께 새로운 것을 아는 재미가 함께하고 있다. 그가 만난 관광지에는 당연히 관광 안내서에 나타난 해설이나 역사적인 흔적들이 있어서 참고가 되었겠지만 그보다도 자기가 그곳에서 체험한 개성적인 감상이 더 주를 이루고 있다. 그때 그곳에서의 느낌이나 그곳에서 일어났던 일이 섬세하게 묘사됨으로 개성적인 여행기가 되고 있는 것이다.

괜찮아 보이는 호텔에 들어가 4인용 객실 2개를 요구하니, 프런트의 여직원 대답이 요금이 400여 마르크쯤 된단다. 잠시 무엇인가를 확인하더니 510 마르크로 정정하는 것이었다. J형과 상의한 후 투숙하겠다는 의사를 표시하였다. 그 사이 프런트 안쪽에서 지배인쯤으로 보이는 남자가 나타나더니 여직원을 안으로 불러들이는 것이었다. 뭔가 소곤소곤 귓속말을 나누고 프런트에 다시 앉은 여직원은 또다시 말을 바꿨다. 방 2개에 560마르크란다. 아니, 이것들이 누구에게 바가지 씌우려고 환장을 했나. 그렇지 않아도 호텔 측에 밉(?)보이지 않으려고 나머지 가족들은 모두 차안에 가둬둔 채 J형의 둘째 딸만 데리고 가서 쌩글쌩글 재롱을 떨게까지 하였는데.
— "인간과 방랑" 중에서

여행 중에 흔히 만날 수 있는 경우이다. 그런데 그의 여행기 속에는 이 같은 현실적 경험이 오히려 중요하게 묘사되면서 인정세태가 여실하게 드러나고 있는 것이다. 차를 빌렸는데 자동이 아닌 운전 시설이어서 생겼던 문제라든지 일행이 기념품을 샀는데 모조품이었다는 이야기, 그리고 일기가 도와주지 않아서 당황했던 일들이 실감이 나게 묘사되면서 일행과의 인간관계가 따뜻하게 전달됨으로써 그의 정적인 체취를 읽을 수 있는 것이다.

그렇다고 해서 관광 대상에 대하여 전혀 소홀함이 있는 것은 아니다.

뉴오보 성은 앙쥬 가(家)의 성이라고도 불리는데 13세기 앙쥬가의 성을 15세기에 이르러 아라곤 가(家)에서 재건한 것이란다. 네 개의 원통형 탑을 가진 성벽으로 둘러싸여 있다. 성벽을 빙 둘러 설치되어 있는 깊은 해자가 외부인의 접근을 어렵게 한다. 무니치피오 광장에 면하여 적갈색의 왕궁과 이탈리아 3대 오페라 극장의 하나인 산카를로 극장이 고즈넉하게 자리잡고 있다. 움베르토 1세 갤러리와 나폴리 시청사도 부근에 있다.

— "인간과 역사" 중에서

이런 설명을 통하여 여행지의 사실을 이해할 수 있고 소렌토에서 카스트라로 돌아와 고성을 방문하면서 이렇게 자기의 소감을 털어놓기도 한다,

인간의 인간에 대한 지배의 궤적이 곧 역사다. 인간이 도도한 역사를 만들어 가면서도, 또 다른 한편으로는 어쩔 수 없이 역사에 의해 운명 지워지는 나약한 존재임을 벗어날 수 없다. 눈을 들어 허물어진 성 위의 하늘을 올려다보니 하얀 달이 덩그러니 걸려 있다. … 나는 불현듯 백마강이 휘둘러 흘러가는 낙화암 위에 뜬 이지러진 조각달을 떠올려 보았다.

— "인간과 역사" 중에서

여행은 단지 역사적인 유적지를 찾는다든가 아름다운 자연을 찾는다는 데에만 목적이 있는 것은 아닐 것이다. 그것을 보고 느끼

는 관광자의 생각이 더 중요하다고 할 것이다. 신선한 체험과 그 사물에서 얻어지는 생각 그것이 더욱 의미가 있다는 이야기이다. 박상엽의 여행기에는 그 느낌 그 생각이 살아 있기에 신선하게 느껴진다고 할 수 있다.

그의 산행 또한 마찬가지이다. 같은 산을 여러 번 가도 그 느낌은 항상 다르고 그래서 산행의 감상을 표현하는 그의 산행기 또한 글마다 다를 수 있는 것이다. 참다운 글쓰기의 묘미가 여기에 있는 것은 아닐까.

4.

뭐니뭐니 해도 그의 글에서 느끼는 재미의 백미는 역사나 사건에 대한 개성적이고 명확한 판단이요 그에 대한 표현이다.

퇴임하는 대통령들이 돌아가 살 집을 호화롭게 고치는 문제, 청문회 문제, 대통령의 말, 우리 교육의 문제, 일본 교과서 왜곡, X파일, 오늘날 대학생들의 수강태도 등 우리 사회에서 만나는 여러 가지 이슈에 대하여 자신의 생각을 단호하게 표현하고 있는 글들은 우리들에게 청량제와도 같은 시원함을 주고 있다.

이 같은 시사적인 문제나 사회적인 이슈를 평하기 위해서는 무엇보다도 넓고 깊은 지식을 바탕으로 하면서 정확한 논리를 생명으로 하지 않을 수 없으며 때에 따라서는 뚜렷한 주관과 용기를 필요로 하기도 한다. 그의 글을 읽으면서 동서의 역사와 우화와 많은 통계에 익숙해 있음을 감탄하지 않을 수 없다. 이 책 제3부와 4부에 배치되고 있는 글들에서 이러한 맛을 만끽할 수 있다.

이번 인사 청문회를 지켜보면서 아쉬운 점이 한두 가지가 아니겠으나, 가장 큰 문제는 국가관이나 국정 운영능력 등 폭 넓고 다양한 부분에 관한 전반적인 검증은 도외시한 채 재산형성 과정 등 특정한 분야에만 외곬으로 매달린 것 아닌가 하는 점이다.
— "인사청문회의 허와 실" 중에서

여러분! 퇴임을 앞두고 사저를 때려 부수고 화려한 궁전을 짓는 꼴불견을 아예 차단시키기 위해서라도 대한민국의 차기 대통령은 꼭 아파트 사는 분으로 뽑읍시다. 뭐라고요. 선생께서 아파트 사신다구요? 미안하지만 나도 아파트 살고 있수다.
— "멀쩡한 집을 또 왜?" 중에서

링컨을 닮으려고 애쓰고 있는 당신의 순수와 열정을 알 만한 사람은 다 압니다. 미주알고주알 일일이 따져 감 놔라 대추 놔라 관여하지 말고, 권한과 책임을 총리와 장관들에게 지나치다 싶을 정도로 과감히 넘기십시오. 잘 안 맞는 얘기 같지만 잃는 것이 곧 얻는 것입니다. 끝으로 제발 바라건대, 말씀 좀 줄이고 성질 좀 죽이세요, 침묵은 웅변보다 더 위대한 법입니다.
— "대통령의 말 · 말 · 말" 중에서

　예를 더 들 필요가 없다. 이라크 주둔 미군이 포로를 학대한 데 대한 통렬한 비난을 담은 "포로와 개"나, 8 · 15 경축사와 대북 문제를 따끔하게 지적한 "광복 60년, 패전 60년", 그리고 이라크 전쟁에 대한 미국의 잘못된 판단을 명쾌하게 지적한 "아름다운 전쟁?" 등을 보면 그 예화의 동원이나 비판의 논리가 도저히 책을 내려놓을 수 없을 만큼 우리를 사로잡고 있는 것이다.

　잘 익은 과일이 맛이 있으며, 잘 치르는 운동 경기는 아름답기까지 하다. 이제 그 바쁜 일상 가운데에서도 세 번째 에세이집을 발간하는 박변호사의 글은 잘 익어 가는 과일도 같고 아주 세련된 연주나 운동 경기를 보는 것 같은 느낌을 가진다.

　그러나 글의 세계는 도달점이 없다. 앞길이 그래서 무한하다는 것을 서로 명심하기로 하자.

이런들 어떠하리 저런들 어떠하리

펴낸날 / 2005년 11월 15일 초판인쇄
　　　　2005년 11월 20일 초판발행
지은이 / 박상엽
펴낸이 / 이방원
펴낸곳 / 세창미디어
　　　　서울특별시 종로구 교남동 47-2
　　　　전화·723-8660(代) 팩스·720-4579
　　　　e-mail / sc1992@empal.com
　　　　homepage / www.scpc.co.kr
　　　　등록 / 1998. 1. 12 제 1-2272 호(윤)

정가 8,500 원

잘못 만들어진 책은 바꾸어 드립니다.

ISBN 89-5586-055-2 03800